Die Prinzessin aus Java

Hanns v. Zobeltitz

Die Prinzessin aus Java

Voltmedia

ISBN 3-938478-21-7

Gesamtherstellung: Oldenbourg Taschenbuch GmbH, Kirchheim

Einbandgestaltung: agilmedien, Köln

Titelmotiv: Bridgeman Art Library, London

Inhaltsverzeichnis

Erstes Kapitel

Herr Max Berent, Fürstlicher Hoftraiteur, war in starker Erregung und mit ihm sein ganzer „Goldener Beutel", vom Oberkellner Fritz bis zum eben erst eingestellten Pikkolo; nur Madame, Frau Ella Berent, bewahrte die ihrer blonden Fülle wohl anstehende Ruhe. Wenn der Herr Proprietär wieder einmal in die Küche gestürzt kam – und es geschah heute etwa alle Viertelstunden –, schüttelte sie nur den mächtigen strohfarbenen Schopf und nudelte den Kuchenteig weiter. „Kalt Blut – und warm angezogen, Mäxel!" sagte sie. „Der Kaiser ist es nicht. Aber wenn es auch der Kaiser wäre, der ‚Goldene Beutel' dürfte darum nicht aus der Contenance kommen." Contenance, sagte sie; denn sie war eine gebildete Frau. „Morgen ist Himmelfahrt", sagte sie. „Und mein Streuselkuchen muß fertig sein. Bringe mich nicht aus dem Text, Mäxel." Dann stand Mäxel ein paar Augenblicke in der Küchentür, sah auf die ruhigen, gleichmäßigen Bewegungen der runden, drallen Arme, die so schön weiß wie der Kuchenteig selbst aus den lichtblauen aufgestreiften Kattunärmeln herausleuchteten, seufzte, als ob Zentnerlasten ihn drückten – und hastete wieder nach oben, um mit dem merkwürdigen, unheimlichen Gast weiter zu verhandeln.

Frau Ella hatte gut reden von Contenance. Wenn dieser seltsamste aller Gäste, die der „Goldene Beutel" je gesehen, nun ein Schwindler war? Ein ganz gemeiner Hochstapler! Von der Sorte, über die nicht nur die Berliner Zeitungen so oft schreiben, sondern vor denen auch das geliebte Fachorgan schon so ernst gewarnt hatte. Solch ein ganz geriebener, dreimal durchgesottener Bursche, der den armen, sowieso vom Reich, vom Staat, von der Stadt und von allen Gästen schwer geprüften Wirten den kümmerlichen Rest aller Lebensfreude zu rauben trachtete! Die Kollegen in Harzburg und Thale hatten auch schon recht üble Erfahrungen in ihren Chroniken und in ihren Hauptbüchern zu verzeichnen gehabt. Und wenn Elmenrode und der „Goldene Beutel" bisher verschont geblieben waren: Das Unheil konnte zu jeglicher Stunde hereinbrechen.

Und da oben, auf dem ersten Treppenabsatz, stand der Mann, breitschultrig, stiernackig, in seinem großkarierten grauen Sommeranzug, der wie ein Sack um seine Glieder schlotterte, und rief schon wieder ungeduldig: „Wo stecken Sie denn eigentlich, Herr Proprietär?" – Immer sagte er „Herr Proprietär", obwohl er sonst ganz gut Deutsch sprechen konnte. – „Ich habe meine Zeit auch nicht gestohlen. Also – die Wasserleitung da – Sie wissen schon, Herr Proprietär! – das kann so nicht bleiben. Strömen muß sie, strömen! Mehr Druck, mehr Druck! Ja, und vom Badezimmer muß in das erbärmliche Loch daneben, das wir als Ankleidezimmer nehmen wollen, eine Tür durchgebrochen werden – sofort, Herr Proprietär, sofort!"

Herr Max Berent flog die Treppe hinauf. So war er seit jenen Tagen nicht „geflogen“, in denen er als jüngster Zimmerkellner im Hotel Schrader in Braunschweig konditioniert hatte. „Sofort? Ja, mein Herr, jawohl! Aber da kennen Sie unsre Harzer Arbeiter schlecht. Jetzt, wo Pfingsten –“

Der Fremde hatte eine widerwärtige Manier, bei jedem Einspruch die Achseln zu zucken und höhnisch zu lächeln. Die Achseln kamen dabei fast in die Höhe der Ohren, und der Mund zog sich so breit auseinander, daß er auch beinahe an die Ohrmuscheln heranreichte. „Machen Sie keine Schwierigkeiten, Herr Proprietär! Die Ouvriers sind in der ganzen Welt dieselben. Ist übrigens nur eine Geldfrage, nur eine Geldfrage, und Geld darf keine Rolle spielen. Ja, und was ich noch sagen wollte: Die beiden Salons müssen eine neue Tapete erhalten. Die Farben werde ich bestimmen. Teppiche kommen mit der Fracht, ja, und den Läufer hier auf der Treppe müssen Sie erneuern lassen. Das Ding ist ja abominable, erbärmlich ist es. Gar nicht auszudenken, daß der kleinste Fuß der Welt dieses Scheusal betreten dürfte. Der kleinste Fuß der Welt, Herr Proprietär, sage ich Ihnen, ein veritabler Prinzessinnenfuß.“

Gestern abend hatte es angefangen.

Mit dem letzten Zug von Braunschweig her war dieses Ungeheuer eingetroffen. Den Hotelomnibus hatte der Mensch verschmäht. „Glauben Sie vielleicht, daß ich mich krank rütteln lassen will!“ hatte er den Hausknecht auf dem Bahnhof angeschrieen, als der ihn darauf aufmerksam machte, daß der Wagen des „Goldenen Beutels“ seiner harre. Und er war zu Fuß losgekegelt. Grade nur ein Handköfferchen, alt und abgeschabt, hatte er in den Omnibus geworfen. Es war kein Wunder, daß Fritz, der Oberkellner, ihn auf Nummer 34 einlogierte. Da war der Skandal losgegangen.

Das beste Zimmer im ganzen Hause, Nummer 7 vornheraus, erste Etage, hatte schnell für ihn hergerichtet werden müssen, und mit nichts war er zufrieden gewesen, nicht mit der Matratze, nicht mit der Bettwäsche, nicht mit dem zu „harten Wasser“. „Elektrisches Licht habt ihr – natürlich, jede Butike hat das jetzt, aber eine anständige Lampe auf dem Nachttisch fehlt.“ Nachher war es im Speisesaal nicht anders gewesen. Das Beefsteak wäre Schuhleder, der Bordeaux wäre geschmiert, der Käse steinhart und die Butter zu weich, der Speisetisch zu niedrig und der Stuhl zu hoch, die Beleuchtung erbärmlich, das Service „unter dem Affen“. Angenehme Gäste – solche Gäste! Aber Beine machte er dem Personal, alles was wahr ist. Der Fritz flog, und der faule Kerl, der August, der zweite Kellner flog, der Pikkolo flog auch. Dem Jungen schlotterten die Gebeine, solche Augen hatte der Fremde ihm gemacht.

Dann trank der Gast noch einen Mokka und einen Hennessy mit drei Sternen, steckte sich aus seiner Zigarrentasche eine riesige schwarze Nudel an und verlangte den Proprietär zu sprechen.

Nun – nun, man hatte sich in die Brust geworfen. Jedermanns Sklave war man denn doch nicht, das hatte der „Goldene Beutel“ nicht nötig. Das älteste Haus in Elmenrode, seit 1787 im Besitz der Berents, altberühmt, wie es im Prospekt hieß, durch Küche und Keller. Man hatte seinen Stern im Baedeker, man war Fürstlicher Hoftraiteur, man war auf drei Kochkunstausstellungen prämiert.

Einen Blick also noch in das Fremdenbuch. Da stand mit Buchstaben, als ob sie mit einem Schwefelbolzen hingeschmiert wären: M. Myr, Amsterdam. Klüger wurde man dadurch auch nicht.

„Sie wünschen mich zu sprechen, mein Herr?“

Der Mann saß im Lesezimmer in dem einen der drei Klubsessel, die man im Herbst angeschafft hatte, hatte die gelben Handschuhe auf den zweiten gelegt und den dritten mit Zeitungen bepackt. Die drei Damen, die in voriger Woche als Pensionsgäste Einzug gehalten – volle Pension fünf Mark fünfundsiebzig Pfennig –, hockten bekümmert um den Schreibtisch herum.

„Ich möchte unter Umständen die ganze erste Etage mieten – sagen wir, vorläufig auf drei Monate. Ist sie verfügbar? Wieviele Zimmer sind es? Dazu fünf Dienerzimmer. Können Sie Garage für drei Autos stellen? Die Küche würde Sache des Hauses sein, aber es würde ein Chef für einzelne besondere Gerichte mitkommen, und es müsste für diesen eine Extraküche vorhanden sein. Die Ansprüche sind sehr hohe. Es handelt sich um außergewöhnlich verwöhnte Herrschaften. Äußern Sie sich dazu, Herr Proprietär."

Mäxel Berent schoß das Blut ins Gesicht. Alle Wetter – alle Wetter! Wenn das wahr wurde! Wenn das sich verwirklichte! Solch ein Geschäft blühte selbst dem Aktienhotel in Harzburg oder dem „Fürsten Stolberg" in Schierke nur alle zehn Jahre einmal. Sollte der Glücksstern endlich, endlich auch über Elmenrode und dem „Goldenen Beutel" aufgehen?

Aber Mäxel Berent faßte sich sofort. Er wahrte seine Würde und die seines Hauses. Er antwortete kurz und genau: „Selbstverständlich, das ließe sich alles arrangieren. Nur –"

Der Mann in dem großkarierten Sommeranzug schob seine schwarze Riesenzigarre aus dem linken Mundwinkel in den rechten, nickte und stand dann schwer auf.

„Well! Wir wollen das Weitere in Ihrem Privatkontor besprechen. Lassen Sie uns dazu eine Flasche Pommery kommen!"

Bei dieser Flasche Pommery erwies sich Herr Myr als ein äußerst smarter Geschäftsmann. Er stellte sich als Kommissionär des Amstelhotels in Amsterdam vor, den Mynheer Stritten dort als Reisekurier angeworben hätte. „Mynheer, müssen Sie wissen, werter Herr, ist unermeßlich reich, selbst für unsre holländischen Verhältnisse, in denen der Gulden etwa so viel wert ist wie bei Ihnen die Mark. Danach zu richten, mein Herr! Mynheer ist erst kürzlich aus Batavia zurückgekehrt, leberleidend natürlich, und hat, was der Engländer Spleen nennt. Wonach wiederum zu richten, mein Herr! Vorgestern ließ er mich rufen und sagte mir ungefähr: ‚Sprechen Sie Deutsch?' Selbstverständlich spreche ich Deutsch, ich spreche alle lebenden Sprachen der Welt. ‚Gut! So reisen Sie nach Elmenrode im Harz und mieten Sie für mich, meine Tochter und Dienerschaft im ersten Hause des Ortes auf einige Monate ein geräumiges, behagliches Quartier. Das Nähere über meine Wünsche mag Ihnen mein Intendant mitteilen.' Mynheer hat nämlich einen eigenen Intendanten, nach Ihren Begriffen etwa Sekretär, Rentmeister, Haushofmeister. Ich warne Sie vor ihm, Herr Proprietär: Der Mann rechnet! Auf Ihr Wohl, Herr Proprietär!"

Mäxel Berent fühlte etwas wie eine Beklemmung heraufschleichen. Höchst seltsam, höchst kurios war das alles. Warum verfiel die Laune dieses spleenigen Holländers just auf Elmenrode? Man hatte ja allen Grund, auf die schöne Lage der lieben Heimat stolz zu sein. Und die Luft, diese würzige Harzluft war wirklich über alles Lob erhaben. Das hatte der Herr Kreisphysikus neulich erst wieder in einer längeren gelehrten Abhandlung klargestellt. Der Ort hebt sich sichtlich, ohne Zweifel; er wird weithin bekannt; er tritt neuerdings in erfolgreiche Konkurrenz mit den älteren Sommerfrischen. Ja, gewiß, aber daß dieser Nabob gerade auf Elmenrode verfallen war – hm – nun, ein moderner Hotelier darf sich eigentlich über nichts wundern.

„Ja, mein verehrter Herr Proprietär, die Wahl des Hauses hat Mynheer Stritten mir überlassen. Verstehen Sie mich recht: Es gibt außer dem ‚Goldenen Beutel' hier noch die ‚Forelle', die sich auch des besten Rufes erfreut."

„Mein Herr, der ‚Golden Beutel' war stets das erste Haus am Platz!"

„Ja, man sagt. Aber man hat mir auch gesagt, daß die ‚Forelle' neu gebaut hat und sehr gut arbeitet. Indessen, ich erwähne das nur nebenbei. Nur um eine Möglichkeit anzudeuten." Herr M. Myr machte plötzlich mit den Fingern einige geradezu internationale Bewegungen, wie sie auch Bankbeamte am Zahlbrett eigen sind – und der „Goldene Beutel" verstand.

„Ich werde mich dankbar erweisen, wenn das Geschäft perfekt wird –"

„Ich bin immer für Klarheit, mein verehrter Herr Proprietär. Zehn Prozent Kommissionsgebühr für mich – oder ich gehe hinüber zur ‚Forelle'. Man hat mir das Haus wirklich sehr gerühmt und besonders den Besitzer als einen überaus kulanten Geschäftsmann. Sie verstehen, mein Herr?"

Noch ehe die Flasche Pommery völlig geleert war, hatte man sich geeinigt. Aber in den dunklen Nachtstunden kamen dem „Goldenen Beutel" wieder schwere Bedenken. Er rüttelte sogar seine blonde, füllige Lebensgefährtin aus dem Schlafe; er mußte, mußte sich aussprechen. Wenn dieser Mister Myr nun ein Schwindler war? Wenn die ganze Geschichte mit dem javanischen Millionär ein Humbug, ein Trick war? Es war so geheimnisvoll, es war so abenteuerlich, was dieser Mister Myr aus Amsterdam bei der zweiten Flasche Pommery alles erzählt hatte. Mynheer hätte eine Tochter. Schlank wie eine Gazelle sollte sie sein, schön wie die Morgenröte. Als sie zum erstenmal in Amsterdam über die Straße gegangen war, wären die Leute stehengeblieben vor Erstaunen. Aber ob sie wirklich die leibhaftige Tochter des dicken Mynheer sei: Wer könnte es wissen? Die indischen Diener begegneten ihr so unterwürfig wie einer Prinzessin. Und auf dem Steamer schon, während der Überfahrt, wäre auch das Gerücht verbreitet gewesen, sie sei eine Prinzessin. Eine Prinzessin aus kaiserlichem Geblüt sogar. „Schön – so schön, daß die Leute auf der Straße stehenblieben – und eine Prinzessin!"

Frau Ella lachte spöttisch, knipste das Licht aus und drehte sich auf dic andre Seite. „Mäxel, du faselst. Ich aber will schlafen. Morgen muß ich Kuchen backen."

Die Frauen sind doch immer prosaisch, wenn die Dichter auch das Gegenteil behaupten. Sogar eine Prinzessin – solch eine wunderbar schöne Prinzessin aus Java, aus dem Märchenlande, konnte Ellas Phantasie nicht erregen. Sie schlief schon wieder, sie schnarchte sogar leise. Seit sie so füllig wurde, neigte sie dazu. – Wenn es aber nun gar keine Prinzessin war? Wenn dieser Mister Myr aus Amsterdam ein Hochstapler war? Oder wenn dieser Mynheer Stritten – ah, man konnte es gar nicht ausdenken! Aber vor Jahresfrist hatte ein entlaufener Zuchthäusler sogar die Rolle eines österreichischen Erzherzogs an der Riviera wochenlang durchgeführt! Ein großes Geschäft für den „Goldenen Beutel“ – ein großes Risiko auch. Ob man morgen früh an das Amstelhotel depeschierte? Aber dann erfuhr vielleicht dieser Nabob davon, deutete es als Mißtrauen – und der Kollege Kleuer von der „Forelle“ erhielt den Vorzug. Dieser Kleuer, der kaum richtig Hochdeutsch sprechen konnte, der nicht einmal einen einfachen Geschäftsbrief abzufassen verstand.

Der „Goldene Beutel“ hatte eine schlaflose Nacht. Und ihr folgte ein schwerer, schwerer Tag. Der Amsterdamer hätte es verstanden, dem Teufel die Hölle noch heißer zu machen. Er kehrte das ganze Haus um; er stellt die unerhörtesten Anforderungen; er jagte und hetzte; er telegraphierte ein dutzendmal nach Amsterdam, an große Geschäfte in Braunschweig, in Hannover, nach Berlin. Nein – ein Schwindler konnte er doch nicht sein. Die Sache hatte reellen Hintergrund. Es wurde ein Geschäft, ein großes Geschäft trotz der zehn Prozent Kommissionsgebühr. Und über das Geschäft hinaus mußte es dem „Goldenen Beutel“ ein wundervolles Relief geben. Es kam nur darauf an, es richtig auszunutzen. Man konnte mit einer großartigen Reklame daraufhin einsetzen, einer feinen, auf Jahre hinaus wirksamen Reklame.

Es wächst der Mensch mit seinen höheren Zielen! Auch Mäxel Berent wuchs.

Schon an der Table d'hote, als er zwischen Suppe und Fisch die gewohnte Runde um den Honoratiorentisch machte, ließ er gegen Herrn Amtsgerichtsrat Krusemerk eine kleine Andeutung fallen, halblaut, diskret: „Schwerreicher Holländer – ganze erste Etage – sehr erfreulich für die ganze Stadt –" Der Assessor Borghannel horchte schon auf. „Freilich, Herr Assessor, die Zimmer, die Sie im vorigen Jahr für die gnädige Frau Mama hatten, kann ich heuer nicht versprechen. Vielleicht im zweiten Stock – aber ich werde schon Vorsorge treffen. Meine alten treuen Gäste sollen nicht durch den Nabob zu kurz kommen."

In der Dämmerstunde kam der Magistratssekretär. Herr Burgfeld ging sonst immer zur „Forelle", wo der Schoppen Mosel zehn Pfennig weniger kostete, freilich auch danach war! Heute kam er augenscheinlich in höherem Auftrage; man wußte ja, wie neugierig der gestrenge Herr Bürgermeister war und gar die Frau Bürgermeisterin. Man wußte auch: Was Herr Burgfeld wußte, wußte Herr Bürgermeister Zitro; was der Herr Bürgermeister wußte, wußte dessen Frau Gemahlin, genannt die Zitrone; und was diese wußte, wußte innerhalb vierundzwanzig Stunden ganz Elmenrode.

Der Herr Magistratssekretär hatte sich aber kaum mit seiner schüchternen Stimme sein Schöppchen Trabener bestellt und kaum den „Goldenen Beutel“ herablassend zu sich genötigt: „Sagen Sie mal, lieber Berent, sagen Sie mal – wie läßt sich denn die Saison an?“, als die Tür des Honoratiorenzimmers schon wieder aufgerissen wurde. Herein sauste – er sauste immer – Buchdruckereibesitzer Leonhard Strempel, schlenkerte erregt mit den langen, dünnen Armen, blinzelte nach dem Ecktisch herüber – „Tag, Herr Burgfeld!“ – sah, daß dieser nur ein Schöppchen vor sich hatte, bestellte laut: „Eine Flasche Oberemmler, Fritz – aber gut gekühlt!“ und klopfte dem „Goldenen Beutel“ auf die Schulter. „Nun Mäxel – ha ho hü! – Dir ist ein Goldfisch in den Käscher gegangen? Gratuliere, gratuliere!“

Er lachte, daß es dröhnte. „Mach nicht solch dummes Gesicht, Mäxel, mein Sohn! Wir von der Presse“ – Leonhard Strempel verlegte, redigierte und druckte den Anzeiger für Elmenrode! – „wir von der Presse erfahren ja doch alles. Übrigens ganz auf natürlichem Wege, ohne Hexerei. Deine Ella hat mit meiner Luise einen kleinen Schwatz gehabt. Nun aber heraus mit den Einzelheiten, damit wir's urbi et orbi verkünden können.“

Ehe die Nacht herabsank, war Elmenrode durch alle möglichen seiner Kanäle mündlicher Überlieferung über das große Ereignis orientiert, und am nächsten Morgen brachte der „Anzeiger“ die öffentliche Bestätigung.

Der lokale Teil war zu diesem Zweck ausnahmsweise auf die erste Seite gezogen worden, und da stand:

„Unser so kräftig aufblühender Luftkurort darf in Kürze ungewöhnlich interessante Gäste erwarten. Mynheer van der Stritten, einer der größten Plantagenbesitzer Javas, hat soeben durch einen eigens nach hier gesandten Reisekurier die ganze erste Etage unsres vortrefflichen ‚Goldenen Beutels' für mehrere Monate mieten lassen. Mynheer kommt nicht allein, sondern mit seiner Tochter, der der Ruf ungewöhnlicher Schönheit vorausgeht. Die Herrschaften sind erst vor einigen Wochen in Holland angelangt, und wir konnten aus einer der letzten Nummern des in Amsterdam erscheinenden Volksblattes ‚Het Nieuws van der Dag' entnehmen, daß die Mutter der jungen Schönheit eine javanische Prinzessin aus dem Geschlecht der Kaiser von Solrakarta ist, die heute noch als die mächtigsten Vasallen der holländischen Herrschaft in Java gelten. Mynheer van der Stritten dürfte in etwa einer Woche, von zahlreicher Dienerschaft begleitet, eintreffen. Die für ihn belegten Salons werden zur Zeit bereits einer gründlichen Renovation unterworfen. Wir alle werden unsre illustren Gäste herzlich willkommen heißen und ihnen frohe Erholung in unsrer nervenstärkenden Harzluft wünschen."

***

Am Pfingstsonntag war es, und vor allen Häusern standen frische Maien. Der Gottesdienst in der Stadtkirche war gerade zu Ende, und die Glocken klangen, da kam auf der Braunschweiger Chaussee ein riesiges Ungeheuer angefaucht, ein schweres Reiseauto. Vor dem Niedertor stoppte der Chauffeur, bog in die Bergstraße ein, fuhr langsam und vorsichtig weiter bis zum Markt.

Die beiden alten Baronessen, Hildegard und Elvira von Elmenrode, die oben in der alten Burg hausten, standen, die schwarzsamtnen Gesangbücher in den schmalen Händen, wenige Schritte von der Haustür des „Goldenen Beutels" entfernt, als das Auto hielt.

Sie waren beide sehr groß und brauchten sich nicht sonderlich zu recken, um über die Schultern und Köpfe der sich drängenden neugierigen Menge hinwegzusehen.

Im Auto saßen zwei Damen. Aber es war von ihnen eigentlich nichts zu erkennen. Sie waren völlig eingehüllt in weite, sackförmige orangefarbene Staubmäntel, hatten braune feine Schleier um den Kopf und vor den Augen große blaue Brillen mit breiten Rändern. „Eine Maskerade", sagte Baroneß Elvira leise, und die Schwester wiederholte: „Wirklich, fast eine Maskerade."

Der Diener, der neben dem Chauffeur gesessen, halb europäisch, halb indisch gekleidet, sprang herab, öffnete den Schlag. Aber schon war auch Herr Max Berent zur Stelle, hinter ihm der Oberkellner, hinter diesem die zwei Hausdiener, flankiert auf der einen Seite vom Pikkolo, auf der andern Seite vom Zimmerkellner. Sie alle tauchten wie auf Kommando fast bis zum Pflaster, einmal und noch einmal.

Die eine der Damen war schon ausgestiegen. Die andre zögerte noch ein wenig. Plötzlich schoben sich aus ihrem Staubmantel zwei winzig kleine Händchen hervor, hoben sich, nahmen die häßliche große Brille fort, falteten den Schleier auseinander.

„Aber sie ist ja reizend!“ flüsterte Baroneß Elvira.

„Süß“, bestätigte die Schwester ganz leise.

Da huschte das zierliche Persönchen – jetzt sah man trotz des Mantels: Es war wirklich ein überaus zierliches Menschenkind – leicht wie eine Feder aus der Karosserie. Auf einen Augenblick wurde ein schmales Füßchen sichtbar, im gelben Schuh, und der schmale Streif eines lederfarbenen Seidenstrumpfs.

Der ganze „Goldene Beutel“ tauchte noch einmal, noch tiefer als vorher. Das kleine Persönchen nickte. Um den Mund war ein fröhliches Lächeln – ein Kinderlächeln.

Es fehlte nicht viel, so wäre die liebe Straßenjugend in das übliche „Hurra – hoch!“ ausgebrochen, das den fürstlichen Herrschaften jedesmal dargebracht wurde, wenn sie die Stadt mit Höchstihrem Besuch beehrten. Aber da war die Javanerin schon in den Hausflur gehuscht; schnellfüßig schien sie zu sein wie ein junges Reh, und der gesamte katzbuckelnde „Goldene Beutel“ machte augenscheinlich nicht den geringsten Eindruck auf sie.

Plötzlich, auf der Schwelle, stand sie noch einmal still und sah sich um. „Spada!“ rief sie, und es klang ganz eigen, fast wie ein Glockenton.

Eilfertig kam der Malaie, der neben dem Chauffeur gesessen, stand vor ihr, unterwürfig, mit vor der Brust gekreuzten Armen. Sie sprach ein paar Worte, in einer fremden weichen Sprache. Der junge Bursche sprang zurück, riß hastig von den Maien am Tore einen großen Buschen ab, brachte den ihr. Sie nahm ihn mit beiden Händen, hielt ihn an der Brust. Das junge Grün auf dem dunklen Gelb des Staubmantels, darüber das feine Kindergesichtchen: Es wirkte wie ein schönes Bild. Dann, gleich, war sie verschwungen.

Unter den Neugierigen war ein Raunen und Murmeln. Der Altgeselle vom Schlächtermeister Groß aus der Bergstraße behauptete, die „Prinzessin“ hätte um den rechten Knöchel einen dicken goldenen Ring getragen; Frau Gellert, die Wäscherin des „Goldenen Beutels“, wollte einen Eid darauf ablegen, sie hätte keine Strümpfe und keine Schuhe angehabt, sondern wäre „barbsbeinig“ aus dem Wagen „gehupft“; Fräulein Rebekka Itzigsohn aus dem Modegeschäft nebenan erklärte: „So“ große Augen hätte sie, kohlschwarze Augen, aber ihr Teint wäre quittegelb.

Dann gab es schon wieder etwas Neues. Ein zweites Auto kam herangesaust. Drin saß eine elegante junge Dame; daneben eine „Wilde", die wirklich eine ganz gelbe Gesichtsfarbe hatte und kohlschwarze Augen unter dem rotgrünen Kopftuch. Der ganze übrige Raum war mit Handkoffern und Hutschachteln gefüllt; ein paar Riesenhäuser waren hinten aufgeschnallt; ein andres thronte neben dem Chauffeur. Und wieder erschien der ganze „Goldene Beutel" vor dem Eingang, Herr Berent mit seiner ganzen Suite. –

„Komm, Elvira!"

„Gewiß, Hildegard."

Die beiden alten Damen schoben sich langsam durch die Gaffer. Man machte höflich Platz, man zog die Mützen. Der traditionelle Respekt war noch nicht erstorben. Und die Baronessen grüßten immer gleich liebenswürdig wieder, immer mit demselben fast allzu gütigen Lächeln um die dünnen Lippen, mit dem verbindlichen Neigen der kleinen guten Gesichter. Hildegard, die Ältere, vielleicht ein wenig resoluter, Elvira sanfter, nachdenklicher, langsamer. Aber das waren kaum sichtbare Nuancen. Man sah nur, wie sich die schwarzen, gleich geformten Strohhüte und die ganz gleichen drei Rosen darauf – eine hellere, zwei dunklere – fast wie auf ein Kommando neigten.

Sie hatten zwar keinen weiten, aber einen recht steilen Weg, die beiden Damen. Denn Schloß Elmenrode lag ziemlich hoch über der Elm, und die Serpentinen, die hinaufführten, hatte kein moderner Wegebauer angelegt; sie stammten sicher aus dem sechzehnten oder siebzehnten Jahrhundert, aus der Zeit, da die Burg aufgehört hatte, wehrhafte Burg zu sein, und die Herren von Elmenrode anstatt des steilen, wohlgeschützten Saumpfades sich die erste Fahrstraße durch die fronenden Bauern bauen ließen.

Es war heiß geworden. Aber die Baronessen schritten wacker fürbaß, und sie plauderten munter dabei. Natürlich klang auch in ihrer Seele das große Ereignis des Tages nach. Sie waren ja so gute Elmenroderinnen wie jede Bürgerin des Städtchens und von Kindesbeinen an – lang, lang war es her – mit dessen Wohl und Wehe verwachsen.

Wie immer waren sie eigentlich ganz einer Meinung. Aber wie immer mit einer kleinen Nuance. Hildegard fand die Javanerin hübsch. Elvira sagte, mit einem leisen erregten Beben in der Stimme: „Schön ist die kleine Prinzessin." Worauf die Ältere ein wenig spöttisch erklärte: „Meinetwegen auch schön. Aber Prinzessin?! Den Zauber mache ich nicht mit." Hildegard hatte bisweilen etwas Burschikoses im Ausdruck. „Sie soll doch aus kaiserlichem Geblüt stammen ..." – „Kaiserliches Geblüt! Liebe Elve, in Java! Die Mutter mag aus irgendeinem Harem entlaufen sein. Ist mir übrigens ganz schnuppe. Die Hauptsache ist, daß die illustren Gäste, wie der Anzeiger so schön sagt, Geld unter die Leute bringen." – „Gewiß, Hilde, gewiß. Es muß doch ein wundervolles Gefühl sein, so reich zu sein." – „Na ja, Elve. Armut macht nicht glücklich, und Reichtum schändet nicht. Aber du kennst ja das schöne Sprüchlein: Es ist doch sonderbar bestellt, sprach Hänschen Schlau zu Vetter Fritzen, daß nur die Reichen in der Welt das meiste Geld besitzen." Das sagte Baroneß Hildegard etwas spöttisch, und Elvira tat einen kleinen Seufzer dazu.

Sie waren an der letzten Wegbiegung angekommen. Die Sonne meinte es recht gut, und die Bank, die der Verschönerungsverein unter der großen Buche gerade hier hatte setzen lassen, winkte gar zu verführerisch. Die alten Damen kamen sich zwar ein bissel verweichlicht vor, daß sie kaum zehn Minuten vor ihrem Heim noch einmal Station machten, und Hildegard erklärte vorwurfsvoll: „Ich sehe, du bist schon wieder müde" – aber sie selber war die erste, die Platz nahm.

Schweigend saßen sie nebeneinander. Es war so schön hier oben. Weit, weit breitete sich die lachende Ebene, die grünen Felder mit den blühenden Obstbäumen. Ein halb Dutzend Dörfer darin mit schmucken Kirchtürmen. Links schob sich das bewaldete Gebirge etwas weiter vor, am Hang kletterte Elmenrode drüben ein wenig empor, auch ganz in grüne Gärten gebettet. Wie ein silbernes Band zog die Elm durch die Ebene hin. Und rechts vor ihnen lag das Schloß, auf der Kuppe des Vorbergs. Die alte Burg hatten die Schweden im

Dreißigjährigen Krieg zerstört. Nur der mächtige Turm ragte noch ungebrochen, und schwer wölbte sich über der Einfahrt, wohl als Teil eines einstigen Vorbaues, ein einzelner massiver Torbogen. Was das Feuer Anno 1636 sonst von der Burg übriggelassen hatte, war nur notdürftig unter Dach und Fach gebracht worden, und die späteren Generationen hatten hier und dort angeflickt, wann und wie ihre Mittel es gestatteten. Man sah's schon von außen, wie unregelmäßig der Bau im Innern gestaltet sein mußte. „Unsern lieben alten Fuchsbau“ nannte ihn der jetzige Besitzer, Georg Elmenrode, jedesmal lachend, wenn er aus Berlin auf Urlaub zu den beiden Tanten kam. Ein Stückchen niederen Fachbaues hier, eine hohe Quadermauer dort, kleine und große Fenster willkürlich nebeneinander, rechts ein Flügelansatz, links, dicht am Turm, ein zurücktretender winkliger Hofraum, am Mittelbau ein Erkerchen und in halber Höhe darüber ein offener galerieartiger Balkon; und über allem ein Gewirr von Ziegeldächern, bald höher, bald flacher, in den seltsamsten Winkeln zusammenstoßend, von nicht minder wunderlichen Schornsteinsystemen überragt. Dachdeckermeister Gurlin unten im Städtchen nannte die Schloßdächer die „hohe Schule“ – er hatte in jedem Frühjahr nur allzuviel daran zu basteln, und wenn seine Rechnung kam, gab es jedesmal einen Streit mit der alten Baroneß, trotzdem er beeidigen konnte, daß er nur das Allernotwendigste repariert hatte. Es wurde ja überhaupt oben in der Burg nur das Allernotwendigste instandgehalten.

Aber über dem in Jahrhunderten zusammengewachsenen Gemäuer, das jetzt im Sonnenglanze in den buntesten Farben spielte, vom fast schwarzen Braun bis zum dunkeln Rot, lag doch der Zauber der Romantik. Die Patina des Alters schmückte es. Wie ein Wahrzeichen vergangener Zeiten ragte der massige Turm ins Land hinein. Hoch hinauf klomm zwischen seinen Quadern der Efeu. Wo oben der Zinnenkranz geborsten war, hatte eine junge Buche sich eingenistet. Über die offene Galerie des Mittelbaus rankten sich blütenschwere Glyzinien. Und vor dem Schloß drängten sich, urwaldartig fast, aus dem breiten, tiefen Graben herauswachsend, Laubholz und dunkle Tannen empor.

Sie liebten ihn, die beiden alten Fräulein, den Stammsitz ihres Geschlechts, die eigene Scholle, auf der sie herangewachsen waren, auf der sie sterben wollten. Die alten Augen leuchteten, wenn sie zu ihm hinübersahen. Es war immer etwas Wehmut dabei, zumal wenn die weite lachende Ebene so vor ihnen lag wie heute. Dann deutete Hildegard wohl auf einen fernen Kirchturm und meinte: „Da unten Gersfeld – das hat Großvater 1815 verkaufen müssen.“ Oder Elvira spann das Garn von dem Ahnen, dem Baron Georg, der unter Ludwig XV. in französischen Diensten gestanden; ein tapferer Kriegsmann und ein großer Verschwender, hatte er immer wieder und immer wieder an den Verwalter geschrieben: Schick' er Geld! Schick' er Geld! Bis Waltershausen draufgegangen war und die Bergforsten an den benachbarten Grafen verkauft worden waren; die Grafen trugen nun den Fürstenhut, und Marianne war froh gewesen, als Hofdame bei ihnen Stellung zu finden – das weiche harte Brot der vergoldeten Dienstbarkeit. Die arme, schöne, stolze Marianne.

Und sie sahen in das sonnige Land hinein und auf die altersgrauen Mauern und erzählten sich, was sie doch längst wußten. Daß unser lieber Junge nicht Urlaub zu Pfingsten bekommen habe, weil er eine Kompanie führen mußte. Eine Kompanie! Eine Kompanie, Elve, und ist erst sieben Jahre Offizier! Und daß Marianne erst in acht Tagen aus Baden-Baden zurückkäme, wo die Fürstinmutter zur Kur war. Und daß Marianne nun schon Jahr und Tag heimlich verlobt wäre – so schön, so stolz, so lieb und – so hoffnungslos. Und daß sie beiden Kindern selbstgebackenen Pfingstkuchen geschickt hätten. Elvira hatte Marianne und Georg halbaufgeblühten Flieder beigepackt. „Du wirst sehen, liebe Elve, der Kuchen zieht an davon – aber du willst ja niemals hören!" Worauf Elve sich ein wenig duckte, als drücke eine schwere Last ihre Seele. Doch dann richtete sie sich gleich wieder auf und sagte mit ihrer sanften Stimme: „Und wenn schon! Vielleicht ist ihnen beiden ein Büschel Grün aus dem Burggarten lieber als unser Kuchen. Und wenn's so wäre, hätten sie nicht recht?"

***

Unten im „Goldenen Beutel" lachte die kleine Javanerin, lachte, lachte, lachte. Wie der Klang eines silbernen Glöckchens tönte ihr Lachen durch das ganze Haus. Sie fand das alles zu drollig, köstlich drollig. Diese ganze Idee von Pa, sich hier zu installieren! Dies wunderliche, kleinstädtische Hotelchen ohne Lift, mit der verwinkelten Treppe und den kleinen Fenstern, mit den unmodernen Möbeln und der „mühsamen" Badeeinrichtung. Diese niedrigen Häuser drüben am Marktplatz. Nun gar dieser katzbukkelnde Wirt und dieser Zimmerkellner, dem vor Staunen oder Verwunderung oder Ängstlichkeit der Mund offenstand wie ein Torweg. Und diese neugierigen Menschen auf der Straße. Wie sie gegafft hatten! Als ob sie noch nie ein Auto gesehen und ein paar fremde Menschenkinder! Diese Deutschen – diese Deutschen!

Frau von Altberg wußte nicht recht, was sie zu Wilhelmintje sagen sollte. Es war ja auch schwer. Es ist immer schwierig, einen Menschen, den man erst acht Tage kennt, richtig zu beurteilen. Solch ein Menschlein wie diesen Wirbelwind aber zu lenken und zu leiten nach kaum achttägiger Bekanntschaft, das soll mal einer fertigbekommen –

– zu lenken und zu leiten –

Vor zehn Tagen hatte Frau von Altberg das Schreiben ihres Jugendfreundes, des Kaiserlich Deutschen Generalkonsuls in Amsterdam, Doktor Karl Blencke, erhalten, das mindestens vorläufig über ihr Schicksal entschied. Der Treffliche schrieb:

„Liebe Minna! Es trifft sich prächtig, daß ich Deinen Wunsch überraschend schnell erfüllen kann. Nimm es als einen Wink des Schicksals (wie wir als Kinder sagten). Aber im Ernst: Es ist eine kuriose Sache. Gestern war ich im Haag mit Mynheer Kokelen bei einem Diner zusammen. Trefflich, sage ich Dir, selbst mecklenburgische Landdinge kommen da nicht mit. Besagter Kokelen ist ein großes Tier, Staatsrat usw. Beim Kaffee zog er mich in eine Ecke, zwang mir noch ein Erwen Lucas Bols hinunter (sie behaupten hier, man könnte ohne konzentrierten Alkohol in diesem feuchten Lande nicht auskommen) und machte ein wichtiges Gesicht. Ich dachte schon, es handle sich um eine Haupt– und Staatsaktion. Aber er hatte nur eine Anfrage, eine Bitte. Ob ich ihm nicht ein vertrauenswürdiges Individuum im deutschen Lande nachzuweisen vermöchte, das ihm zu einem noch viel vertrauenswürdigeren Individuum weiblichen Geschlechtes ebendaher verhelfen könnte. Und nun kam es. Ein enorm ehrenwerter, enorm reicher, enorm leberkranker Mynheer sei vor einigen Tagen aus Indien herübergekommen und suche eine deutsche Dame höheren, höchsten Grades für sein einzigstes Töchterlein. Die Stellung soll eine durchaus selbständige sein, die Dame (Dame, verehrte Dame und liebe Freundin!) müsse das noch nicht ganz flügge Ding mit Geschick zu lenken und zu leiten wissen. Besagtes Ding wäre im übrigen ein kleiner Wundervogel und hätte im übrigen „drüben" schon je eine französische, eine holländische, eine englische und zwei deutsche Erzieherinnen genossen und wahrscheinlich halbtot geärgert. Siehst Du, geliebte Minna, gerade bei dem letzten dachte mein dankbares Herz an Dich. Denn es erinnerte sich, daß Du es auch mit einem halben Dutzend Erzieherinnen, freilich nur deutscher Provenienz, ebenso gemacht hast, und daß Du, als die letzte von uns schied und man Dir einige Vorwürfe machte, ganz gelassen erklärtest: Warum soll ich mich über sie ärgern, es ist doch viel bessern, sie ärgern sich über mich. So etwas, teuerste Minna, Du Sonnenmühmchen, vergißt sich nie.

Aber nun im Ernst und um auf kürzestem Wege zum Schluß dieses langen Privatbriefes zu kommen (eigentlich haben Generalkonsüller nämlich gar keine Zeit zur Privatkorrespondenz, sintemalen sie nur für das Reich denken und schreiben dürfen): Du stehst vor mir wie geschaffen für die Aufgabe, aus dem Paradiesvogel eine kleine süße Lady zu machen, sie auf den richtigen Weg, in den richtigen Dreh zu lenken und zu leiten.

Deine Gehaltsforderungen dürfen ziemlich extravagant sein. Für Deine Aufmachung rate ich Dir, einiges extra anzuwenden, obwohl ich weiß, daß Minna immer vornehm aufgemacht war und sein wird. Das Beste wäre, Du packtest sofort und erschienest höchstselbst. Meine Frau läßt Dir schon die Kemenate richten und hat mir erlaubt (so ist sie!), Dich mit weit geöffneten Armen und einem brüderlichen Kuß (brüderlich hat sie gesagt) auf Zentralstation, dem hiesigen Bahnhof Friedrichstraße, zu empfangen.

Telegraphiere Deinem sehnsuchtsvollen Freunde und Stellenvermittler Karlchen Blencke."

Zuerst hatte sie gelacht, als sie den Brief erhielt. Er war und blieb der alte. Dann hatte sie die Hände gefaltet in Bitte und Hoffnung. Das Leben hatte so viel gut zu machen an ihr. Wenn endlich der Wendepunkt gekommen wäre – wenn doch endlich, endlich die elenden Sorgen um die Existenz von ihr genommen würden!

Sie überlas noch einmal den Brief. Diesmal lachte sie nicht, aber sie lächelte. Es klang soviel von der eigenen Jugend aus den steilen, unregelmäßigen Schriftzügen zu ihr herauf. „Sonnenmühmchen" – da stand es. So hatte sie der Freund getauft, als er in der Obersekunda saß und sich als Dichter fühlte. Den Namen hatte sie hinübergenommen in die Ehe; wie es gekommen war, wußte sie selbst nicht recht; vielleicht hatte ihn Altberg bei der lustigen Brautführerrede entlehnt, die

Karl Blencke am Glückstage vom Stapel gelassen. In zärtlichen Stunden nannte sie nun auch der Sohn „mein Sonnenmühmchen". Es ist etwas so Seltsames um solch einen Beinamen.

Und es war in ihrem Leben doch gar nicht so viel Sonne gewesen, außer der, die sie aus der eignen Seele herausholte, um sie über andre ausstrahlen zu lassen. Aber war nicht gerade das das Schönste und Höchste?

Seit Jahren suchte sie einen Wirkungskreis, wie er sich ihr hier darzubieten schien. Nicht nur um der materiellen Frage willen, so wesentlich die war. Ihr Leben war so leer geworden, seit der Sohn in der fernen Garnison stand. Und sie mußte ein Wesen haben, dem sie unmittelbare Liebe geben, dem sie etwas sein konnte – Mutter oder Schwester.

Sie telegraphierte. Sie packte die Koffer.

Aber auf der langen Fahrt kamen wieder die Bedenken und Sorgen, kam der Zweifel. War sie grade dieser Aufgabe gewachsen? Was waren das für Leute, denen sie gegenübertreten würde? Fremde, Exoten, steife Holländer, Protzen vielleicht, die sich kauften, was sie zu haben begehrten, nicht Kleider und Edelsteine allein, sondern auch den lebendigen Menschen. Wie würde sich ihre Stellung gestalten?

Zag und niedergeschlagen kam sie in Amsterdam an.

Da stand er im Gewühl des Bahnhofs, der Jugendfreund, den sie seit langen Jahren nicht gesehen. Die Zeit hatte ihm Runen in die Züge gegraben, aber sie erkannten sich sofort. Und Blencke rief: „Sonnenmühmchen, was machst du für ein Gesicht? Lachen sollst du!“ Und ehe sie sich's versah, kaum daß sie aus dem Wagen heraus war, hatte er sie umfaßt und sie wirklich geküßt. „Alte Liebe rostet nicht, zu Wasser und zu Lande. Zu Holland sogar. Wo ist der Gepäckschein? Wir freuen uns ja so sehr auf dich!“

Es gab so viel zu erzählen in dem gemütlichen Heim in der Stadhouderskade, daß sie immer wieder die Frage hinzögerte: „Was sind das für Leute, denen ich nun mein Leben widmen soll?“

Bis sie dann doch fragte und er antwortete: „Sieh selbst zu – und urteile nicht allzusehr nach dem ersten Eindruck.“

Am nächsten Morgen stand sie in einem glänzenden Salon des Amstelhotels vor dem Holländer. Und da erschrak sie. Mynheer Stritten war ein Ungeheuer. Ein unförmiger Riese, der mindestens seine drei Zentner wog. Auf dem kurzen, dicken Hals saß ein Kopf, haarlos, gleich einer Billardkugel, fast quittengelb. Der ganze Mann steckte in einem dünnen Anzug von gelber Leinwand, und die Hand, die sich ihr entgegenstreckte, war so gelb wie das Gesicht.

Aber dann fing das Ungeheuer zu sprechen an – und es hatte eine sanfte, gute Stimme. Und es sprach deutsch. Kein tadelloses Deutsch freilich, aber doch verständlich. Recht wie ein Mann, der seit Jahren zum erstenmal die fremde Sprache zu meistern sucht, und der einst einen schlechten Lehrer hatte. Denn es klang nicht wie Hochdeutsch, sondern fast wie Platt.

Er sprach recht verständig. Seine Tochter wäre ein Wildfang, in großer Ungebundenheit aufgewachsen. Wilhelmintje hätte vielleicht ziemlich viel gelernt – davon verstände er nichts –, aber das Kind hätte immer nur das gelernt, was ihm paßte. Die Mama sei so früh gestorben, und er wäre leider, leider durch seine Geschäfte gar zu sehr in Anspruch genommen gewesen; gerade dazu hätte es gelangt, daß er in den Mußestunden das Kind hätte liebhaben können. Und dann sei er schon seit Jahren ein kranker Mann, „die Leber, Madame – Sie verstehen: das Klima!" Nun müsse er erst nach Karlsbad zur Kur, dann wollten sie aber den Sommer über in einem recht ruhigen Ort in Deutschland bleiben: Vielleicht, wahrscheinlich siedle er sich ganz in Deutschland an. Etwas Bergluft und Tannenduft – „Sie verstehen, Madame, nach den vielen Jahren drüben" – davon versprach er sich Gutes für den Rest seiner Tage.

Während er redete, langsam, wohlüberlegt, sah er Frau von Altberg ununterbrochen an, und sie fand, daß die graugrünen Augen sehr klug, sehr durchdringend zu schauen wüßten. Aber nicht ungut. Im Gegenteil, mit dem gelben Ungeheuer mußte am Ende gut auszukommen sein.

„So steht es, Madame. Aber ich suche keine Dame, die heute kommt und morgen geht. Ich habe genug von dem ewigen Wechsel. Ich möchte – ob Sie mich recht verstehen? – ich möchte eine Dame der ersten Gesellschaft haben, die mein Kind liebgewinnt, die an ihm, wenn ich mich so ausdrücken darf, Mutterstelle vertreten kann, die es leiten und lenken soll!“

Da war es wieder, das gefährliche Wort: „Leiten und lenken!“

Es riß alle Bedenklichkeiten von neuem auf.

Und der dicke gelbe Mann saß und wartete auf eine Antwort. Er hatte noch etwas über die Ordnung der äußern Verhältnisse gesprochen – das würde sich alles leicht arrangieren lassen, er bitte nur, Wünsche zu äußern; nun saß er, drehte die Daumen ineinander und wartete. Nicht gerade ungeduldig, aber doch gespannt. Die wulstige Unterlippe hing ein wenig herab und pendelte. Er war wirklich sehr häßlich, wenn er schwieg wie jetzt; noch häßlicher, als wenn er sprach. Wie mochte die Tochter aussehen? Karlchen Blencke hatte etwas geschrieben von einem „Wundervogel“. Aber gesehen hatte er diesen Wundervogel nicht. Wenn das Wilhelmintje nun dem Herrn Papa ähnlich war! Die Rücksicht auf die äußere Erscheinung durfte ja nicht das Entscheidende werden, aber, du lieber Gott, man war doch ein Mensch, der zeitlebens Freude am Schönen und eine vielleicht ungerechtfertigte Abneigung gegen das Häßliche gehabt hatte.

„Dürfte ich Fräulein Tochter zunächst begrüßen, Mynheer? Mein Entschluß wird doch wesentlich davon abhängen müssen, ob ich glauben darf, daß sie und ich in ein rechtes Verständnis zueinander gelangen."

Mit einer für seinen Umfang erstaunlichen Behendigkeit sprang er auf. „Aber gewiß, Madame – natürlich. Sie haben ganz recht. Bitte, kommen Sie."

Er ging durch zwei, drei Salons, dann pochte er leise an eine Tür, rief zärtlich ein paar Worte in einer fremden Sprache, öffnete – und da sah sie das Wilhelmintje –

Im ersten Augenblick meinte sie ein Kind vor sich zu haben, ein zierliches, reizendes Püppchen von etwa dreizehn, vierzehn Jahren.

Wilhelmintje lag, kniete oder kauerte – man konnte es wirklich nicht recht unterscheiden – auf einem großen Berg von Kissen, hatte ein Körbchen mit Erdbeeren vor sich und gerade daraus genascht; es war, als hätte sie noch solch rotes, süßes Ding zwischen den ebenso roten, süßen Lippen. Sie war gekleidet – ja, war sie überhaupt gekleidet? Es schien, als ob sie nur ein großes Stück wunderschönen, aber sehr bunten dünnen Seidenstoff um den jungen schlanken Körper gewickelt und hier und dort mit einer Agraffe, einer perlenbesetzten Nadel festgesteckt hätte. Das blauschwarze Haar war gelöst und hing in erstaunlicher Fülle über den Nacken herab.

Langsam stand Wilhelmintje auf, machte den Versuch einer kleinen Verbeugung. Mehr als ein Versuch war es nicht. Und Frau von Altberg sah deutlich, wie sich eine schmale senkrechte Trotzfalte auf der Stirn eingrub.

Himmel, war das Kind schön! Wirklich ein Wundervogel! Wie fein das Oval des Gesichtes, wie leuchtend dessen ganz, ganz leicht gelblich angehauchte Farbe. Herrlich geschwungen die roten Lippen, zierlich das Näschen. Das Schönste die Augen! Merkwürdig groß, fast schwarz standen sie unter den dichten dunkeln Brauen; weit geöffnet jetzt, ein wenig neugierig, vielleicht ein wenig feindselig; im nächsten Moment von den langen seidigen Wimpern beschattet.

Das Kind? Nein, ein Kind war Wilhelmintje doch nicht. Frau von Altberg sah es jetzt, wo die Kleine stand und sich reckte. Denn klein war sie; aber die geschmeidige Gestalt verriet die junge Blüte. Sie mochte sechzehn, sie konnte auch siebzehn oder achtzehn Jahre zählen. Die Tropen reifen so schnell. Der Vater sprach noch einige Worte in der fremden Sprache. Es mochte Malaiisch sein, und es klang wie eine zärtliche Aufforderung, fast wie eine Bitte. Da kam aus den weichen Falten des bunten Seidengewandes eine winzig kleine Hand hervor und streckte sich langsam vor. Und um die Lippen spielte plötzlich ein süßes Lächeln, das doch wieder ganz kindlich war; eine leise leichte Verlegenheit lag darin.

Und das rührte das „Sonnenmühmchen“. Sie trat schnell vor und legte ihre beiden Arme um die zarte

Gestalt. Nichts sagte sie als: „Wir wollen uns liebhaben.“

***

Seither wußte sie: Es war nichts leichter, als Wilhelmintje liebzuhaben. Man mußte sie liebhaben. Aber sie „leiten und lenken“, damit hatte es wohl noch gute Weile. Wenn man sie gewähren ließ, wenn man mit ihr plauderte, scherzte und lachte, ging alles vortrefflich. Sobald man sich aber eine eigene Meinung zu haben erlaubte, sobald man sich seiner erzieherischen Aufgaben erinnern wollte, hatte man verspielt. Wilhelmintje widersprach nicht. Aber die schmale Trotzfalte tauchte plötzlich auf der glatten Stirn auf, die großen Augen blickten fast wie erstaunt, die roten Lippen schürzten sich ein wenig – und in der nächsten Minute fand das Wilhelmintje mit unfehlbarer Sicherheit eine Gelegenheit, aus dem Zimmer zu schlüpfen.

Gleich darauf aber konnte man sie fröhlich lachen hören. Nicht etwa spöttisch, nicht wie eine Siegerin. Nein – sie lachte harmlos fröhlich, wie sie immer lachte. Kein Zweifel, die Trotzfalte war sofort wieder verschwunden, sie hatte die kleine „Differenz der Anschauungen“ sofort vergessen – fortgelacht.

Sie lachte über den possierlichen Dackel des Wirts; sie lachte über die graziöse französische Kammerfrau, die sich vergebens bemühte, ihr wundervolles Haar zu bändigen; sie lief im „Goldenen Beutel“ treppauf, treppab, mußte sich plötzlich genau überzeugen, wie Sarina, ihre javanische Dienerin, hauste und stand gleich darauf unten in der Küche neben der auf den Tod erschrockenen, tief zusammenknickenden blonden Frau Ella, lachte sie an und bat um irgendeine Nichtigkeit.

Übrigens hatte Frau von Altberg, fast mit Befriedigung, entdeckt, daß Wilhelmintje doch einen Schönheitsfehler besaß. Das eine Zähnchen stand ein wenig schief. Man sah es nur, wenn sie lachte. Aber es war unheimlich: Schiefe Zähne sind unleugbar häßlich – dieses Beißerchen jedoch gab dem Gesicht beim Lachen einen besondern pikanten Ausdruck. Und Wilhelmintje lachte ja so oft.

Als Frau von Altberg von der ersten Begegnung mit Mynheer und Wilhelmintje nach der Stadhouderskade, ins deutsche Generalkonsulat, zurückkehrte, doch ein wenig bedrückt und unsicher, hatte ihr Jugendfreund sie ernstlich ins Gebet genommen. „Du bist ja feige, Sonnenmühmchen. Das ist etwas ganz Neues, was ich damit an dir entdecke. So klug wie du bist, wirst du doch mit dem Backfischlein fertig werden –“

„Sie ist kein Backfischlein, Karlchen.“

„Nun – also mit dem kleinen Fräulein. Denk an unsern gemeinsamen Onkel Josua, den großen Pferdedresseur. ‚Immer Luft lassen, Luft lassen!‘ predigte der.

‚Und dann ab und zu die Zügel anziehen. Dabei kommt das Biest schon.‘ Womit ich deinen zukünftigen Zögling nicht etwa mit einem störrischen Gaul verglichen haben will.“

Nun, ein wenig von einem wilden Füllen hatte das Wilhelmintje. Man konnte es ja mit dem Rezept des braven Mecklenburger Onkels Josua versuchen. Vorläufig schleiften die Zügel ein wenig. Kommt Zeit – kommt Rat.

Vorläufig rekognoszierte man auch das Terrain. Mynheer war vor vier Wochen nicht zu erwarten, und das Wilhelmintje hatte erklärt: „Wenn Pa kommt, müssen wir die Umgegend kennen. Das hat er mir auf die Seele gebunden. Er liebt den Harz sehr. Weil er nämlich hier einen Teil seiner Jugend verbracht hat.“ Sie sprach ganz fließend Deutsch, besser als der Vater; sie sprach aber ebenso gut Französisch und Englisch, vom Holländischen und Malaiischen gar nicht zu reden.

Man hatte zwei Autos zur Verfügung, von denen das eine ein wahrer Kilometerfresser war. Außerdem traf am Tage nach der Ankunft ein kleiner Marstall ein; ein Viererzug Isabellen und zwei elegante Reitpferde. Elmenrode kam aus dem Staunen nicht heraus über seinen Nabob.

Frau von Altberg mußte wiederum ein Gefühl der Unsicherheit überwinden. Sie hatte seit langen Jahren nicht im Sattel gesessen. Es dünkte sie sehr bedenklich, in ihrem Alter das Reiten wieder anzufangen. Aber sie dachte an Karlchen Blenckes Worte: „Du bist ja feige, Sonnenmühmchen!" Feige – nein! – feige wollte sie nicht sein. So versuchte sie's, und es ging vortrefflich. Ein wenig steif war man nach den ersten Ritten, aber sie erinnerte sich: Das gab sich.

Und ganz Elmenrode hatte Ursache zum Staunen: Nicht nur um der beiden Amazonen willen, sondern weil die „Prinzessin aus Java" – so hatte der Volksmund Wilhelmintje nun einmal getauft – ganz anders im Sattel saß, als man dann und wann bisher Reiterinnen gesehen hatte. Sie ritt im Herrensitz. Frau Bürgermeister Zitro fand es sehr unpassend.

Man hatte sich übrigens ziemlich schnell eingelebt. Der „Goldene Beutel" funktionierte dank des andern goldenen Beutels, den Mynheer seinem Intendanten, der auf den echt holländischen Namen Wilhelm Schulze hörte und ein ausgedienter Sergeant der niederländischen Kolonialarmee und übrigens aus Neu-Ruppin gebürtig war, zur Verfügung gestellt hatte – der „Goldene Beutel" funktionierte zur Zufriedenheit. Der eigene Koch brauchte nur zum Lunch die „Reistafel" zuzubereiten, die Wilhelmintje durchaus nicht entbehren mochte – jenes köstliche Sammelsurium von Reis, Gewürzen, Fischlein, gekochten Hühnern, Gemüsen, das die Spezialität von Niederländisch-Indien ist. Und frische Früchte mußten immer vorhanden sein. Darin war das Tropenkind ein verwöhntes Leckermäulchen.

Daß Herr Schulze keinen „Durian“ aufzutreiben vermochte, wollte ihr gar nicht in den Sinn. „O, Frau von Altberg, Sie sollten den Durian kennen! Er ist der Himmel und die Hölle. Er schmeckt wie Pfirsich und Apfelsinen und Erdbeeren mit Schlagsahne zusammengenommen und noch tausendmal schöner; unbeschreiblich schön schmeckt er. Aber – man kann ihn nur ganz am Ende einer Mahlzeit servieren. Denn, denken Sie sich – er riecht – nein, wirklich – er – er stinkt – fürchterlich – pardon, gnädige Frau – wie Käse und Knoblauch.“ Und das Wilhelmintje faßte sich mit den winzigen Fingerchen an die Nase, drückte sie zusammen – „eigentlich kann man ihn nur so essen, den himmlischen Durian“ – und wollte sich ausschütten vor Lachen.

Ein wenig neugierig war das Wilhelmintje auch. Darin war sie Evatochter. Wenn Sirin, der malaiische Boy, den Wilhelmintje Spada rief – ja so: Wilhelmintje rief nicht nur den Sirin Spada, sondern, in den ersten Tagen wenigstens, auch den Zimmerkellner und den Pikkolo, wenn sie irgend etwas wünschte. Das gab wieder Veranlassung zu einigem Staunen und Kopfschütteln im „Goldene Beutel“, bis der Mann mit dem Kaiser-Wilhelms-Bart, Herr Intendant Wilhelm Schulze, sich herabließ, die Sache aufzuklären. Spada hießen nämlich alle Boys drüben in Java; das Wort war eigentlich eine Verstümmlung aus „Sapa ada“ und bedeutete nicht mehr und nicht weniger, als „Du – da!“ – „Du da, komm mal her, ich habe dir einen Befehl zu geben." Die Kellnerei des „Goldenen Beutels" wußte nicht recht, ob sie sich geehrt oder herabgesetzt fühlen sollte, daß die Prinzessin sie also mit dem freundschaftlichen Du beglückte. Aber in Erwägung, daß sich Mynheer ebenfalls als ein Nabob auch in bezug auf die Trinkgelder erweisen würde, und in weiterer Erwägung, daß Prinzeß ihr „Spada" immer mit dem freundlichsten Lächeln begleitete, entschloß sich der Zimmerkellner für das Geehrtsein und belehrte den Pikkolo, der auf den Namen Leo hörte und daher Löwchen benannt wurde, durch einen freundschaftlichen, aber eindrucksvollen Rippenstoß über die Richtigkeit dieser Auffassung.

Also: Das Wilhelmintje war eine Evatochter, war daher neugierig, und wenn Sirin nach der Reistafel auf silberner Platte mit tiefer Verbeugung die Post brachte, lugte sie etwas verstohlen zu Frau von Altberg hinüber, was dieser wohl beschert würde. Denn ganz im geheimen interessierte sie sich gewaltig für die liebenswürdige Frau mit dem schlohweißen Haar und dem immer noch jugendlichen Gesicht, die so beneidenswert sicher durch die Welt ging und doch gewiß unter irgendwelchen Schicksalen litt. Gewiß litt sie: Meist war sie ja von einer gleichmäßigen Heiterkeit, aber bisweilen, wenn sie sich unbeobachtet glaubte, glitt es wie ein Sorgenschatten über ihre Züge, und ein- oder zweimal hatte sie leise geseufzt. Umsonst seufzt aber niemand –

der gute Papa seufzte auch nur, wenn er arge Leberschmerzen hatte.

Heut war das ganz merkwürdig mit Frau von Altberg. Sie freute sich sichtlich, als sie Sirin einen Brief abnehmen konnte. Sie sagte sogar: „Von meinem Sohn, Wilhelmintje!“ Aber während sie dann las, wurde sie nachdenklicher und nachdenklicher. Und endlich, nachdem sie ganz langsam ihre Tasse Mokka ausgeschlürft hatte, meinte sie: „Heut müssen Sie mich auf zwei Stunden entschuldigen, liebes Kind, ich habe einen notwendigen Besuch zu machen –“ Und dann bestellte sie sich bei dem Intendanten den Landauer.

Wilhelmintje hatte Frau von Altberg wirklich schon recht lieb gewonnen; jedenfalls viel lieber, erläuterte sie sich selbst genauer, als ihre holländischen, englischen, französischen, deutschen Erzieherinnen zusammengenommen. Aber sie fand doch: Solch halben Nachmittag einmal ganz allein für sich zu sein, das ließ sich nicht nur ertragen, das mußte sogar sehr hübsch sein. Und sie entschloß sich, diese Stunden tüchtig auszunutzen.

Kaum war daher der würdige Landauer vorn abgerollt, so setzte sie sich, ohne jede Beihilfe von Madame Louise, das neue Pariser Frühlingshütchen auf, ein Gedicht aus Strohgeflecht und Rosen, und schlüpfte hinten aus dem „Goldenen Beutel“ hinaus, wo, wie sie längst erkundet hatte, ein Fußsteig zwischen Gärten hindurch zur Landstraße führte. Sie hatte eine Entdekkungsreise vor.

Wilhelmintje, die kleine Prinzessin aus Java, hatte nämlich ein heimliche Liebe.

Zweites Kapitel

Die heimliche Liebe war Burg Elmenrode.

Auf der Fahrt von Braunschweig her hatte sie das alte, in Maiengrün getauchte Gemäuer schon von weitem bewundert, wie es, um den mächtigen Turm gelagert, die Stadt überragte und sich gegen die hohen, dunkel beforsteten Berge abhob. Dann zogen, bei jedem Ausritt, bei jeder Spazierfahrt, ihre Blicke wieder zur Burg hinüber. Das Wilhelmintje war sonst eine mitteilsame Natur; aber es hatte doch ein Eckchen in seinem Empfindungstrieb, das es für sich reservierte. So erfuhr Frau von Altberg nichts von der geheimen Liebe ihrer kleinen Schutzbefohlenen. Vielleicht hatte Wilhelmintje aber noch einen besondern Grund, weshalb es in diesem Falle über ein „Ist das schön!“ nicht hinauskam. Das Wilhelmintje scheute sich ein wenig, darüber zu sprechen, warum sich für sie solch altersmorsches Gerümpel mit allem Zauber der Romantik umspann.

Mynheer Stritten hatte nämlich, wahrscheinlich vor langen Jahren, als er noch jung war, in seiner javanischen Einsamkeit während der Regenzeiten, wo die Arbeit ruhte, allerlei gelesen, merkwürdigerweise gerade auch deutsche Bücher. Er hatte dabei aber einen höchst wunderlichen Geschmack entwickelt: Er liebte die Rittergeschichten, die krausen, grausen Erzählungen, in denen die hochedlen Herren in prunkender Rüstung zu Fahrt und Kampf ritten, schöne Edelfrauen unsagbares Leid erduldeten, bis der Heldenmut des Geliebten ihnen Freiheit und Glück brachte. Irgendein findiger Buchhändler mußte die seltsame Passion des reichen Mannes entdeckt haben und hatte ihm die erlesensten jener Meisterwerke geliefert, die einst, vor hundert Jahren, das Entzücken der deutschen Lesewelt gebildet. So wurden die ungeheuerlichen Geschichten des Spieß und Vulpius und andrer Erzähler, die teilweise heut zu den bibliophilen Seltenheiten gehören, nach Java verschlagen und standen schließlich dort, als Mynheer ihrer überdrüssig geworden war, in einem vergessenen Schrank. Bis das heranwachsende Wilhelmintje sie eines Tages entdeckte und über sie herfiel. Auf der schattigen Pandoppo, der Vorhalle, bequem im Liegestuhl hingestreckt, las sie mit wonnigem Grausen von dem Ritter Kunibert und von der holdseligen Edelfrau Eleonora, von dem treuen Knappen Hasso, der noch treueren Magd Elinde, las von ragenden Burgen zwischen hohen, hohen Bergen, von tiefen Verliesen, in denen die Gefangenen in schweren Ketten schmachteten, von geheimen Gängen, die aus den Felsenkellern ins Land führten und durch die die Belagerten befreit wurden. Es war wunderbar schön.

Dann kam die deutsche Erzieherin, Fräulein Charlotte Rose, hinter die Lektüre, setzte den Kneifer höchst energisch auf das Näslein und verbot auf Grund ihrer literaturgeschichtlichen Studien dem guten Wilhelmintje die furchtbaren Schmöker. Mit Fug und Recht, aber leider nur mit dem betrüblichen Erfolge, daß das Kind sich noch fester in die Ritterromantik einspann. Die Jahre hatten wohl ein gut Teil der Herrlichkeiten aus dem Köpfchen ausgelöscht, ein Rest blieb. Das Wilhelmintje träumte bisweilen noch jetzt von Dagobert, dem Unhold auf der Felsenburg, und von der edlen Magd Kunigunde, und wenn sie Deutsch sprechen sollte, konnte es vorkommen, daß sie sich selber auf Wendungen ertappte wie: „Deine Kemenate ist gerichtet, lieber Pa –" Aber sie schämte sich zugleich ein wenig, daß sie ihre Phantasie nicht besser im Zaume halten konnte. „Andre" brauchten jedenfalls nichts davon zu wissen. Das Wilhelmintje hatte darin ganz praktische Backfischansichten.

Die Kleine war nicht wie andre Tropenkinder, die Ruhe und Beschaulichkeit über alles lieben. Ihr schlanker Körper war so beweglich wie ihr krauses Köpfchen. Sie machte winzige Schritte, aber desto schnellere, und das bißchen deutsche Sonne tat ihr nichts. Ein kleiner Eilmarsch – und sie war oben. Auf ein paar Atemzüge machte sie vor dem großen Torbogen halt: Himmel, war das schön! War das echt! War das romantisch! So also hatte Kunibert gehaust. Von solch einem Altan hatte Eleonora ins weite Land geschaut, den heimkehrenden Siegern den ersten Gruß zuzuwinken. „Und die Menge der dienstbaren Mannen drängte sich zu ihren Füßen – hellauf klang der Jubel der Reisigen, das laute Klirren von Wehr und Waffen. Tief unten im Burgverlies, in der ewigen Nacht aber lag, in Ketten an die feuchte Mauer geschmiedet, der Bösewicht –"

Ob sie wohl dort eintreten durfte? Wenigstens einen Blick in den Schloßhof zu tun?

Pah – dieser weite, düstere Torbogen stand weit offen. Er hatte wohl überhaupt keinen Verschluß. Und nirgends war eine menschliche Seele zu sehen. Einfach – man riskiert's. –

Sie huschte durch den Bogen. Stand wieder ein Weilchen still, sah nun erst recht deutlich die bunt aneinandergeschmiedeten Teile des alten Baues, der ihr doch als ein ganzes Großes erschien. Wundervoll! Wundervoll!

Dann schaute sie sich neugierig nach der Seite um. Da gab es rechts und links Abgründe. Es schienen wenigstens wahrhafte Abgründe zu sein. Die Burggräben natürlich, vor denen die Belagerten sich vergeblich im Kampf erschöpft hatten, als der böse Ritter Egbert die Feste berannte –

Und da war rechts ein schmales Holztreppchen.

Es sah bedenklich aus, morsch, hier und dort dicht mit Moos überwuchert. Hm –

Aber man mußte es wagen. Vielleicht machte man gerade dort unten besondere Entdeckungen. Vielleicht mündete in dem ewigen Dunkel ein geheimer Gang, ein Ausfalltor?

Flugs war sie auch schon auf den ersten Stufen. Bequem war das Treppchen nicht. Es knirschte und krachte auch manchmal. Das rosa Frühlingskleid erhielt ein paar grüne Flecke, blieb einmal sogar an irgendeinem halbgelösten Holzsplitter hängen, und es gab einen Riß. Nun, wenn schon –

Jetzt war sie unten. Und da staunte sie, denn sie stand wie in einem Urwald. Nicht solchem Urwald, wie sie ihn zu den Füßen des Vulkans Gedek gesehen, mit gewaltigen Teakbäumen, mit Rasamalestämmen und dem schier undurchdringlichen Gewirr von Schlingpflanzen und Schilfen, durch das die Klewangs, die Schlagmesser der eingeborenen Führer, erst Bahn brechen mußten. Nein, hier war der Boden licht, nur an einzelnen Stellen mit schönen Farngruppen bedeckt; aber riesenhoch wuchsen aus dem Grunde die schlanken Tannen empor, hier und dort von einzelnen Buchen durchsetzt. Die Sonne spielte zwischen den Gipfeln und warf ihre leuchtenden Strahlenbündel bis zu den knorrigen Wurzeln dicht neben die tiefen, tiefen Schatten.

Ganz still stand das junge Mädchen. Nun war der romantische Spuk in ihrer Seele untergetaucht. Sie sprach wieder, aber ganz anders als vorhin, leise vor sich hin: „Wundervoll! Wundervoll!“

Ein Stückchen ging sie in dem alten Burggraben entlang, durch die Wildnis. Denn es war eine Wildnis, in der seit Jahrzehnten wohl keine Gärtnerhand gearbeitet hatte; höchstens, daß vielleicht zur Herbstzeit etwas Brennholz für die Schloßbewohner heraufgeholt worden war. Der Steg war verwachsen, bisweilen hatte sich ein morsch zusammengebrochener Stamm quer über den Graben gelegt, versperrte ihn fast, daß das Wilhelmintje klettern mußte oder unter ihn hindurchkriechen. Dann kam wieder ein lichter Durchblick auf die zermürbten, zerfressenen, von Efeu übersponnenen Felswände oder auch auf die darüber emporragenden Schloßmauern, die, aus der dunklen Tiefe gesehen, wie in Licht getaucht erschienen.

Schön war es, wunderschön –

Und da lehnte eine Bank an einem der Riesenstämme. Eine Holzbank von der Art wie das steile Trepplein: von der Zeit zernagt und mit einem grünlichen Moosschimmer überzogen. Die Hälfte der Rücklehne fehlte, aus der Sitzfläche waren einige Stäbe herausgebrochen. Aber Wilhelmintje achtete nicht auf die Schäden. Sie war nun doch ein wenig müde geworden, und außerdem bot sich gerade von dieser Stelle aus ein herrlicher Ausblick auf den massigen Turm, der sich, grün und braun leuchtend, sonnig klar gegen den blauen Himmel abhob.

So setzte sie sich. Und allmählich überkam sie ein Träumen. Die alte Ritterherrlichkeit stieg wieder vor ihr empor. Sie sah dort oben zwischen dem Zinnenkranz des Turmes die Gewappneten, sah silberglänzende Rüstungen und flatternde Fahnen und bunte Wappenschilder.

Sie träumte mit offenen Augen, dehnte sich dabei wohlig in der kühlen Dämmerung, blinzelte zur Sonne hinauf, zum ragenden Turm und zum blauen Himmel, ließ die Lider sacht über die Augen fallen, träumte weiter – gähnte ein wenig.

Plötzlich schrak sie zusammen. Hatte sie wirklich geschlafen? Sie wußte es nicht. Aber sie fühlte, daß sie beobachtet wurde, daß sie nicht mehr allein war. Fühlte es und wagte doch nicht recht, aufzuschauen. Es überrieselte sie. Aber nicht die Furcht vor einer Gefahr war in ihr, sondern etwas wie eine süße Scheu. Eine große, heimliche Erwartung. Sie hätte gern die Hände erhoben, um sich die Augen zu reiben, sich zu vergewissern, ob sie wach sei, nicht am Ende noch immer träume. Aber sie wagte es nicht, sich zu rühren. Ganz still saß sie, spähte unter dem großen Blütenhut mit halbgeöffneten Augen in das Grüne, wartete, wartete –

Das Herz schlug ihr. In den Halsadern fühlte sie das jähe Klopfen ihres Blutes.

– als ob einer der stolzen Ritter lebendig geworden wäre – für sie – für sie –

Nun sah sie es deutlicher. Einen weißen Farbenfleck zunächst nur auf der rotbraunen Felswand. Eine hohe, schlanke, geschmeidige Jünglingsgestalt, die, ganz in Weiß gehüllt, die Wand herunterstieg. Stieg oder glitt, das war nicht zu unterscheiden. Jetzt hatte der Geheimnisvolle den Grabenrand erreicht, richtete sich empor, stand still.

Sie konnte das Gesicht sehen – endlich. Ein schönes, kühnes Gesicht, gebräunt von der Sonne, wie wohl das eines Kreuzritters, der gerade von der Fahrt nach dem Heiligen Grabe zurückgekehrt war. Leuchtende Augen darin.

Sie fühlte es: Diese Augen waren auf sie gerichtet, auf sie! Und jetzt bewegte sich die Gestalt wieder, schob mit kraftvollem Arm die starken Zweige beiseite, schritt aus, kam – kam –

– daß sie hätte fliehen können! Aber sie war wie gelähmt. Nein – und sie wollte auch nicht fliehen. Es war zu schön, es war wundervoll, es war herrlich!

Aber dabei glaubte Wilhelmintje nun nicht mehr, daß von dort drüben her eine Traumgestalt durch die grünen Büsche kam. Sie sah nicht mehr einen hochedlen Ritter, einen Märchenprinzen. Sie wußte ganz genau, daß es ein junger, stattlicher Herr war, von Fleisch und Blut, in einem eleganten, ganz hellen Sommeranzug, mit einem Panamahut auf dem Kopf. Aber das schmolz in ihren Gedanken alles zusammen: Traum und Wirklichkeit. Und gerade daß der Traum Wirklichkeit geworden zu sein schien, gerade das war so schön.

Flüchten? Nein! Nein! Im Gegenteil.

Ganz langsam stand sie auf. Und nun, da er ganz

nahe war, flutete ihr doch das Blut in das Gesichtchen.

Er zog den Hut. Er lächelte, und das Lächeln paßte so gut in seine offenen Züge. Und es paßte wieder in ihren Ideenkreis, daß er sagte: „So verirren sich also Feenkinder in die Tiefe unsres Burggrabens?! Ich möchte wohl fragen: Woher des Wegs und wohin? Aber man darf die Unirdischen nicht fragen, sonst lösen sie sich auf in Luft und Licht und lassen uns allein. Es wäre schade darum."

Ein wenig verlegen war sie nun doch. Aber sie fand es reizend, wie er das sagte. Und wartete, daß er weiter sprechen sollte.

„Raten aber darf der Sterbliche doch? Ich wage es wenigstens. Übers Weltenmeer kam das Feenkind, aus heißer Tropensonne. Unter Palmen ist es zu wandeln gewohnt. Nun mag ihm unser Heimatland arm und farblos dünken."

Da fiel sie plötzlich, hastend fast, ein: „O nein. Es ist sehr schön hier. Sehr schön. Alles – und besonders die Burg."

„Mein alter Rumpelkasten!" Er lachte fröhlich. „Aber verzeihen Sie, ich muß mich schon selbst vorstellen: Georg Elmenrode – ich bin nämlich der glücklich-unglückliche Besitzer dieser Herrlichkeiten."

Sie machte etwas wie einen kleinen Knicks; es konnte auch eine kleine Verbeugung sein. Wurde wieder ein wenig verlegen, überwand sich und fragte, neugierig wie ein Kind und zugleich mit einer Art zierlicher Backfischschelmerei: „Und woher wissen Sie denn, wer ich bin?“

„Ich stehe bisweilen in intimerem Umgang mit älteren Feen. Die haben mir es zugeraunt: Sie sind die Prinzessin aus dem Märchenlande. Darum kam ich, Ihnen meine Huldigungen darzubringen und meine Ritterdienste anzubieten.“

„Eine Prinzessin? Ich! Wenn ich's wäre, könnte ich nicht stolz darauf sein. Bei uns in Java gibt's nämlich unglaublich viele Prinzessinnen. Im Palast des Kaisers von Solo mögen wohl einige hundert herumwimmeln, alte und junge, dicke und dünne, schöne und häßliche. Ich war einmal mit Pa dort eingeladen, bei Seiner Majestät dem Kaiser – man machte nicht viel Wesens von den Prinzessinnen, sag' ich Ihnen. Nur einen kostbaren Sonnenschirm haben sie als Auszeichnung; der wird ihnen überall nachgetragen. Ich habe keinen – sehen Sie –“

Das Plappermäulchen ging schon wieder ganz gut, und die erste Verlegenheit war überwunden. Es amüsierte ihn. Wilhelmintje sah zu allerliebst aus, wenn sie hastig und etwas erregt sprach. Dann leuchteten die Augen doppelt hell, das feine Näschen vibrierte, und im Pfirsichflaum der Wangen gruben sich rechts und links kleine süße Grübchen ein.

„Also keine Prinzessin. Ich hätte so gern Eure Durchlaucht gesagt oder, noch eine Etage höher, Eure

Hoheit. Aber es wird auch mit dem ‚gnädigen Fräulein' gehen. Übrigens habe ich Ihnen eine Einladung zu überbringen, von den Burgfeen, mein gnädigstes Fräulein. Ich saß nämlich gerade oben mit ihnen beim Kaffee – ganz irdischem Kaffee und einigen Resten Pfingstkuchen, schon etwas angetrocknet, aber in einer berühmten Blechkiste doch leidlich konserviert –, und wir sahen, wie Sie im Burgtor auftauchten und darauf in dem Graben verschwanden. Da haben die Burgfeen mich abgesandt, um Sie auch zu einer Tasse Kaffee zu bitten. Es gibt auch Tee – und Frau von Altberg sitzt auch bei den Burgfeen."

Das Wilhelmintje bekam einen kleinen Schreck und zog dann ein Mäulchen. Frau von Altberg in der Burg? Sie fühlte sich wie ertappt, und das verdroß sie. Gerade die Heimlichkeit dieser „Entdeckungsreise" war so schön gewesen. Aber dann stieg die Neugier hoch. Wie kam die gute Frau von Altberg auf die Burg? Was wollte sie hier? Warum hatte sie nie davon gesprochen, daß sie Bekannte, Freunde auf Elmenrode besaß? Und hing das vielleicht mit dem langen Brief zusammen, den sie heut nach der Reistafel erhalten hatte?

Unwillkürlich sagte sie: „Frau von Altberg –"

Der Burgherr mochte das für eine Frage nehmen. Vielleicht las er auch richtig in dem wechselnden Ausdruck des reizenden Gesichts. „Frau von Altberg ist nämlich die Mutter des Bräutigams meiner Schwester, gnädiges Fräulein“, erklärte er. „Sie hat erst heute erfahren, daß meine beiden Tanten – die Burgfeen – anwesend sind und wollte ihnen nur einen Höflichkeitsbesuch machen. Dabei wurde sie aber gleich zum Kaffee festgehalten. Das ist nämlich von alters her Sitte auf der Burg gewesen, daß wir jeden festhalten, der sich unserm Bannkreise nähert. Auch junge javanische Prinzessinnen und ähnliche Raritäten. Es wird wohl nichts helfen, Sie werden mir folgen müssen, mein gnädiges Fräulein.“

„Müssen –?“

Die Trotzfalte wollte auf der Stirn erscheinen, aber Wilhelmintje mußte über den unmotivierten Widerspruch gleich selber lachen. Es klang so komisch, als er fortfuhr: „Wie heißt das schöne Wort? ‚Und folgst du nicht willig, so brauch' ich Gewalt.‘ Kraft meiner erbrechtlichen Machtvollkommenheit auf diesem Fleck Erde. Ich erkläre Sie wegen unbefugten Eindringens für verhaftet und schleppe Sie in das Burgverlies, bis Lösegeld bezahlt wird. Ein Scheffel Smaragden – unter dem kann ich's bei einer Prinzessin wirklich nicht tun.“

Der Schalk blitzte aus ihren Augen. Sie machte einen ganz, ganz tiefen Knicks, sah ihn, indem sie sich langsam wieder aufrichtete, von unten herauf an, mit einem drollig flehenden Blick: „Schonen Sie mich, gestrenger Herr Ritter. Ich gelobe dem hohen Herrn Gehorsam – zumal wenn im Burgverlies Tee serviert wird.“ Und dann meinte sie: „Muß ich dort hinauf, wo der Herr Ritter zu mir herabzusteigen geruhten?"

„Den Weg kann ich nicht empfehlen, denn er verlangt eine ziemlich halsbrecherische Kletterpartie. Die Treppe dürfte doch vorzuziehen sein."

„Gut also – gehen wir."

Der Weg war schmal, er mußte hinter ihr hergehen. Und während er weiterplauderte, hatte er seine kleine Freude an der zierlichen, geschmeidigen Gestalt – und eine kleine Schadenfreude zudem. Das mußte er ihr doch sagen. „Wissen Sie übrigens, durchlauchtigste Prinzessin, daß das sanfte Rosa Ihrer Gewandung auf der Bank eine erkleckliche Anzahl höchst merkwürdiger Tuschkastenflecke davontrug?"

„Sieht's sehr häßlich aus?" fragte sie über die Schulter zurück.

„Es geht, Prinzessin – es geht. Ich persönlich finde es sogar sehr originell. Aber ob Frau von Altberg –"

„Pah – Frau von Altberg geht das gar nichts an."

„Erlauben, durchlauchtigste Prinzessin."

„Wenn Sie mich noch einmal Prinzessin nennen, gehe ich doch nicht mit! Und das dumme Kleid – das ist doch ganz gleichgültig."

„Es hat aber auch einen Riß."

„Dann verschenke ich's."

„Ich würde doch zu einer chemischen Reinigung raten."

„Fällt mir gar nicht ein. Madame Louise kann nach Paris an Paquin telegraphieren. Dann habe ich in drei Tagen ein andres."

„Wer ist denn Madame Louise?"

„Das ist doch meine französische Kammerfrau. Übrigens eine gräßliche Tyrannin. Nur daß ich mich nicht tyrannisieren lasse."

Er ließ den Zeigefinger der rechten Hand ein paarmal zwischen Stehkragen und Hals hin und her gleiten. Es war da ein seltsames Gefühl. Dieser kleine nette Käfer hatte eine französische Kammerfrau und die sollte, so mir nichts, dir nichts, nach Paris telegraphieren, an den großen Modekünstler Paquin, um eine neue Robe ... Die Tanten hatten ja schon von dem Reichtum dieses Mynheer erzählt – ja – aber daß es sich so verhielt! – Und Frau von Altberg war mit ein paar Isabellen vorgefahren, von denen man das Stück unter Brüdern auf viertausend Mark schätzen konnte! Wie ungleich des Lebens Güter doch verteilt sind. Schwester Marianne arbeitete sich ihre Fähnchen selbst, neuerte sie immer wieder auf – ja – nach dem Modejournal – arme Schwester –

Dann wurden seine Gedanken abgelenkt. Sie waren an der Treppe, und es sah gar zu niedlich aus, wie die Kleine die Stufen nahm. Sie lief förmlich hinauf. Die Röcke flogen, die seidenen Jupons flatterten. Winzige Füße hatte sie, gut geformt, hoch im Spann. Und ungeniert wie ein Backfisch, der noch kurzgewandet zu gehen gewohnt ist, ließ sie darüber ein Stückchen Seidenstrumpf sehen. Diese Krabbe! Nun war sie oben, drehte sich um und winkte: „Ob Sie wohl auch so schnell heraufkommen? Aber Vorsicht – die ganze Geschichte wackelt –“

Jetzt gingen sie ehrpußlich nebeneinander über den Schloßhof. Aber als sie in den halbdunkeln Eingang traten und in die kleine Halle, deren Wände ringsum bis an die Decke mit Geweihen geschmückt waren, jauchzte Wilhelmintje auf. Das war wieder einmal wundervoll. Und wundervoll fand sie die merkwürdig steile, verwinkelte Treppe, wundervoll den Altan, über den sie hinweg mußten, um zu den eigentlichen Wohnräumen zu gelangen. Alles interessierte sie: eine uralte, halb zerborstene Truhe, ein kaum noch erkennbares Ahnenbild, die Schnitzerei der Balustrade, in der das Elmenroder Wappen mit den drei Bergzacken immer wiederkehrte.

Mit einem Male verstummte das flinke Züngelchen. Sie blieb einen Augenblick stehen, sah an ihrem Kleid hinunter, sah dann eigen vertraulich zu ihm auf: „Hören Sie mal – ist es wirklich so arg mit den Flecken? Was sollen denn die Burgfeen – Ihre Tanten von mir denken?“

„Nur Mut, allergnädigste Heldin! Die Burgfeen sehen nie auf das Kleid. Die schauen immer nur auf das Herz. Und mit Ihrem Herzen ist doch alles in Ordnung?“

Da wurde sie rot – und plötzlich schlug sie nach ihm. Mit der kleinen Faust auf seinen Arm. Es war ein ordentlicher Klaps, er hielt ganz still, sagte nur: „Au!" Und sie lachten beide.

Ein paar Minuten darauf saß sie, wie ein richtiges kleines Dämchen, zwischen Tante Elvira und Tante Hildegard, nippte von dem wirklich sehr dünnen Tee und knabberte von dem antiken Pfingstkuchen.

Frau von Altberg hatte sie etwas erstaunt gemustert: „Liebes Wilhelmintje – Sie sehen ja ganz zerzaust aus, und der Rock – was sind das für Flecke?" Aber Tante Elvira hatte sie gleich neben sich niedergezogen auf ein kleines Sesselchen – die sechs Stühle im Zimmer stammten aus ganz verschiedenen Zeitperioden – und hatte ihr eine Tasse gebracht – auch die Tassen waren sämtlich verschieden –, und Tante Hildegard hatte überraschend milde gesagt: „Ja, der Burggraben hat's in sich. Da holt man sich leicht mal ein paar Farbenkleckse. Sie müssen sich die Wildnis auch einmal anschauen, liebe Frau von Altberg. Ganz gewiß hat das kleine Fräulein auf der ‚Vergißmeinnichtbank' gesessen. Die sollte schon im vorigen Jahre repariert werden."

Ganz still und artig saß Wilhelmintje, mit gesenktem Kopf. Manchmal freilich äugte sie zu Georg hinüber, als suche sie einen Blick geheimen Einverständnisses. Aber Herr von Elmenrode schien völlig in ein Gespräch mit Frau von Altberg vertieft, und was die beiden miteinander sprachen, klang ihr wie aus einer fremden Welt, die sie wenig oder gar nicht interessierte. Von Berlin sprachen sie und dem königlichen Dienst, und von Kurt von Altberg und der „berühmten“ Marianne. Immer kamen sie auf diese Marianne zurück, die ja ein Wundertier von Schönheit und Liebenswürdigkeit und Güte zu sein schien. Mochte sie doch – mochte sie! Sicher war sie auch langweilig – solche Wundertiere sind immer langweilig.

Dann wanderten die blanken Äugelein, halb verstohlen, im Zimmer umher. Das war einmal ein wunderliches Zimmer. Die eine Wand war ganz mit dunklem Holz getäfelt, das aber viele Risse aufwies; die drei andern Wände waren mit einer verschossenen Tapete beklebt von einem höchst drolligen Muster; immer kehrten darin zwei Täubchen wieder, die sich zärtlich schnäbelten. Die Decke zeigte schweren Stuck, an dem hier und dort noch Vergoldung haftete. Dann gab es in der einen Ecke einen großen blauen Kachelofen. In der andern stand ein hochbeiniger Schrank mit Glaswänden, hinter denen es glitzerte und blinkte.

„Interessiert Sie unsre Servante, gnädiges Fräulein?“ Eine sanfte, milde Stimme kam zu ihr, aber sie erschrak doch ein wenig, fast als ob sie ertappt wäre. Sie nickte nur. „Kommen Sie, bitte, ich will Ihnen unsre kleinen Merkwürdigkeiten zeigen.“

Es waren schon Merkwürdigkeiten, Familienreliquien, die die etwas zittrigen Hände von Fräulein Elvira vorsichtig aus dem Glasschrank nahmen. Ein Kristallbecher, den ein Elmenrode, der auch Georg geheißen, Anno 1795 aus Karlsbad mitgebracht hatte; ein hoher Silberpokal, in dessen Rand Münzen der Harzstädte eingelassen waren; ein andrer, uralter, von gotischer Form, den, wie das alte Fräulein erzählte, Ritter Georg im Jahre 1518 auf einem Turnier am Braunschweiger Hofe als Ehrenpreis im Lanzenstechen sich errungen hatte. Dann eine silberne Schüssel im geschwungenen Rokokostil, Pariser Arbeit; ein paar kleine Salznäpfchen, die aus Florenz stammen sollten –

Auch Frau von Altberg und Baroneß Hildegard, auch Georg waren herangetreten. Himmel – Himmel, was waren das alles für große Menschen! Ein Riesengeschlecht! Man verschwand ja förmlich zwischen ihnen. Und wie komisch: Jetzt zog die eine der alten Damen eine Dose aus der Tasche, schnupfte, schnupfte! Und zeigte dann den Deckel der Dose. Natürlich war da auch wieder das Wappen mit den drei Bergspitzen eingraviert. „Diese Dose hat unser Ahn Georg, der Königlich Preußischer Generalleutnant war, von Friedrich dem Großen erhalten." So – von Friedrich dem Großen – wer ist denn das gleich gewesen? Irgendein preußischer König – ja – Fräulein Rose hatte wohl von ihm erzählt, so in einem Atemzuge von ihm und Alkibiades, Alexander dem Großen und Cäsar – ja, aber daß diese Elmenrodes alle, alle Georg hießen, das war eigentlich doch viel interessanter. Georg, wie der lange nette junge Herr dort drüben. Nett? Er sieht mich ja gar nicht mehr an.

Da gerade sah er sie doch an, und die vier Augen tauchten auf eines Atemzugs Länge lachend ineinander. Just als Frau von Altberg sagte: „Nun müssen wir aber wirklich aufbrechen."

Und das war wieder nett von ihm, daß er nun schnell vortrat: „Erst möchte ich dem gnädigen Fräulein aber den Rundblick vom Turm zeigen."

Echte Burgromantik war's wieder: dies Klettern innerhalb des halbdunkeln Turms, erst über eine höchst mangelhafte, von allen Zähnen der Zeiten zernagte Wendeltreppe, dann auf einer Hühnersteige – und nun plötzlich der weite, weite Blick auf die lachende, im Frühlingsglanz prangende Ebene. Tief unten lag das Städtchen, in das grüne Gartental gebettet. Die Elm glänzte wie ein Silberband herauf. Rückwärts bauten sich die Berge auf, höher und höher, vom dunkeln Tannenforst bekrönt.

Wundervoll! Wundervoll!

Sie standen zwischen den zerborstenen Zinnen in der Mitte der Plattform. Schweigend zuerst. Dann drängte sie nach vorn, und er mußte sie zurückhalten. Er wußte nur zu gut, daß diese Mauerreste keinen Halt mehr boten. In jedem Winter bröckelten Steine ab und stürzten in die Tiefe. Und als sie weiterstrebte, faßte er sie energisch am Arm. „Nicht einen Schritt weiter!"

Nun aber erzählte, erklärte er. Das wären die Türme von Braunschweig. Dort hinter jenem Vorberg ragte aus dem Forst der Bergfried des fürstlichen Schlosses herauf: Winnerburg; der kleine Ort, dessen äußerste Häuser wie Spielkastengeschnitz gerade noch sichtbar waren, trug den gleichen Namen. Die Dörfer in der Ebene nannte er: Gersfeld, Waltershausen, Gernrode, Hahnenberg. Und er sprach davon, daß das Land weit hinaus einst seinem Geschlechte zu eigen gewesen war, so weit fast das Auge reichte – und wie der Besitz verloren gegangen war, abgebrökkelt gleich jenen Steinen, die alljährlich von der Zinnenkrone in die Tiefe rollten. Er sprach mit Stolz von der Vergangenheit – und sprach mit leiser, weher Stimme, durch die ein Hauch von Bitterkeit zitterte, von der Gegenwart: diese Burg hier, ein Fetzen Land ringsum – gerade genug zum kargen Leben – das war der Rest.

Sie hörte aufmerksam zu, mit gesenktem Köpfchen. Dann und wann nur hob sie den Blick und sah zu ihm auf.

Dann, ganz plötzlich, unvermittelt, sagte sie: „Ich möchte das kaufen, die Burg, alles –"

Er lachte. „– ist unverkäuflich, gnädiges Fräulein!"

„Warum unverkäuflich?" Sie sprach nun ganz ernst. „Unverkäuflich ist nichts, sagt Pa. Es kommt doch nur auf den Preis an. Und Pa wird jeden Preis zahlen, wenn ich es will."

„Da irren Sie denn doch, Prinzessin aus dem Morgenlande. Ich würde lieber hungern, ich ließe mich eher in Stücke reißen, ehe ich diesen letzten Besitz meiner Familie verkaufte, dies Stück Heimatboden. Es wäre nicht feil, um keinen Preis. Nicht um die Schätze Indiens."

Es trotzte in ihr auf. Die Eigensinnsfalte stand auf ihrer Stirn. „Pah!" sagte sie. „Wenn ich die Burg aber haben will."

Sie kam ihm sehr komisch vor in ihrem kindlichen Trotz. Sie amüsierte ihn, sie war wirklich zu drollig. Und so reizend sah sie aus, zum Anbeißen reizend. Die Hände hatte sie auf die Hüften gestemmt, den rechten Fuß herausfordernd vorgestellt. Ihre Augen blitzten, und um die halbgeöffneten roten Lippen huschte das Lächeln des verzogenen Kindes. „Es wird sich schon ein Mittel finden!"

Wie er sie so sah, dies süße Kind, stieg plötzlich der Übermut auch in ihm empor. „Ein Mittel, Prinzeßchen? Es gibt nur eins: Wir heiraten uns."

Sie lachten beide hell auf, im gleichen Moment.

Aber im nächsten Augenblick verstummten sie. Ihre Blicke waren sich begegnet, wichen auseinander – sie sahen ins Tal hinab, in die Ferne.

Da klangen von unten die Rossehufe auf dem Pflaster des Burghofes. Frau von Altberg rief aus der Tiefe herauf: „Wilhelmintje! Herr von Elmenrode – bitte – es ist wirklich an der Zeit."

Und er sagte, sich verbeugend: „Vorsicht, gnädiges Fräulein. Die Leiter ist wirklich elend – bitte, halten Sie sich fest. Es ist schon früher einmal jemand beim Abstieg auf der Burg verunglückt.“

Drittes Kapitel

Mit Wilhelmintje war eine Änderung vor sich gegangen. Sie lief nicht mehr treppauf, treppab im „Goldenen Beutel“, sie spielte nicht mehr mit den Dackeln, sie huschte nicht mehr in die Küche, um sich bei der blonden Frau Ella Pfannkuchen zu bestellen. Sie plapperte auch nicht mehr, wie ihr der Schnabel gewachsen war, und sie lachte nur noch sehr selten. Und wenn sie lachte, war's fast immer zur unrechten Zeit und am unrichtigen Ort. Etwa wenn Frau von Altberg sie recht freundlich fragte: „Wilhelmintje, nehmen Sie noch Erdbeeren? Heute sind sie wirklich köstlich.“ Dann lachte sie auf, häufte sich den ganzen Teller voll und rührte keine Erdbeere an. Immer, wenn sie lachte, war's als ob sie aus einem Traum emporfahre und es nicht merken lassen wollte, daß sie geträumt hatte.

Das Sonnenmühmchen hatte ihre liebe Not mit Wilhelmintje. Manchmal schien es, als wäre sie träge geworden wie eine wirkliche orientalische Prinzessin. Dann ließ sie sich von Sarina einen Haufen Kissen in irgendeinen Zimmerwinkel legen, kuschelte sich hinein, schloß die Augen und tat, als ob sie schliefe. „Ich bin immer so müde.“ Aber Frau von Altberg sah wohl, daß die Kleine nicht schlief. Sobald sie sich unbeobachtet fühlte, spazierten die Äugelchen an der Decke hin und her, von der einen Ecke zur andern. Dann wieder kamen Stunden der Unruhe. Auf einem Ritt nach Waltershausen hinaus hatte sie ein Tempo vorgelegt, daß Frau von Altberg und der Reitknecht kaum nachkommen konnten; und als das Sonnenmühmchen ihr zärtliche Vorwürfe machte, setzte sie die Trotzmiene auf und biß sich die Lippen blutig. Einmal schrieb Mynheer aus Karlsbad: „Was hat denn mein Kind, Madame? Ich erhielt heute einen Brief von ihr, der ganz konfus war. Die Hauptrolle darin spielte die alte Burg Elmenrode. Die sollte, die müßte ich für sie kaufen. Bitte, ziehen Sie doch Erkundigungen ein, ob der Besitz zu haben ist, oder beauftragen Sie den Intendanten damit. Ich würde Wilhelmine ja gern den Gefallen tun. Nur darf sie mich hier während meiner Kur nicht aufregen, das werde ich ihr selbst schreiben. Sie aber bitte ich, mir Nachricht zu geben, ob das Kind vielleicht krank ist –“

Nein, krank war Wilhelmintje nicht. Sie blühte wie eine Rose. Mynheer konnte sich beruhigen. Aber wunderlich war sie, sehr wunderlich. Auch darin, daß sie manchmal ganz von einem seltsamen, heftigen Anschlußbedürfnis beseelt schien. Dann kam sie plötzlich zu Frau von Altberg, fiel ihr wortlos um den Hals; es war fast, als kämpfte sie mit Tränen; es war auch, als fühle sie das Bedürfnis, sich auszusprechen. Das wäre so recht etwas für das Sonnenmühmchen gewesen. Aber wenn sie fragte: „Was haben Sie denn, mein Liebling?", wenn sie sanft die Hand über den dunkeln Scheitel gleiten ließ, dann schüttelte Wilhelmintje nur den Kopf, oder sie löste die Arme und huschte so schnell hinaus, wie sie gekommen war.

Einmal nur war es doch zu einer Art Aussprache gekommen. Aber da hatte nur kindliche Neugier Wilhelmintje beherrscht. Sie fragte, ein wenig verschämt, mit scheu gesenktem Kopf, nach dem Sohn von Frau von Altberg: „Nicht wahr, gnädige Frau, Ihr Sohn ist Offizier?"

„Ja, liebes Kind."

„Und er ist – wie nennt man denn das – er ist in Berlin garnisoniert?"

„Nein, Wilhelmintje, das eigentlich nicht. Sein Regiment steht in Erfurt. Aber er ist in Berlin zum Großen Generalstab kommandiert."

„Großer Generalstab? Was ist denn das?"

Das Sonnenmühmchen mußte lächeln: Kinder können wirklich Dinge fragen, auf die gar nicht so leicht zu antworten ist. Sie gab aber Auskunft, so gut sie konnte, und ein wenig Mutterstolz war auch dabei.

Dann schwieg Wilhelmintje eine Weile; es arbeitete sichtbar in ihr. Bis sie weiter frug: „Wann heiratet denn Ihr Herr Sohn?"

Frau von Altberg seufzte leise; es war das erst recht eine Frage, auf die die Antwort schwer war. Aber sie gehörte nicht zu denen, die aus ihrer Armut ein Hehl machen.

„Das Leben ist teuer, Wilhelmintje, und zum Heiraten gehört Geld. Unsre jüngeren Offiziere müssen den Besitz eines größeren Vermögens nachweisen, für sich oder ihre Braut, ehe sie den Konsens, die Erlaubnis zur Heirat, erhalten. Weder mein Sohn noch Marianne Elmenrode haben solch Vermögen. Sie müssen also warten –"

„Warten? Das muß sehr schwer sein. Müssen sie lange warten?"

„Mindestens bis mein Sohn Hauptmann ist. Noch einige Jahre jedenfalls."

Wilhelmintje schüttelte den Kopf. Ihr wollte die Weisheit einer solchen Einrichtung durchaus nicht einleuchten. „Komisch!" sagte sie.

„Traurig für die, die es trifft, liebes Kind."

Nun schwieg die Javanerin. Aber man sah es ihr an: Hinter der weißen Stirn arbeitete es. Sie sann. Und plötzlich fragte sie wieder: „Dann ist Herr von Elmenrode also auch arm?"

„Warum nehmen Sie das an?"

„Weil er sonst seiner Schwester helfen müßte."

„Müßte? Eine Verpflichtung dazu hätte er wohl kaum. Aber er ist arm – wenigstens ist er nicht vermögend."

„Er brauchte doch nur seine Besitzung zu verkaufen."

Also darauf wollte die Kleine hinaus. Frau von Altberg mußte lächeln.

„Ich weiß nicht, ob er das kleine Gut, das mit der Burg zusammenhängt, verkaufen würde, wenn er einen guten Preis erhielte. Aber einmal: Ich schätze, er würde sich schwer von dem Besitz trennen, der seinen Namen trägt, und dann würde wohl selbst ein guter Preis ihn nicht in die Lage versetzen, Marianne zu helfen. Von dem Gute lebt ja nicht nur er, sondern auch seine beiden Tanten sind darauf angewiesen."

„Die beiden Riesinnen!" Und plötzlich war wieder Sonnenschein in dem Gesichtchen, das soeben noch so ernst dreingesehen hatte. „Die eine schnupft" – Wilhelmintje lachte bei der Erinnerung – „die andre sammelt Briefmarken. Sie hat mich gleich gefragt, ob ich ihr nicht Marken aus Java verschaffen könnte. Briefmarken – zu komisch. Aber Schulze soll mir welche besorgen – ein ganzes Heft voll, die allerseltensten. Gut, daß ich mich daran erinnere, ich will gleich mit ihm sprechen –" Hinaus war sie. Und auf dem Flur klang ihr glockenhelles: „Spada! Spada!"

Aber das Wilhelmintje mußte ein wenig warten. Der Herr Intendant war nicht gleich zu finden. Er saß nämlich mit dem Besitzer des „Goldenen Beutels" im Weinkeller, und sie probten eine Sendung Mosel, die vor wenigen Tagen eingetroffen war. Sie hatten sich angefreundet, Herr Wilhelm Schulze und Herr Max Berent, und saßen gerne im traulichen Halbdunkel zwischen den Flaschenspinden zusammen, die grünen Gläser in der Hand. Es ließ sich gut plaudern dort unten. Der

Herr Intendant erzählte dann von seines reich bewegten Lebens Irrfahrten und von Javas Herrlichkeit und von Mynheers Reichtum; Mäxchen Berent erzählte von seinen Zukunftsplänen, in denen, dank seiner Tatkraft, der „Goldene Beutel" sich zum ersten Hotel des ganzen Harzes emporgeschwungen hatte. Und wenn Herr Schulze ein glänzendes Bild eines „Rompokk", eines Schaukampfes zwischen Mensch und Tiger am Hofe von Soerabaya, entrollt hatte, dann meinte Herr Berent sicher: „Aber solch ein Weinchen habt Ihr dort doch nicht. Solch Graacher Himmelreich, Gewächs von Anton Thanisch, 1904 – ja, da kann einem das Herz dabei aufgehen. Was? Wie? Freilich – wir trinken noch ein Fläschchen. So jung kommen wir nicht wieder zusammen."

Heute war der „Goldene Beutel" übrigens besonders rosiger Laune. Ein wenig geheimnisvoll dazu. „Es steht uns noch eine besondere Ehre bevor. Was? Wie? Nein, ich verrate nichts. Es soll eine Überraschung für unsre Stadt sein. Ja, mein Verehrtester, man hat so seine Verbindungen. Die Hauptsache für einen Hotelier größeren Stils –"

Er rückte noch ein wenig näher heran an Herrn Schulze und dämpfte seine Stimme, obwohl kein Lauschender in der Nähe war. „Übrigens, im tiefsten Vertrauen gesagt, man interessiert sich höheren Orts" – eine geheimnisvolle Bewegung der rechten Hand begleitete dies „höheren Orts" – „für Mynheer und für das gnädige Fräulein. Ja, besonders für das letztere. Schön, sehr schön sogar, jung, reich – ein Wunder ist es ja nicht. Aber man hat mir zu verstehen gegeben, daß das Interesse doch noch seinen besondern Grund hat. Man hat sozusagen bei mir sondiert. Und da möchte ich Sie eigentlich, unter Diskretion natürlich, fragen, Verehrtester – Sie nehmen doch noch ein Schlückchen? – also da möchte ich Sie fragen: Wie ist das eigentlich – das mit der Prinzessin? Natürlich eine Prinzessin kann das wunderschöne gnädige Fräulein nicht sein. Aber der Kommissionär des Amstelhotels, dieser Herr Myr, machte allerlei Anspielungen – also, stammt die Frau Mama wirklich aus fürstlichem Geblüt? Es ist doch merkwürdig. Ich habe immer geglaubt, die Eingeborenen, auch mit Verlaub zu sagen, die Prinzessinnen wären dort schwarz. Dann mußte das doch – ich weiß nicht recht, wie ich mich ausdrücken soll – sozusagen auch auf die Nachkommenschaft abfärben. Aber unsre Prinzessin – will sagen das gnädige Fräulein – hat doch eine Haut wie Milch und Blut, ja –"

Er hatte einen ganz roten Kopf bekommen, der „Goldene Beutel". Die lange Rede war ihm sichtlich schwer geworden, und während er nun gespannt auf Antwort wartete, schlürfte er ganz langsam, in kleinen Schlückchen, seinen Graacher Himmelreich, Jahrgang 1904, Gewächs Anton Thanisch.

Der Intendant tat desgleichen, legte sein gebräuntes Gesicht in ernste Falten, zwirbelte an seinem schwarzen Schnurrbart, den er in Erinnerung an seine militärische Karriere immer besonders pflegte, blinzelte mit den Augen.

„Lieber Herr Berent, zunächst muß ich einen Irrtum berichtigen. Die Javaner sind keine Mohren und keine Neger. Ihre Haut ist gelblich, bisweilen in den höheren Gesellschaftsschichten sogar nur wenig von der unsern abweichend. Unter den Javanerinnen gibt es wirkliche Schönheiten, auch nach unsern Begriffen. Nun tragen freilich die ‚Nonna-Nonnas', ich meine die Mischlinge, die eine Eingeborene zur Mutter und einen Europäer zum Vater haben, meist die Merkmale der mütterlichen Rasse, aber es gibt auch da Ausnahmen –"

Er sprach wie ein Buch, und wenn man ihn so sitzen sah, mit den übereinandergeschlagenen Beinen, das grüne Glas in der Rechten, die Linke auf den Oberschenkel gestützt, dann mußte man ihm glauben. Der „Goldene Beutel" glaubte ihm jedes Wort.

„Um nun vom Allgemeinen zum Besondern zu kommen", fuhr Herr Wilhelm Schulze fort, „so habe ich das, was ich Ihnen anvertrauen will – an-ver-trauen! – ja auch nur vom Hörensagen, denn ich befinde mich erst seit fünf Jahren in meiner jetzigen Position. Indessen liegt kaum ein Grund vor, an der Richtigkeit meiner Annahmen zu zweifeln. Mynheer Stritten –"

„Mynheer Stritten –"

„Jawohl. Mynheer Stritten hat seinen enormen

Reichtum gar nicht auf Java erworben, sondern auf Muntok –“

„Auf Muntok –“

„Jawohl, in Muntok auf der Bankainsel, und zwar durch die Entdeckung und Ausbeutung eines Zinnlagers. Hm – ja – Böswillige behaupten, er sei eigentlich dabei Angestellter der holländischen Regierung gewesen, habe aber das größte Zinnlager heimlich auf eigne Rechnung betrieben – ja – und dies Zinnlager selbst hätte ihm eine Tochter des Sultans Nadja-müeddin –“

„Nadja-müeddin –“

„Nadja-müeddin, die sich in ihn verliebt, verraten. Diese Prinzessin hätte er dann aus dem Rampong, der Residenz, entführt und geheiratet, nachdem sie zum Christentum übergetreten. Aber seines Bleibens sei auf der Bankainsel nicht gewesen, denn der Sultan Nadja-müeddin –“

„Nadja-müeddin –“

„Nadja-müeddin hätte ihm nach dem Leben getrachtet. So – und nun setzt der Teil meiner Erzählung ein, den ich allein als positiv bezeichnen kann – so ist er denn nach Java übergesiedelt, hat dort große Plantagen angekauft und sehr rationell bewirtschaftet, Tabak- und Kaffeeplantagen, Zucker und Kakao, und Millionen auf Millionen gehäuft.“

„Und die Prinzessin?“

„Welche Prinzessin?“

„Nun – ich meine – unser schönes gnädiges Fräulein – die ist nun sozusagen die Enkelin des Sultans Nadja-müeddin –“

„Lieber Herr Berent, davon habe ich doch nicht ein Wort gesagt. Ich bitte dringendst, das zu beachten. Welche Schlußfolgerungen Sie im übrigen ziehen, muß ich ganz Ihnen überlassen. – Übrigens ist dieser Graacher wirklich ganz vortrefflich. Ich möchte wohl noch um ein Gläschen bitten.“

***

Am nächsten Tage, gegen fünf Uhr nachmittags, wurde es offenbar, durch welche Überraschung und welche Ehre die gute Stadt Elmenrode beglückt werden sollte.

Von Winnerburg her rollte eine elegante Equipage heran. Nicht ganz so elegant wie die der holländischen Herrschaften, nicht ganz so luxuriös, aber immerhin sehr vornehm. Vornehmer vielleicht in ihrer Einfachheit. Ein paar mächtige Karossiers, ein statiöser, dicker Kutscher auf dem Bock und daneben ein würdevoller glattrasierter Diener, die Arme gekreuzt über der Brust. Im Fond des Wagens saßen zwei einfach gekleidete Damen, auf dem Rücksitz ein schlankes junges Mädchen: die Fürstin-Mutter Marie Luise, die Fürstin Charlotte, Marianne Elmenrode. Empfang war verbeten worden. Vom Hofmarschallamt war überhaupt nur die ganz vertrauliche Mitteilung an den „Goldenen Beutel" gelangt, daß die Allerhöchsten Herrschaften ihren Tee im Garten des Hotels zu nehmen beabsichtigten. Aber wie es so geht: Das große Geheimnis sickerte auf unsichtbaren Wegen durch. Vielleicht war es auch gar nicht so ernst mit der Geheimniskrämerei gemeint gewesen, man hatte sich nur unnötige Lasten ersparen wollen.

Aber es war nun einmal eine besondere Überraschung und eine besondere Gnade dem guten Städtchen gegenüber, dem die Sonne fürstlicher Huld während einiger Jahre entzogen gewesen war. Der frühere Bürgermeister hatte es irgendwie, irgendwo einmal an der nötigen Ehrerbietung, an dem nötigen Takt fehlen lassen.

Von Herrn Bürgermeister Zitro war Besseres zu gewärtigen, er verstand sein Amt auch nach dieser Seite hin zu vertreten. So stand er denn auch ganz zufällig, als die fürstliche Equipage nahte, vor dem Eingang des „Goldenen Beutels", und ganz zufällig hatte er auch seinen schwarzen Gehrock angezogen und den Zylinder aufgesetzt. Blitzblank sah der aus, die Zitrone war augenscheinlich noch mit dem Bügeleisen über den Filz gegangen. Es spielte sich auch alles sonst ganz im Rahmen der Zufälligkeiten ab. Zufällig hatten die beiden oberen Klassen der Höheren Töchterschule an diesem denkwürdigen Nachmittag keinen Unterricht, sollten vielmehr unter der Leitung von Fräulein Armbrust einen „botanischen Spaziergang“ in den Wald unternehmen, und wiederum zufällig fügte es sich, daß Fräulein Armbrust sie im gegebenen Moment vor dem „Goldenen Beutel“ vorüberführte, daß die Schülerinnen, die alle zufällig weiß gekleidet waren, eine Art Spalier bildeten und, als die hohen Herrschaften sich zum Aussteigen anschickten, in ein herzerfreuendes Hoch ausbrachen. Zufällig eilte nun der Herr Bürgermeister an den Wagenschlag, den Zylinder in der Hand, teilte sich mit Mäxchen Berent in die pflichtmäßigen Verbeugungen und improvisierte eine zartsinnige, sich durch Kürze angenehm auszeichnende Ansprache, in der von außerordentlichem Glück, von hoher Gnade, von der treuen Loyalität der Elmenroder und vom schönen Wetter die Rede war.

Hohe Herrschaften sind stets auf derartige Zufälligkeiten vorbereitet. Die beiden fürstlichen Damen dankten mit liebenswürdigstem Lächeln, und dann schritten sie schnell, um sich weiteren Ovationen zu entziehen, durch den kühlen Hausflur nach dem Garten hinter dem Hause. Marianne von Elmenrode folgte. Sie kannten ja alle den Weg von früheren Besuchen. Und wie früher immer geruhte die Fürstin-Mutter, kaum daß sie den Garten betreten hatte, zu dem Herrn Besitzer zu sagen: „Nein, wie reizend es doch bei Ihnen ist! Und wie hübsch Ihre liebe Frau den Teetisch unter der alten Linde wieder hergerichtet hat!“

Herr Max Berent strahlte und verneigte sich einmal über das andre.

Es war übrigens wirklich hübsch unter dem schattigen Lindenbaum; der Tee konnte, bemerkte die Fürstin-Mutter wie beiläufig, im Schloß nicht besser sein, und der Kuchen der blonden Frau Ella hätte ja ohnehin berechtigten Ruf längs des ganzen Nordharzes, wie Ihre Durchlaucht Fürstin Charlotte nochmals ausdrücklich konstatierte.

Es gefiel den Herrschaften so gut, daß sie sogar das Ausspannen befahlen.

Ganz befriedigt schienen die Herrschaften aber doch nicht zu sein. Der Herr Wirt, der sich bescheiden in den Hintergrund zurückgezogen hatte, um, von einer Stachelbeerhecke halb verdeckt, die weiteren Staatsaktionen mit diplomatischen Augen zu verfolgen, bemerkte es wohl. Es fehlte irgend etwas, es fehlte irgendwo. Die beiden erlauchten Damen flüsterten untereinander, flüsterten mit der Hofdame, lachten dann leise, und schließlich stand Fräulein von Elmenrode auf, jedenfalls mit dem Auftrage, irgendein Versäumnis zu rügen, etwas Fehlendes herbeizuschaffen. Auf einem Schleichwege zwischen den Stachelbeerhecken eilte ihr der „Goldene Beutel“ nach, erreichte sie noch glücklich im Hausflur, tupfte sich mit seinem seidenen Taschentuch die Schweißperlen von der Stirn und fragte erregt: „Gnädiges Fräulein, um Gottes willen, ist irgend etwas versehen worden? Ich bin in Todesängsten.“

Die Hofdame schüttelte belustigt den Kopf. „Aber ich bitte Sie, Herr Berent, es ist alles vortrefflich, und Ihre Durchlaucht lobten sogar wieder den wundervollen Streuselkuchen. Ich möchte nur meine Schwiegermama besuchen."

Schwiegermama? Was bedeutete denn das? Max Berent kannte das gnädige Fräulein nun doch schon seit der Zeit her, da sie noch ganz kurze Kleider getragen hatte. Oft genug hatte er damals hinter dem bildhübschen, gertenhaft schlanken Backfisch dreingesehen, wenn der mit flinken Schritten die Straßen nach der Burg hinaufstieg. Er kannte ja überhaupt die Burg mit allem, was darin hauste, auch mit all den kleinen Nöten, die darin regierten, seit fast einem Menschenalter; Elmenroder Kind, das war er. Und nun sprach da Fräulein Marianne von ihrer Schwiegermama. Sie mußte also verlobt sein. Und davon wußte niemand etwas in dem ganzen Städtchen? Es war eigentlich undenkbar. Aber der „Goldene Beutel" hatte sich in diesen aufregungsreichen Tagen auch schon an das Undenkbare gewöhnt. Ein etwas törichtes Gesicht mochte er freilich machen. Denn Fräulein von Elmenrode fühlte sich veranlaßt, noch einen erklärenden Aufschluß zu geben. „Frau von Altberg nämlich, lieber Herr Berent. Ich sehe es Ihnen an, daß Sie einigermaßen erstaunt sind. Meine Verlobung ist noch nicht öffentlich. Aber Sie mögen immerhin davon Kenntnis nehmen, ich weiß ja, wie diskret Sie sind."

„Diskretion – Ehrensache!“ Max Berent legte beteuernd die Hand auf das schön gestärkte Frackhemd und freute sich im Innern schon auf die Stunde, wo er am Honoratiorentisch die große Neuigkeit verkünden durfte. Verkünden mit all den Fragezeichen, die sich von selbst ergaben. Denn daß oben in der Burg eine Kaution nicht aufgebracht werden konnte, war ebenso gewiß, wie daß die Herzogin-Mutter sie nicht stellte. Und Frau von Altberg – nun, man konnte ja nicht wissen –

„Meinen gehorsamsten Glückwunsch, gnädiges Fräulein“, sagte er laut und verbeugte sich wieder. „Das wird eine Freude bei den verehrten Tanten gewesen sein.“

Marianne nickte ein paarmal hintereinander, und über ihr schönes, ernstes Gesicht flog ein leises Lächeln. „Auf welchem Zimmer treffe ich Frau von Altberg?“

„Die holländischen Herrschaften bewohnen den ganzen ersten Stock und die Hälfte des zweiten“, sprach der „Goldene Beutel“, alle seine Würde wiederfindend. „Aber – ich bedaure unendlich, gnädiges Fräulein – die Frau Baronin sind mit dem jungen gnädigen Fräulein vor etwa einer Stunde ausgefahren. Im Auto – nicht im großen Reiseauto, sondern mit dem kleinen Mercedeswagen.“ Herr Max Berent war augenscheinlich bereits Sachkenner geworden.

„Und wohin? Weiß man, wann sie zurückkommen?“ Marianne Elmenrode sah etwas enttäuscht drein.

Der „Goldene Beutel“ zog gewichtig die Achseln hoch. „Jedenfalls zur Abendtafel. Die Herrschaften pflegen um acht Uhr zu speisen. Aber ich will die Dienerschaft fragen und gebe sofort Bescheid.“

Marianne wandte sich und schritt langsam in den Garten zurück. Sie wußte, auch dort war man sicher enttäuscht, denn der eigentliche Zweck dieser Partie, die die gute Stadt Elmenrode so beglückte, schien nun doch verfehlt. Hierher gekommen zu sein, nur um dünnen Tee zu trinken und Kuchen hineinzustippen, den der Hofbäcker dreimal besser fabrizierte, das war arg, denn in Wirklichkeit hatte man sich doch darauf gespitzt, diese kleine märchenhafte Prinzessin aus Java zu sehen und womöglich kennenzulernen. Es war so langweilig jetzt auf Schloß Winnerburg – so langweilig, daß man schier verzweifelte. Der Fürst immer in einem der hochgelegenen Jagdhäuser auf den Bock, kein vernünftiger Mensch zum Besuch und stets das öde Gewäsch des faden Herrn von Germstein oder höchstens einmal den Konsistorialrat zum Tee – nein, wahrhaftig, jede Abwechslung mußte willkommen sein. Marianne wußte, wie der Hase läuft. In den fünf Jahren ihrer goldenen Dienstbarkeit hatte sie auch das Unausgesprochene zu verstehen gelernt. Das Unausgesprochene aber ist auf fürstlichen Schlössern oft unendlich viel mehr wert als das laute Wort.

Aber als sie in den Garten trat, über die Hecke fort auf den Teetisch unter der Linde sah, fand sie das Bild angenehm verändert. Die Herrschaften hatten doch einige Abwechslung gefunden.

Marianne Elmenrode schrieb an ihren Bruder:

„Es war wirklich ein komisches Bild, das ich vor mir sah. Am Teetisch der Herrschaften stand eine kleine Exotin, wie eingewickelt in ein grellfarbiges Tuch, mit demütig hängendem Kopfe. Mein erster Gedanke war: Sollte dies vielleicht gar die berühmte javanische Prinzessin sein? Aber ich merkte sofort, daß das doch nicht der Fall sein konnte. Die Haltung des Mädchens hatte etwas gar zu Domestikenhaftes. Und meine Herrschaften würden wohl auch nicht so herzlich gelacht haben, wenn sie wirklich besagte Prinzessin vor sich gehabt hätten.

Ich erfuhr dann auch, daß die kleine Gelbe eine der Dienerinnen der exotischen Gäste wäre. Sie war vorübergehuscht, und die Fürstin-Mutter hatte sie herangewinkt. Das merkwürdigste war, die Herrschaften konnten sich mit ihr verständigen. Meine hohe Herrin hat in ihrer Jugend, lang, lang ist's her, wiederholt am Hofe im Haag geweilt, zum Besuch bei ihrer Tante, und von diesen Besuchen her waren einige Brocken Holländisch haften geblieben, die sie nun mit sichtbarer Genugtuung an den Mann oder vielmehr an das Mädchen brachte. Alles verstand freilich die Javanerin nicht, und die Fürstin verstand noch weniger von dem, was jene in demutsvoller Scheu erwiderte. Immerhin: Es ging doch einigermaßen. Übrigens behandelten meine Damen das Mädchen nicht viel anders, wie ich in meiner Kindheit etwa meine Puppen behandelt habe; die Fürstin räumte sogar den halben Kuchenteller ab und packte ihn für Sarina zusammen. Sarina nämlich heißt, wie ich inzwischen erfuhr, die gelbe Maid. Es erschien dann sehr erschrocken unser alter Freund und Gönner, Herr Max Berent, wieder auf der Bildfläche und schleifte einen schwarz berockten Ehrenmann mit sich, der sich als der Intendant der Holländer entpuppte. Sie haben nämlich, denke Dir, einen Intendanten! Besagter Würdenträger sollte augenscheinlich nach dem Wunsch unsres Freundes Berent den Dolmetscher spielen. Viel wurde nicht daraus, aber immerhin erfuhren wir, daß Mama Altberg und ihre Schutzbefohlene im Auto nach unsrer Burg – denke Dir, unsre Burg – gefahren wären. Es ist gewiß das erstemal gewesen, daß solch ein fauchendes Ungeheuer den Weg nach unserm lieben alten Raubnest zurückgelegt hat.

Ich schrieb Dir schon, die Herrschaften waren auf Neugier gestimmt. Bei wem indessen die Neugier stärker war, ob bei der Fürstin-Mutter oder meiner guten Fürstin selbst, bleibt dahingestellt. Nachdem der Herr Intendant mit seiner Kortege sich entfernt hatte, tuschelten die Herrschaften ein wenig miteinander; dann wurde der ‚Goldene Beutel' huldvollst davon in Kenntnis gesetzt, es wäre in seinem Garten so wunderschön, daß man auch den Abendimbiß bei ihm zu nehmen wünsche; ob er wohl Forellen im Fischkasten hätte?

Du kannst Dir denken: Er hatte welche. Und wenn er keine gehabt hätte, er hätte sie vom Himmel heruntergeholt. Ich aber wurde nicht minder huldvollst befragt, ob ich nicht ‚schnell einmal' nach der Burg hinauffahren möchte? Ich knickste in Demut und Dankbarkeit und dachte mir mein Teil.

Und nun kommt das Schönste.

Lieber alter Junge, unser Lebensweg ist nicht gerade mit Rosen bedeckt gewesen, und wenn wir doch einmal ein Röslein am Wege fanden, fehlten sicher die Dornen nicht dabei. Aber gerade weil mir die heitern Stunden nicht übermäßig reich gesät waren, habe ich mich immer herzinnig gefreut, wenn mir einmal etwas Frohes begegnete. – Du siehst, lieber Georg, ich schreibe einen richtigen wohlstilisierten Brief mit fein aufgebauten Steigerungen. Aber lies nicht zuviel künstlich hinein, denn eigentlich ist gar nichts Künstliches drin; ich schreibe sogar recht, wie mir der Schnabel gewachsen ist. Also laß Dir berichten.

Unser dicker Hofkutscher mag wohl ein etwas mürrisches Gesicht gemacht haben, als er gleich wieder anspannen mußte, noch dazu nicht für die Herrschaften, sondern für ein in seinen Augen so unbedeutendes Wesen, wie ein gewisses Hoffräulein es ist. Als er erfuhr, daß ich den steilen Weg zu uns hinauf begehrte, sanken ihm die Mundwinkel geradezu bedenklich herab. Aber das half nun nichts. Nur, daß er sein gemessenstes Tempo anschlug.

Siehst Du, lieber Georg, meine Gedanken waren auf der kurzen Fahrt eigentlich ganz woanders, als wohin sie von Dienstes wegen gehörten; denn eigentlich, Du weißt es, hat ein Hoffräulein an gar nichts andres zu denken als an ihre erhabenen Herrschaften und daran, wie sie Höchstdieselben wohl demnächst am besten unterhalten könnte. Meine Gedanken aber erlaubten sich spazierenzugehen; dem Wagen voraus zu unserm lieben alten Gerümpel, zu den beiden Tanten, zu meiner Schwiegermutter, die ich noch so wenig kenne und doch schon liebhabe; dann aber flogen meine Gedanken zu Dir und zu Kurt nach Berlin, mit Hangen und Bangen und mit so großer, ach so großer Liebe.

Nun rollte und polterte die Equipage durch das Burgtor, und da machten die Gedanken, die eben noch auf der Reise waren, plötzlich einen Sprung oder vielmehr einen Halt so jäh, daß ich dem dicken Bernhard mit der Spitze meines Sonnenschirms auf den Rücken klopfte, was sich sonst höchstens Ihre Durchlaucht gestatten. Er hielt aber wirklich, und ich konnte meinen Gelüsten frönen. In mir war nämlich ganz plötzlich der kindische Wunsch, nein, das unwiderstehliche kindische Verlangen erwacht, in den Graben hinunterzusteigen, durch unsre Wildnis zu laufen und dann die steile Treppe des Grabenrandes, die Du so gut kennst, hinaufzuklettern, wie wir es einst beide zusammen gern taten. Ich gebe zu, daß es ein höchst unpassendes und ungehöriges Verlangen war, aber selbst junge Mädchen von dreiundzwanzig Jahren, Hoffräuleins und Bräute haben bisweilen noch einen Giper auf etwas Ungehöriges. Allein schon unser Stückchen düsterer Urwald reizte mich nach all den feierlichen Spaziergängen in dem wohlgepflegten Schloßpark von Winnerbug unwiderstehlich, und von der kleinen Kletterei versprach ich mir etwas wie eine Seligkeit.

Und nun stelle Dir vor: Ich stehe auf der berühmten Treppe, die ja eigentlich eine elende Leiter ist, und die ich aus alter Erfahrung rückwärts gehend nehmen wollte. Etwa zehn Stufen mochte ich schon hinaufgestiegen sein, da klang von unten eine junge Stimme zu mir herauf. Was sie eigentlich sagte, diese Stimme, weiß ich nicht. Deutsch war es nicht, Holländisch schien es mir auch nicht zu sein. Wenn ich nach dem Tonfall urteilen sollte und nach dem, was weiter folgte, so mochte der Ruf ungefähr bedeuten: ‚Nein, aber so etwas! Was will denn dieses lange Laster dort?' Jedenfalls bestimmte mich diese freundschaftliche Begrüßung, in meinen Kletterversuchen innezuhalten, mich halb umzudrehen und nach unten zu spähen. Und da sah ich denn das zierlichste, reizendste, hübscheste, anmutigste Geschöpfchen, dem ich je in meinem Leben begegnet bin. Dies Geschöpfchen war im Begriff, die Treppe hinaufzusteigen, und es hätte nicht viel gefehlt, so hätten wir eine kleine Karambolage gehabt. Wer es war, hast Du schon erraten: selbstverständlich die Prinzessin aus Java.

Ich sagte resolut über die Schulter: ‚Nun lassen Sie mich erst mal hinunter!', und sie sagte zu mir herauf: ‚Meinetwegen – zum Begegnenspielen ist die Treppe nicht angelegt!' Und dann standen wir uns in dem grünen Dickicht auf der Grabensohle gegenüber, lachten uns an, und sie sagte ganz unvermittelt und ganz unverfroren: ‚Sie sind gewiß Fräulein Marianne!' Als sie das gesagt hatte, wurde sie ein wenig verlegen, faßte sich aber gleich und erklärte: ‚Ich habe Sie nämlich an der Ähnlichkeit erkannt. Viele so große Menschen gibt es gewiß nicht. Ich bin Wilhelmine Stritten, und hier fast an derselben Stelle habe ich neulich auch Ihren Bruder kennengelernt. Das ist doch zu komisch. Bruder und Schwester an derselben Stelle!' Wie sie das sagte, so fabelhaft harmlos und dabei doch lebhaft interessiert, wie das Blut dabei in dem feinen Kindergesicht kam und ging, wie die Lider mit den langen schwarzen Wimpern sich senkten, wie die dunkeln Augen sich wieder forschend, suchend, bittend zu mir öffneten, das alles kann ich Dir nicht beschreiben. Ich kann nur sagen, es war reizend, es war süß! Süß, ohne jeden Beigeschmack des Süßlichen! Wenn ich eine eitlere Schwester wäre als ich bin, könnte ich allerdings noch so einiges andre hinzufügen, das auf meinen großen Bruder Bezug hat. Denn wie unsre kleine Prinzessin rot wurde, als sie seinen Namen nannte, das konnte schon zu denken geben.

Im übrigen entwickelte sich alles Weitere höchst einfach und folgerichtig. Mein heißes Verlangen nach einem Sturmlauf durch unsre geliebte Wildnis mußte ich ins Herzenskämmerlein einsargen. Denn Mama Altberg und die beiden Tanten hatten natürlich die fürstliche Equipage bemerkt, kamen in den Hof herunter und an den Grabenrand, fanden meine Eskapade höchst verwunderlich, nahmen dann aber sowohl mich wie das kleine Wilhelmintje in Gnaden auf. Schließlich wurde der dicke Bernhard mit seinen Karossiers zu Tale geschickt, und ich stieg, nachdem ich gerade noch Zeit gehabt, die Tanten abzuknutschen, in das Ungeheuer mit den vierzig Pferdekräften, hatte meine liebe Mama Altberg zur Rechten und mir gegenüber das Prinzeßchen, das gar nicht mehr so redselig war wie unten im grünen Graben, sondern eigen versonnen auf dem Rücksitz saß.

Aus der Fülle der Ereignisse dieses denkwürdigen Tages aber möchte ich nur noch das Wenige herausgreifen, das sich abspielte, als wir, Mama Altberg und ich, das Prinzeßchen, in Freiheit dressiert, meinen Herrschaften vorführten. Es war das nicht ganz leicht, denn das kleine Wilhelmintje hat augenscheinlich nicht den geringsten Respekt vor Fürstlichkeiten und außerdem ein ungewöhnlich starkes Temperament. Sie weigerte sich zuerst ganz entschieden, kreuzte die kleinen Hände, winzig kleine Hände, sag' ich Dir, Georg, aber Hände, die gewiß sehr fest zu halten verstehen, was sie halten wollen – sie kreuzte also die beiden Hände sehr entschlossen auf dem Rücken, machte ein finsteres Gesicht und sagte: ‚Nein', kurzweg ‚Nein'. Als wir dann auf der Fahrt hübsch auf sie einredeten, immer abwechselnd, Mama und ich, sprach sie einiges holländisch, das auch nicht viel andres bedeuten konnte, und schließlich etwas in einer dritten Sprache, die mir malaiisch schien, die aber auch ganz entschieden sehr bestimmte Verneinungsausdrücke zuließ, wobei ich doch den Weg fand, ihr die Sache plausibel zu machen. Eigentlich einen Doppelweg, denn erstens bat ich sie, und zweitens suchte ich ihre Neugier aufzustacheln. So stand sie denn endlich am Teetisch, der sich inzwischen mit allerlei Abendbrotköstlichkeiten bedeckt hatte, vor den durchlauchtigsten Damen, machte einen unglaublichen Flunsch und wahrhaftige Zornesaugen, dazu grub sich auf ihrer Stirn eine Falte ein, deutlich erkennbar, die eigentlich nichts Gutes voraussehen ließ. Es ging aber doch besser, als ich befürchtete.

Nach den üblichen Präliminarien, die natürlich Mama Altberg galten, schlug nämlich meine gute Fürstin einen so herzlichen Ton gegen das Kind an, daß das Mäulchen allmählich seine natürliche Form annahm und die Trotzfalte abebbte. Es ist nun schon einmal nicht anders: Fürstlichkeiten haben fast immer durch langjährige Übung eine eigene Kunst der Menschenbehandlung. Hier kam noch der Wunsch hinzu, aus dem kleinen Menschenkind irgend etwas herauszulokken. Und das Wilhelmintje gab sich denn auch bald urdrollig. Anfangs sagte sie nur ja und nein, aber bald geriet sie ins Erzählen, ohne jede Scheu vor den durchlauchtigsten Damen, als ob sie Plapperwasser eingenommen hätte. Und der Kernpunkt ihrer Rede war immer wieder, daß sie Elmenrode entzückend fände, daß das Schönste aber neben den Dackeln des ‚Goldenen Beutels' unsre Burg wäre. Das Lob der Heimat ging der Fürstin natürlich glatt hinunter. Aber sie mußte doch lächeln, als die Kleine immer wieder darauf zurückkam, ihr Pa müßte ihr die Burg kaufen; dort wolle sie in Zukunft leben und nirgend anderswo. Die Fürstin-Mutter wurde schließlich ganz aufgekratzt, zumal auch die Forellen vortrefflich waren und der ‚Goldene Beutel' einen Graacher Himmelreich auffahren ließ, den man wirklich loben konnte.

Nach dem zweiten Glase fragte die Fürstin: ‚Kleines Fräulein, wollen Sie denn da oben in dem alten Gemäuer immer ganz allein wohnen?' – ‚Nun, Pa darf da auch wohnen' – Pause – ‚und Frau von Altberg auch!' – ‚Sonst ganz allein?' – Da wurde die Prinzessin rot, aber dann platzte sie ganz wacker heraus: ‚Mein Mann darf da auch leben!' Wobei Mama Altberg in ihrer immer begütigenden Weise meinte: ‚Wilhelmine, das hat doch aber noch lange Zeit.' Auf einen Moment senkten sich die dunklen Augen, aber gleich gab das Prinzeßchen recht bestimmt, wenn auch ein wenig zögernd zurück: ‚Ich weiß nicht –'

Du kannst Dir denken, lieber Georg, wie wir gelacht haben. Als wir abfuhren, geschah aber das Unglaubliche, daß erst die Fürstin-Mutter und dann die Fürstin Wilhelmintje rechts und links einen Kuß auf die Wange gaben, was die Kleine nach echter Backfischart mit einem Sichscheuloswinden, das übrigens auch unglaublich drollig wirkte, quittierte.

Von mir ließ sie sich übrigens einen Kuß auf die Lippen ohne Sträuben gefallen.

Während der Heimfahrt sprachen meine Herrschaften von nichts anderm als von der Prinzessin. Sie hat sich entschieden einen Riesenstein im Brett gewonnen. Auch daß Mama und sie in nächster Woche auf das Schloß befohlen werden sollten, wurde gleichzeitig im hohen Rat beschlossen; für das Befehlen oder Gehorchen dürfte Wilhelmintje freilich das rechte Verständnis fehlen.

Ich aber saß bescheiden, wie es sich für ein Hoffräulein geziemt, in meiner Rücksitzecke und ließ meine Gedanken wieder einmal wandern. Ganz merkwürdige Gedanken, die – ich gestehe es offen – immer wieder die kleine reizende Person und Dich, lieber Georg, zusammenführten. Ich weiß, Du wirst lachen, wenn Du dies liest. Du hast ja auch ganz recht. Aber ich kann mir nicht helfen: Du hast auf das Wilhelmintje ohne Zweifel einen großen Eindruck gemacht. Das will bei solch einem jungen Ding, das wohl noch nicht vielen Männern Deiner Art begegnete, nicht gar zuviel sagen.

Aber diese Kleine darf man bei all ihrer Jugend und Naivität doch nicht gar zu leicht wägen –

Und nun Gott befohlen, cher frère, grüße mir meinen lieben Kurt, wenn Du ihn siehst – und ich hoffe, Ihr seht Euch recht häufig und haltet gute Freundschaft. Ich habe mit Mama Altberg so gut wie gar nicht sprechen können, immer waren die Fremden zugegen. Und was hätte ich ihr nicht alles zu sagen gehabt, wie gern hätte ich mich an ihrer Brust einmal ausgeweint! Ach, lieber Georg, das Leben ist so schwer. Wenn du diesen Brief liest, wirst Du wahrscheinlich glauben, er sei aus einem frohen, heitern Herzen heraus geschrieben. Und doch ist das, was aus ihm wie Frohsinn klingen mag, nur die Eingebung von wenigen glücklicheren Augenblicken!“

Viertes Kapitel

Georg Elmenrode war erst vor einer Stunde vom Dienst zurückgekommen. Der neue Oberst nahm es, wie neue Herren meist, höllisch streng; er fühlte das Bedürfnis, das Regiment wieder einmal ordentlich auf den Schwung zu bringen. Es ging jetzt an jedem Morgen mit den Bäckerjungen hinaus, und erst, wenn die Sonne hoch stand, kam die Kompanie vom Felddienst oder vom Schießen zurück. Dazwischen lagen heiße Stunden, weit draußen zwischen Dalldorf und Tegel oder jenseits der Jungfernheide. Man hatte alles Recht, müde zu sein und nach kurzem Frühstück die Glieder zu strecken. Offiziere und Mannschaften. Für Georg Elmenrode war es heute ein besonders anstrengender Tag gewesen. Er führte eine Kompanie. Der Gaul des beurlaubten Hauptmanns war aber nicht in Ordnung und mußte geschont werden. Sich für schweres Geld ein Pferd zu leihen, dazu langte es nicht. Also hieß es die eigenen Beinchen „in die Hand nehmen"; bei den Ansprüchen, die der königliche Dienst jetzt stellte, keine kleine Aufgaben.

Georg war redlich müde. Während er die drei steilen Treppen zu seiner Leutnantsbude emporklomm, freute er sich auf eine Stunde Ruhe, auf ein Butterbrot mit heimatlicher Wurst dazu und auf eine Kaltschale, Wasser, geriebenes Brot, Rosinen und ein Stück Eis darin.

Der Bursche wußte Bescheid und hatte alles gewiß schon ordentlich zurechtgestellt.

So war es auch. Das frugale Frühstück stand bereits auf dem Tisch, und in dem kleinen Wohnzimmer war es hübsch kühl. Aber während ihm der ausgezeichnete Peritzky die hohen Stiefel auszog, meldete er: „Es war ein Herr da!“ Der Leutnant hörte nicht recht darauf hin und lugte schon nach der lockenden Kaltschale. Peritzky wiederholte: „Ein Herr war da, Herr Leutnant, er müßte den Herrn Leutnant unbedingt sprechen. Es wäre wichtig!“

„Das sagen sie immer, daß es wichtig ist. Und nachher ist es ein braver Israelit, der wegen alter Kleider anfragen will. Halte mir bloß solche Leute vom Leibe.“

„Nee, Herr Leutnant, so einer is es nicht. Es ist ’n Herr, aber ’n komischer. Er will wiederkommen.“

„Ich bin nicht zu sprechen. Ich will schlafen.“ Georg hatte jetzt die bequemen Hausschuhe an, streckte sich ein wenig, langte nach dem Brot, schnitt sich eine Scheibe ab und butterte sie. Dabei ging ihm doch im Kopf herum, wer der Mann, der ein Herr war, gewesen sein könnte. Er überschlug in Gedanken, ob es ein Manichäer war – irgendeine peinliche Rechnung hat am Ende jeder Leutnant. Aber diesmal war Georgs Gewissen rein. Außer dem Schneider, Schuster und Handschuhmacher hatte er keine Gläubiger, und diese Herren drückten ihn nicht. Oder hing sie Sache am Ende mit Elmenrode zusammen? Es war da zum Oktober die dritte Hypothek fällig. Tante Elvira hatte zwar hoffnungsvoll geschrieben, Herr Eberhard würde das Geld wohl stehen lassen, aber wer konnte das wissen? Und wenn der gute Eberhard wirklich auf dieser Kündigung beharrte, so war das immerhin fatal. Höchst fatal sogar, denn wer übernimmt heutzutage gern eine dritte Hypothek auf einen Besitz wie Elmenrode? Schauderhafter Gedanke. Nun ging vielleicht wieder das Herumlaufen und -suchen nach einem gutmütigen Geldgeber an, der aller Wahrscheinlichkeit nach mehr Vertrauen auf ihn, Georg Elmenrode, haben mußte als auf die Klitsche. Das Butterbrot schmeckte plötzlich fad, die Wurst hatte einen Beigeschmack, und die Kaltschale war zu kalt. Gräßlich –

Peritzky stand noch immer am Nebentisch, machte sich mit Helm und Säbel zu tun und wartete.

„Was war denn das für ein Mann – für ein Herr? Glotz mich nicht so an! Du siehst ja aus, als ob das ein ganz besonderes Wundertier gewesen wäre."

„Wie 'n Elefant aus 'nem Zoologischen war er, Herr Leutnant."

Elmenrode lachte etwas bitterlich. „Jetzt weiß ich freilich genau, wie er ausgesehen haben muß. Ein Mann, ein Herr, der zu den Dickhäutern gehörte. Wann will er denn wiederkommen?"

„Eigentlich müßte er schon hier sein, Herr Leutnant. Aber wie 'n Elefant sah er doch aus."

Und da schellte es draußen. Nicht einmal, sondern dreimal hintereinander, ungewöhnlich kräftig, so daß Elmenrode sagte: „Wenn das dein Elefant ist, Peritzky, dann gebraucht er seinen Rüssel recht ordentlich.“ Er trank schnell den Rest Kaltschale aus. „Stelle den Krempel in den Schrank. Wenn es nun doch einmal sein muß, will ich deinen Elefanten annehmen. Nur so viel Zeit laß mir, daß ich mir schnell die Joppe anziehen kann.“

Er ging, die Arme wie zu Freiübungen reckend, damit sie gelenkig werden sollten, in das anstoßende Schlafzimmer. Es schellte zum viertenmal. Besondere Lebensart schien der Elefant also nicht zu haben. Wenn es doch ein Gläubiger war, war's sicher keiner von der angenehmen Sorte. Nicht einmal seine Siesta kann man ungestört halten. Es war eigentlich zum Davonlaufen.

Während Georg schnell die staubige Uniform mit einem leichten Sommeranzug vertauschte, dachte er weiter: Wer kann es nur sein? Vielleicht irgendein Wohltätigkeitsfatzke, der Eintrittskarten zu einem Fest für Säuglingspflege absetzen will? Oder ein Versicherungsmensch, der gegen hohe Prämie den Gaul, den ich nicht besitze, versichern möchte? Oder doch jemand aus Elmenrode? Vielleicht ein einsichtsvoller Bürgersmann, der mir ein ungeheures Geld für unsre kümmerliche Jagd bieten will? Wir könnten es brauchen. Du lieber Gott.

Draußen prustete es, schwere Tritte klangen, die Tür ging, schloß sich wieder –

Na, wenn schon! Georg zog sich die Joppe herunter, ließ die Bürste noch einmal über den blonden Schädel gleiten und wischte sich mit dem nassen Handtuch über das heiße Gesicht. Also los! Allzulange wird's ja wohl nicht dauern.

Als er in das Wohnzimmer trat, sah er zunächst nur einen ungeheuerlichen Rücken, darunter ein Paar kurze gelbe Wülste, darüber eine gewaltige gelbe Billardkugel.

Der dumme Kerl, der Peritzky, hatte gar nicht ganz unrecht: Das war wirklich ein Elefant, oder ein Nashorn, oder ein Tapir –

Der Dickhäuter stand übrigens vor der Photographie, die die Tanten im vorigen Sommer zu Georgs Geburtstag hatten anfertigen lassen und die nun an der Wand prangte: eine Aufnahme von Burg Elmenrode. Von der Straße gesehen, mit dem großen Burgtor im Vordergrund, dem wunderlichen Gemäuer und dem Riesenturm dahinter.

Aber ein Elmenroder Kind war der Mann nicht. Solch ein Ungeheuer wäre ja überhaupt gar nicht in die kleinen Häuser des Städtchens hineingegangen. Es war hier schon, als ob er das halbe Zimmer ausfüllte.

Georg Elmenrode räusperte sich ein wenig. Da drehte sich der Elefant, das Nashorn, der Tapir um. Es wurde eine gewaltige gelbe Weste mit gelben Knöpfen sichtbar und die Vorderseite der großen gelben Billardkugel, in der wenigstens einige rötliche Töne erkennbar waren. Dazu ein Paar kleine, zwischen Fettwülsten eingelagerte listig blickende Augen. Und der Elefant hob seinen Rüssel – seinen Riesenarm, an den sich übrigens eine merkwürdig kleine, aber auch ganz gelb getönte Hand anschloß.

„Stritten ist mein Name, Herr Leutnant." Der Versuch einer Verbeugung war unverkennbar.

In Georg dämmerte eine Erinnerung herauf. Stritten? Stritten? Hatten die Tanten nicht von Mynheer Stritten erzählt, von dem javanischen Nabob, dem Vater des kleinen Prinzeßchens? Aber das war doch unmöglich! Dieser Elefant, dieser Tapir konnte doch nicht Wilhelminchens Vater sein. Selbst wenn man der unerforschlichen Natur das Undenkbarste zutrauen will, das schien doch ausgeschlossen. Dieses kleine, zierliche, entzückende Geschöpfchen und dieser gelbe Berg!

Gleichviel! Jedenfalls stand der Elefant da und streckte den Rüssel, nein, die Hand, immer noch vor. Höflich mußte man sein. Lieber tot als unhöflich.

Georg nahm also die dargebotene Rechte, empfand wieder, wie auffallend klein sie war und wie gut geformt, und bat: „Wollen Sie nicht Platz nehmen, Mynheer Stritten?"

Der Riese sah sich etwas verlegen um. Fast, als ob ihm in der Leutnantsbude die Sitzgelegenheiten ein wenig bedenklich vorkämen. Es war komisch. Sie mußten beide lächeln, und – merkwürdig – Georg hatte die Empfindung, daß das Lächeln die Billardkugel verschönerte. Die Augen blinzelten zwar listig weiter, aber es trat ein gutmütiger Zug auf die dicken Lippen, und die Fettpolster auf beiden Wangen schwangen fast lustig hin und her.

„So wird es gehen –“ Georg rückte den Schreibtischstuhl als das vertrauenswürdigste Gerüst heran und wiederholte noch einmal: „Bitte –“

Mynheer Stritten schob die langen Schöße seines Nankingrockes ein wenig hoch und setzte sich sehr vorsichtig. Er zog ein gelbes seidenes Taschentuch heraus, tupfte sich die Stirn ab, meinte geistreich: „Heiß ist es heute.“

Und Georg Elmenrode erwiderte ebenso geistreich: „Ja, das habe ich auch schon empfunden.“

„Merkwürdig eigentlich, ich finde es hier in Europa oft heißer als bei uns drüben. Man ist da besser gegen die Hitze eingerichtet.“ Kleine Pause. „Ich bin nämlich lange Jahre drüben in Java gewesen.“

Nun saßen sie sich gegenüber, und es war fast, als hätten sie sich nichts zu sagen. Mynheer stopfte langsam sein gelbes seidenes Tuch wieder in die Brusttasche des gelben Rockes, sah nachdenklich auf die Spitzen seiner gelben Halbschuhe herunter, und unwillkürlich ging Georgs Blick denselben Weg. Der Holländer, der Javaner, der Elefant hatte ebenso kleine Füße wie

Hände. Wiederum ein merkwürdiges Spiel der launischen Natur: Wie konnten diese kleinen Füße diese Fleischmassen tragen? Eigentlich mußte man Mitleid mit dem Manne haben.

Sie schwiegen noch immer. Es wurde nachgerade etwas peinlich. Mynheer zog zum zweitenmal das Taschentusch und ließ es zwischen Hals und Kragen spazierengehen, als ob ihn dort etwas drücke. Georg sann nach, was den Mann wohl zu ihm führen könnte. Ganz plötzlich kam ihm wieder die Erinnerung an die kleine reizende Prinzessin, die so drollig geplaudert hatte und die Elmenrode so gern besitzen wollte. Die Erinnerung auch an den Brief von Schwester Marianne, der nun schon fast vierzehn Tage unbeantwortet im Schreibtisch lag. Wollte der gute Mann vielleicht wirklich Elmenrode für sein Töchterchen kaufen? Kam er als Versucher? Es gab so etwas: Erst neulich war im Kasino erzählt worden, daß sich ein amerikanischer Millionär in eine märkische Sandwüste verliebt und dem Besitzer den dreifachen Wert bezahlt hätte. Aber Elmenrode war nicht feil. Nein, unter keinen Umständen, zu keinem Preise! Lieber darben, lieber Sorgen tragen, als den letzten Besitz der Familie fortgeben, das liebe Stück Heimatscholle mit der alten Burg, über die man sich wohl lustig machen konnte, die einem aber doch so fest, so fest ans Herz gewachsen war!

Merkwürdig unruhig ging der Atem des Holländers. Es war fast, als würde ihm das Sprechen sehr schwerfallen. Und in dem gelben Gesicht wurden die roten Farbennuancen lebhafter.

Man mußte dem guten Mann helfen, so oder so – schon aus Barmherzigkeit. Er sah gar zu schlagflußgefährdet aus.

„Womit kann ich Ihnen dienen?"

Der listige Ausdruck in den Augen drüben war fast ganz erloschen. Der gelbe Mann sah geradezu hilfsbedürftig aus. Und er schwieg noch immer.

„Darf ich Ihnen vielleicht ein Glas Wasser anbieten?"

„Sie sind sehr gütig. Ja, wenn ich bitten dürfte ... diese furchtbare Hitze."

Georg klingelte. Der Bursche kam.

„Eine Karaffe Wasser, Peritzky!"

Die Karaffe erschien mit zwei Gläsern. Das eine hatte einen großen Sprung, und das zweite paßte im Format nicht zum ersten. Aber das verschlug nichts. Jedenfalls war das Wasser so frisch, wie Berliner Wasserleitungswasser im Hochsommer ist, und es schien dem Holländer vorzüglich zu munden. Er trank das größere Glas mit einem Zuge aus; es zischte ordentlich.

„Danke sehr!"

Und nun saßen sie sich wieder gegenüber, und Georg wartete mit wachsender Ungeduld, was den indischen Nabob eigentlich hier heraufführte, nach dem äußersten Norden Berlins, vier Treppen hoch in diese kleine, bescheidene Leutnantsbude, zu ihm –

Endlich schien sich Mynheer ein Herz zu fassen. Er schnaufte noch ein paarmal, und dann sagte er: „Es ist nämlich sehr merkwürdig –" Damit war der Satz wieder zu Ende.

Georg wartete ein Weilchen, ob nicht noch weiteres folgen würde, und dann sagte er auch: „Ja – merkwürdig – finden Sie?"

Mynheer Stritten sah auf seine Fußspitzen herunter. Er hatte die Hacken aufgesetzt und drehte die Spitzen ganz langsam im Kreise von außen nach innen. Das schien ihn sichtlich zu beruhigen. Nach einer Weile begann er mit eigentümlich leiser Stimme, die gar nicht zu seiner Riesengestalt passen wollte: „Erlauben Sie, Herr Leutnant, daß ich Ihnen meine Geschichte erzähle?"

Georg nickte. Er war nun wirklich neugierig geworden. Das konnte ja interessant werden. Originell wenigstens, so originell, wie der ganze dicke Mann war.

„Ich bin nämlich gar kein Holländer von Geburt, wie die Leute wohl annehmen. Die Leute brauchen ja auch nicht alles zu wissen, und ich darf Sie gewiß bitten, Herr Leutnant, das, was ich Ihnen zu sagen habe, als nur zwischen uns beiden gesprochen zu betrachten. Ich bin ein Elmenroder Kind, aber freilich schon ganz jung fortgekommen. Mein Vater war Flickschuster, und Schmalhans war bei uns Küchenmeister, zumal nachdem meine Mutter, als ich etwa vier Jahre alt war, starb. Das ist lange her. Ich habe nun schon meine sechzig Jahre auf dem Rücken, und in Elmenrode weiß niemand mehr von dem kleinen Flickschuster Stritten, der ganz draußen im kümmerlichsten Hause des Ortes wohnte. Mein Vater zog auch bald nach dem Tode meiner Mutter fort, nach Braunschweig, und da ist er ein Jahr später gestorben. Aber merkwürdigerweise habe ich als Kind, als Jüngling und als Mann niemals meine Heimat vergessen. Vielleicht kommt das gerade daher, weil ich fast mein ganzes übriges Leben in den Tropen zubrachte. Der Gegensatz zwischen unserm lieben Harz und der Tropennatur weckte wohl immer wieder die Erinnerung und in mir die Sehnsucht, einst, später, meine Tage in der Heimat zu beschließen."

Der Mann sprach gut. Nicht ganz richtiges Hochdeutsch, ein wenig Mundart. Aber alle seine Verlegenheit schien verflogen, er reihte einen Satz folgerichtig an den andern, und eine angenehme Wärme klang aus seinen Worten. Georg hörte wirklich interessiert zu. Wie seltsam war schon diese Einleitung, wie seltsam mußte sich dieses Menschenschicksal abgespielt haben.

„Mit sechs Jahren lag ich auf dem Braunschweiger Pflaster, ohne zu wissen, woher ich für den nächsten Tag ein Stück Brot nehmen sollte. Heute ist ja wohl die staatliche und städtische Fürsorge besser organisiert als damals. Vielleicht lag es auch an mir: Ich hatte eine heillose unbestimmte Angst vor dem Waisenhaus und wohl noch eine größere vor dem Betteln. Hungernd schlich ich durch die Straßen und kam schließlich vor das Tor, wo ein paar Karusselle aufgeschlagen waren. Ich weiß nicht mehr ganz genau, wie das Weitere zuging. Nur das weiß ich, daß mich schließlich einer der Karussellbesitzer unter seinem Wagen fand, halb verhungert und heulend wie ein Schloßköter. Der Mann hatte ein gutes Herz; er gab mir zu essen, und nachdem er mit seiner Frau gesprochen hatte, durfte ich auch im Wagen unterkriechen, bekam ein Stück Federbett hingeworfen und schlief, wie Kinder schlafen, ohne an den nächsten Tag zu denken. Aber ich will kurz sein, Herr Leutnant, und Ihre Zeit nicht länger in Anspruch nehmen, als notwendig ist. Die guten Leute – Wernick hieß der Mann – hatten Erbarmen mit dem armen Jungen. Vielleicht war auch ein wenig Egoismus dabei: Sie glaubten, daß sie mich brauchen könnten. So behielten sie mich bei sich, und ich bin mit ihnen jahrelang durch ganz Deutschland und bis nach Holland herumgezogen, bis schließlich das Geschäft schlechter und immer schlechter ging und sie in Leiden ihren Kram verkauften. Ich war inzwischen ein strammer Junge geworden und wollte ihnen nicht länger zur Last fallen. Ich wollte auch etwas lernen, denn über die Anfänge von Lesen und Schreiben war ich nicht hinausgekommen. Das Glück aber meinte es auch diesmal gut mit mir, ich fand in Leiden Unterschlupf bei einem alten Buchhändler, der mich als Laufbursche annahm. Es gab dabei wenig zu essen und manchen Puff, trotzdem denke ich noch heute gern an den tiefen, dämmerigen Laden zurück, in dem es so viele wunderschöne Bücher gab. Damals erwachte in mir das Verlangen, übers Meer zu gehen, fremde Länder kennenzulernen, von denen ich soviel in den Büchern gelesen hatte. Ich bin dann Schiffsjunge geworden und auf einem holländischen Kauffahrer von Amsterdam aus nach Indien gefahren. Harte Tage folgten, mein Herr Leutnant, denn zu jener Zeit hatte es solch armer Schiffsjunge schlechter als ein Sklave. Wo er sich blicken ließ, war er im Wege; immer schwebte das Tauende über ihm, jeder Matrose glaubte, sein Mütchen an ihm kühlen zu können. Nun, ich habe auch das überstanden, und es hat mir nichts geschadet. Vor mir lag ja immer die Zukunft, und ich träumte von goldenen Bergen drüben jenseits des Weltmeeres. – Kann ich nicht noch ein Glas Wasser haben, Herr Leutnant?"

Georg schenkte ein, der Holländer trank wieder wie ein Verdurstender.

„Mit den goldenen Bergen hatte es freilich drüben noch gute Weile. Ich habe hart, sehr hart arbeiten müssen, und es ging nur sehr langsam vorwärts. Aber ich kam doch empor, und schließlich bot sich mir eine Glückschance. Wissen Sie, Herr Leutnant, ich habe oft gefunden, daß sich jedem Menschen im Leben einmal solch eine Chance bietet. Es kommt nur immer darauf an, ob er im rechten Augenblick zuzugreifen versteht. Gott sei Dank, ich griff zu. Ich war Aufseher geworden auf einer Plantage, auf der hauptsächlich Gewürznelken angebaut wurden – einer kleinen Plantage auf der Bankainsel. Dort fand ich durch Zufall ein reiches Zinnlager. Die Ausbeutung war zwar schon damals Monopol der Regierung, aber ich wurde von dem Gouverneur in eine Vertrauensstellung gesetzt, die mir gestattete, in einigen Jahren ein Vermögen zu sammeln. Damit bin ich dann, da das Klima geradezu mörderisch war, nach Java zurückgegangen, konnte mir eine Plantage kaufen, habe wieder hart und ehrlich gearbeitet, aber mich auch gut vorwärts gebracht. Nach ein paar Jahrzehnten war ich ein reicher Mann, selbst nach holländischen Begriffen, aber ich war auch ein einsamer Mann geblieben, und die Krankheit, an der ich jetzt noch leide, begann mich schon damals zu schütteln. Sehen Sie, da begegnete mir zum zweitenmal eine Glückschance, und ich segne noch heute den Tag, an dem ich wiederum zugriff. Aber ich langweile Sie?“

Georg Elmenrode schüttelte ernst den Kopf.

„Auf der Plantage eines Nachbarn war eine deutsche Erzieherin, Gertrud Olm, ein echtdeutsches Mädchen, einfach und schlicht und lieb. Ich bin lange um sie herumgegangen, immer das Herz voll Sehnsucht und Einsamkeit, und wagte doch nicht, ihr meine Neigung zu gestehen. Sie war noch so jung und ich schon ein älterer Mann, galt vielleicht auch als kranker Sonderling. Nichts hatte ich ihr zu bieten als mein Geld. Und ich selbst veranschlagte diesen Besitz nicht allzu hoch. Immer dachte ich: Sie kann dich ja gar nicht liebhaben, und wenn sie dich doch nehmen sollte, tut sie es nur, weil du als reicher Mann giltst. Aber die Sehnsucht in mir wuchs und wuchs, und schließlich fragte ich sie doch, und sie sagte ja. Ich war so überglücklich, so überglücklich, und konnte mein Glück doch nicht recht fassen, traute ihm nicht. Erst später habe ich meine Frau einmal gefragt, wie sie eigentlich zu dem Entschluß gekommen wäre, mich zu erhören. Und da legte sie ihre Arme um meinen Hals und sagte mir: ‚Weil ich gesehen habe, daß du immer gut zu deinen Leuten gewesen bist.‘ Sie können das vielleicht nicht ohne weiteres verstehen. Damals führten die Holländer auf Java ein überaus hartes Regiment. Die Eingeborenen wurden vielfach bis an die Grenze ihrer Leistungsfähigkeit ausgenutzt. Sie waren nicht viel besser als Sklaven. Das hatte ich nie mitgemacht, und daß ich das nicht getan, das brachte mir nun seinen Segen.“

Aus dem gedunsenen gelben Gesicht leuchtete eine seltsame Rührung. Die dicken Lippen schoben sich hin und her, und dann war es fast, als ob der Mann sich seines Ergriffenseins schämte. Er sagte plötzlich: „Würden Sie es mir wohl übelnehmen, Herr Leutnant, wenn ich rauchte? Es spricht sich besser dabei.“

Georg fand die Bitte etwas formlos, aber er stand doch schnell auf, holte Rauchzeug und Feuer: „Bitte sehr, Herr Stritten –“

„Sie sind sehr freundlich. Wenn Sie aber erlauben, rauche ich mein eigenes Kraut.“ Der Holländer zog aus einer der vielen Taschen seines Rockes ein mächtiges Zigarrenetui. „Wollen Sie auch – bitte. Ich kann die Zigarre empfehlen. Nehmen Sie es nicht für ungut, wenn ich meine Zigarren vorziehe. Es soll Sie wahrhaftig nicht verletzen, Herr Leutnant. Nur – die liebe Gewohnheit!“ Und noch einmal wiederholte er, es klang fast rührend: „Seien Sie mir nicht böse.“

Nun hatten sie wirklich beide ihre Zigarren angezündet, lange, dünne Glimmstengel, wohl aus Sumatratabak. Sie waren ohne Zweifel vortrefflich, und der gelbe Mann mochte nicht unrecht haben: Die Zigarre erleichterte ihm das weitere Sprechen. Auch Elmenrode vielleicht das Zuhören. Es kam ihm wenigstens vor, als bedeuteten die grauen Rauchwolken, die sich an der Decke ballten, etwas wie den Dampf aus der Friedenspfeife. Sie erfüllten den Raum mit einer gewissen Gemütlichkeit.

„Wir sind sehr glücklich gewesen, Gertrud und ich. Freilich fehlte uns eins zur Vollendung unsres Glückes, Kinder schienen uns versagt. Wir hatten uns schon beschieden, als der Himmel ein Einsehen hatte. Nach sechsjähriger Ehe schenkte mir meine Frau ein liebes kleines Mädchen, aber sie bezahlte diese Gabe mit schwerem Siechtum. Ich hatte oben im Gebirge ein Haus für sie bauen lassen, fern von der ungesunden Niederung; dort brachte ich sie hinauf, ich rief auch die ersten Ärzte aus Batavia an ihr Krankenlager. Aber es war alles vergeblich. Nach kaum einem Jahr schlossen sich ihre Augen für immer."

Der Holländer paffte mächtig, in kurzen Zügen. Es währte eine ganze Weile, ehe er mit leise zitternder Stimme fortfuhr: „So blieb mir nur das Kind. Sie haben meine Tochter ja kennengelernt, Herr Leutnant, aber zwischen Kennenlernen und Kennen liegt eine Welt. Daß sie ein hübsches, liebes Mädel ist, wissen Sie. Sonst aber wissen Sie nichts von ihr. Vielleicht kennt sie überhaupt niemand wirklich außer mir. Ich will sie nicht besser machen, als sie ist, gerade heute nicht, gerade nicht Ihnen gegenüber. Sie hat ihre Fehler; sie ist sehr verwöhnt, sie ist sehr launisch, das Leben unter den Tropen und die große Selbständigkeit, die dort schon Kinder genießen, haben das wohl so gefügt. Aber Wilhelmintje hat das gute Herz ihrer Mutter, und wen sie liebhat, den liebt sie ganz –"

Mynheer Stritten brach plötzlich ab. Es war, als sei der Fluß seiner Rede versiegt. Auch die Zigarre half nichts mehr. Er wurde unruhig, die Fußspitzen begannen sich wieder im Kreise zu drehen, die Augen flakkerten.

Auch Elmenrode war befangen. Er wußte so gar nicht, wohinaus dieser zärtliche Vater eigentlich wollte. Etwas Merkwürdiges, Seltsames, der Haupteffekt schien ja noch in Aussicht zu stehen. War das alles, was der Holländer gesagt, wirklich nur die Vorbereitung dazu, daß er um Burg und Gut Elmenrode handeln wollte? Das hätte er doch einfacher haben können.

Mynheer Stritten hatte die Zigarre beiseitegelegt. Er zog wieder das große gelbe Taschentuch hervor, tupfte sich die Schweißperlen von der Stirn, steckte das Tuch fort, stand plötzlich auf, sich mit beiden Händen schwer auf die Armlehne des Stuhles stützend, zog den langschößigen Rock herunter, stellte sich gleichsam in Positur, räusperte sich einmal und sprach dann feierlich: „Es sind wohl noch nicht viele Väter in einer gleich schwierigen Lage gewesen wie ich, Herr Leutnant. Aber ich weiß mir nicht zu helfen. Vor acht Tagen kam ich aus Karlsbad zurück, hoffte auf eine recht ruhige Nachkur in Elmenrode und fand anstatt dieser Ruhe mein Kind in einem Zustand, den ich gar nicht beschreiben kann. Ganz fassungslos, aufgeregt, immer zwischen Weinen und Lachen. Krank ist sie, dacht' ich. Aber sie sah dabei aus wie eine Rosenblüte. Wir wußten absolut nicht, was wir mit ihr beginnen sollten, weder Frau von Altberg, die Sie ja auch kennen, noch ich. Es war zum Verzweifeln, und wenn sie auch nicht krank war, so mußte ich doch fürchten, daß sie sehr krank werden könnte. Das ging ein paar Tage, ich war sehr beunruhigt und wollte schon einen Nervenarzt aus Berlin kommen lassen. Aber dann sagte ich mir, daß der Vater doch vielleicht der beste Seelenarzt für solch Kind, für sein Kind ist, zumal wenn er ihm auch zeitlebens die Mutter hat ersetzen müssen. Und so nahm ich mir Wilhelmintje noch einmal vor, redete ihr zärtlich ins Gewissen, und da gestand sie mir –" Mynheer Stritten unterbrach sich wieder, reckte sich, in seine Augen trat der bittende Ausdruck, den Georg schon einmal beobachtet hatte, und dann sagte er rasch. „Herr von Elmenrode, ich bitte um Ihre Hand für meine Tochter Wilhelmine."

Es war so ungewöhnlich, Inhalt und Form, daß Georg im ersten Augenblick völlig starr war. Es war so ungeheuerlich, daß er meinte, er müßte laut herauslachen. Dem Vater, diesem unglaublich dicken Holländer, diesem Elefanten, diesem Tapir geradezu ins Gesicht. Was dachte sich der Mann? In welcher Welt hatte er bisher gelebt?

Kurz und entschieden „Nein" sagen, die Tür weit aufmachen und das gelbe Ungeheuer hinaustun, schien das einzig Mögliche.

Und doch brachte Georg Elmenrode es nicht fertig, er zögerte wenigstens. Es war da wieder ein Ausdruck in dem gelben Gesicht, etwas so Rührendes, etwas so Weiches, daß es ihn packte. Es tauchte auch wie ein holdes Traumbild ein zartes, süßes Gesicht mit roten Lippen und schwarzen Rätselaugen vor ihm auf. Lachenden Augen, von denen er sich gar nicht vorzustellen vermochte, daß sie weinen könnten. Und doch waren sie nun voll Tränen und würden noch mehr, viel mehr weinen, weinen um ihn –

Vielleicht kam noch etwas anderes hinzu, daß er nicht gleich die schroff abweisende Antwort fand. Ein klein wenig Manneseitelkeit. Eine kurze Stunde nur war er mit dem kleinen Prinzeßchen, wie er sie wieder in Gedanken nannte, zusammen gewesen, und diese kurze Stunde mußte sein Bild so fest in ihrem Herzen eingegraben haben. Armes kleines Prinzeßchen! Und dann war der Brief von Schwester Marianne da, von der guten Schwester mit der vornehmen Gesinnung, und aus diesem Brief hatte etwas zu ihm gesprochen, über das er sich selbst noch gar nicht recht Rechenschaft abgelegt –

„Herr Stritten, Sie werden verstehen, daß ich aufs äußerste erstaunt bin –" Es kam bei weitem nicht so schroff heraus, als er es zu sagen beabsichtigte.

„Gewiß – ich verstehe, Herr von Elmenrode." Der Mann stöhnte leise. „Glauben Sie nur, mir ist es auch nicht leicht geworden. Ich möchte Ihnen auch noch sagen, daß mein Kind von diesem meinem Schritt selbstverständlich nichts weiß. Aber die Angst, die Angst trieb mich hierher, zu Ihnen. Es war ja, als ob Wilhelmintje ganz den Verstand verloren hätte, als ob ich das Schlimmste befürchten müßte. Ich habe nichts weiter mehr auf der Welt als das Kind. Das müssen Sie berücksichtigen. Und wie ich so hörte, immer wieder, schluchzend, herzzerreißend: ‚Ich kann nicht ohne ihn leben! Ich will nicht ohne ihn leben!' – Ja, Herr von Elmenrode, ich hätte noch ganz etwas andres getan für das Wilhelmintje, als diesen Weg zu Ihnen, so schwer mir der geworden ist." Das gelbe Taschentuch flatterte wieder, und diesmal hatte es Tränen zu trocknen, wirklich dicke Tränen, die über die Fettpolster auf den Bakken des Mannes herabkullerten.

„– lieber Herr von Elmenrode, ich habe mir doch auch gesagt, das Wilhelmintje ist so hübsch und so gut und so lieb, daß es jeden Mann glücklich machen muß. Auf der langen Fahrt hierher habe ich mir das alles überlegt. Daß ich vor sechzig Jahren ein armseliger Schusterbub war, daran würden Sie heute nicht mehr Anstoß nehmen, hab' ich mir gesagt. Und schließlich – es ist ja freilich peinlich, das aussprechen zu müssen – schließlich ist es doch auch keine Schande, daß Wilhelmintje als meine einzige Erbin einmal ein recht großes Vermögen besitzen wird. Ich lege selber darauf keinen übermäßigen Wert, das dürfen Sie mir glauben, aber in den Augen der Welt, wie sie einmal ist, mag auch das mitsprechen –"

Auf eines Atemzugs Länge war's als ob vor Georgs Augen ein gleißender Goldregen niederginge. Aber gleich darauf schämte er sich. Nein! Nein! Es wäre besser gewesen, wenn Mynheer Stritten nicht von seinem Reichtum gesprochen hätte. Nun straffte auch er sich. Alles war plötzlich Abwehr in ihm. Und er verbeugte sich ganz kurz, fast ein wenig ironisch, und sagte: „Herr Stritten, es wird am besten sein, wenn wir beide diese Unterredung aus unserm Gedächtnis auszulöschen suchen. Ich wenigstens werde alles daran setzen, daß mir das gelingt. Ihren Wunsch kann ich nicht erfüllen. Ich“ – plötzlich war ein leises Zögern in seiner Stimme – „ich liebe Ihr Fräulein Tochter nicht, und ohne Liebe werde ich niemals heiraten.“

Zwischen beiden Männern war ein Schweigen. Georg sah, wie die mächtige Gestalt des andern leise bebte. Aber wenn Mynheer Stritten bisher in seinen Augen höchst seltsam, vielleicht unwürdig gehandelt hatte, so mußte er ihm jetzt die Anerkennung zollen, daß er nicht ohne Würde das Gespräch beendete. Er nahm sich sichtbar zusammen. „Ich danke Ihnen, Herr Leutnant, auch dafür, daß Sie die Worte, die zwischen uns gefallen, ins Meer der Vergessenheit senken wollen. Es ist nach dem, was Sie mir soeben sagten, jedenfalls das Beste. Und nun habe ich nur noch um Entschuldigung zu bitten, daß ich Ihre Zeit über Gebühr in Anspruch nahm.“ Damit verbeugte er sich, knapp und kurz, aber sehr höflich, und ging. Schwer hallten seine wuchtigen Schritte über den Korridor. Dann fiel draußen die Tür ins Schloß.

Georg Elmenrode stand noch immer auf derselben Stelle. Es war ihm, als müßte er lachen. Aber da tauchte plötzlich wieder das holde, süße Gesicht mit den roten Lippen und den dunklen Augen vor ihm auf, und er sprach leise vor sich hin: „Daß sie nun um mich weinen wird – daß sie nun um mich weinen wird –“

Fünftes Kapitel

Wilhelmintje weinte, und Wilhelmintje tobte. Sie tobte im wörtlichsten Sinne des Wortes; stampfte mit ihren kleinen Füßen auf den Boden, daß die Honoratioren unten in ihrem Trink- und Klatschzimmer, trotz der dicken Teppiche oben, erstaunt die grauen Köpfe schüttelten. Es mußte doch eine merkwürdige Gesellschaft sein, diese holländische Familie, über die es so viel zu reden gab. War es doch bereits durchgesickert, auf dem Wege über den Küster der Johanniskirche, daß Mynheer Stritten gar kein wirklicher Mynheer sei, sondern der Sohn eines kleinen Flickschusters, der draußen an der Braunschweiger Chaussee vor länger als einem halben Jahrhundert gehaust haben solle. Ein Elmenroder Kind also: höchst ehrenvoll, höchst ehrenvoll, aber doch etwas enttäuschend. Und die Prinzessin war ohne Zweifel auch keine wirkliche Prinzessin, das hatte die polizeiliche Anmeldung ergeben. Ihre Mutter war eine Deutsche gewesen. Auch wieder höchst erfreulich und doch enttäuschend. Auf der andern Seite freilich hatte die kleine Stadt ihre neue Sensation. Denn Fräulein Wilhelmine Stritten war mit Frau von Altberg schon zweimal nach Schloß Winnerburg befohlen worden. Man denke sich: die Enkelin des kleinen Flickschusters als Gast bei den Allerhöchsten Herrschaften! Ja ... wir leben im zwanzigsten Jahrhundert. Und es war wiederum durchgesickert, daß besonders die junge Frau Fürstin sich für die Holländerin auf das lebhafteste interessierte. Nun war inzwischen auch Mynheer, der gar kein Mynheer war, aus Karlsbad eingetroffen, und Stoff zu Erörterungen der verschiedensten Schattierungen an den Stammtischen der Männer wie an den Kaffeetischen der ehrsamen Bürgerinnen gab seine Erscheinung wahrhaftig. Solch einen dicken Mann, eine solche Maschine hatte Elmenrode noch nie gesehen. Vornehm wirke er nicht, konstatierte die Frau Bürgermeister. Aber sie durfte es nicht laut sagen, denn ihr Gemahl schwärmte für Mynheer, der eine stattliche Summe für die Armen des Städtchens auf die Bürgermeisterei gesandt hatte und sich in einer kurzen Aussprache mit Herrn Zitro als äußerst interessiert für die ganze Entwicklung von Elmenrode erwies. Er hatte sogar in Aussicht gestellt, die Promenadenwege an der Elm auf seine Kosten würdig herrichten zu lassen. Überhaupt: Geld brachten die Holländer unter die Leute. Und das war schließlich die Hauptsache.

Wilhelmintje weinte und raste, und der dicke Pa schlich bekümmert umher. Er hatte zwar keiner Menschenseele, vor allem auch nicht seinem Kinde, den wahren Grund seiner plötzlichen Reise nach Berlin verraten. Eine wichtige Konferenz mit dem niederländischen Generalkonsul mußte den Vorwand abgeben. Aber das Wilhelmintje war ein schlaues Rackerchen, fragte und bat und drängte, und was Pa nicht sagte, las sie ihm schließlich aus den Augen ab. Nicht alles natürlich, aber doch den Kernpunkt, das Schmerzlichste. Denn so etwas wie: „Du mußt dir den dummen Leutnant aus dem Kopfe schlagen, mein Liebling!“ hatte er doch gesagt. Möglichst streng gesagt, aber mit der Strenge war es bei ihm nie weit her, wenn es Wilhelmintje betraf.

Wilhelmintje weinte und tobte und trotzte, und all die kleinen und großen Heilmittel, die Pa heranzog, wollten nicht verfangen. Er ließ ihr aus Paris ein paar wunderhübsche Toiletten kommen, aber sie sah sie gar nicht an. Er hängte ihr eines Morgens ein herrliches Perlenhalsband um, und sie riß es herunter, daß die Perlen über die Tischdecke rannen. Wilhelmintje war äußerst ungezogen, und Pa war gar zu nachsichtig.

Ein paarmal hatte Frau von Altberg versucht, auf das Kind einzuwirken. Aber das versagte vollständig. Vielleicht schon deshalb, weil das gute Sonnenmühmchen die letzte Ursache von dem Trotz des Kindes nicht kannte. Denn das rechte Vertrauen fand Wilhelmintje nicht. Sie war nach wie vor gerade gegen Frau von Altberg artig und höflich, aber recht verschlossen. Bis auf kurze Momente, wo sie plötzlich wie von einer wilden Zärtlichkeit überströmte, heulend Frau von Altberg umhalste – und gleich darauf aus dem Zimmer rannte wie ein gehetztes Reh. Darauf hatte das Sonnenmühmchen ernst mit Pa zu sprechen versucht, hatte seine väterliche Einwirkung erbeten. Aber Pa tupfte sich nur mit seinem großen gelben Seidentuch die Stirn ab und schüttelte das Haupt.

„Was soll ich mit dem Kinde anfangen? Ich kann Wilhelmintje doch nicht Stubenarrest geben, und für die Rute ist sie auch zu groß. Es ist, als ob sie den Sonnenkoller hätte, und dagegen hilft nur Geduld."

Dann stöhnte er wieder, tupfte sich die Schweißtropfen von der Stirn und ging in das Arbeitszimmer, um mit Herrn Wilhelm Schulze die Berichte von den Plantagen durchzusehen. Häufiger noch ging er zu Wilhelmintje hinüber, streichelte ihr die glühenden Wangen und flüsterte ihr leise zu: „Nur ruhig, ruhig, mein Liebling, und es wird schon noch alles gut werden. So oder so. Hast du denn nicht irgendeinen Wunsch, den ich dir erfüllen könnte?"

Worauf Wilhelmintje jedesmal den Kopf schüttelte, weinte, tobte, trotzte und schließlich auch Pa gegenüber einen Zärtlichkeitsanfall bekam, der genau denselben Abschluß fand, wie wenn er dem Sonnenmühmchen galt: Sie rannte aus dem Zimmer wie ein gehetztes Reh.

Mynheer hatte eine schlechte Zeit. Es war kein Wunder, daß die gute Nachwirkung von Karlsbad sich gar nicht einstellen wollte. Einmal mußte er sogar Herrn Sanitätsrat Kolter kommen lassen, und der alte Herr, der immer etwas unsicher war in seinen Entschließungen, hielt es für besser, eine Berliner Autorität zur Konsultation herbeizurufen. Daß das einen braunen Lappen kostete, konnte ja keine Rolle spielen. Der große Mann kam dann auch umgehend, untersuchte, beklopfte und befühlte, befragte Mynheer nach allem möglichen und unmöglichen und fuhr wieder ab, nachdem er den weisen Rat erteilt hatte: Mynheer sollte alle Tage zwei Stunden reiten. Preis: tausend Mark! Reiten – das war leichter gesagt und verordnet als getan. Denn woher ein Pferd nehmen für das Schwergewicht dieses Reiters? Aber der Intendant Herr Wilhelm Schulze, der für alles Rat wußte, versagte auch diesmal nicht. Er reiste nach Hannover und kam wirklich mit einem Riesenbraunen zurück, dem man die dreihundert und noch einige Pfund schon zutrauen konnte. Nun hatte Elmenrode wieder eine Sensation. An jedem Morgen gegen neun Uhr wurde Mynheer vor dem „Goldenen Beutel" von drei handfesten Stalldienern in den Sattel gehoben, gewuchtet, geschoben. Der riesige Braune pflegte dabei jedesmal zuerst bedenklich den Rücken krumm zu machen. Dann fügte er sich aber unter der Last seines Reiters in das Unvermeidliche und trabte in gelassenem Tempo durch die Stadt und den Sommerweg auf der Chaussee nach Winnerburg entlang. Dahinter folgte in angemessener Entfernung der Reitknecht, und gewöhnlich kamen nicht viel später Frau von Altberg und das Wilhelmintje auf ihren flinken Gäulen nach. Lange hielten sie es freilich in der Kavalkade, die sich damit bildete, nicht aus. Denn zumal das

Wilhelmintje war gar nicht für diese gemessen würdevolle Art, bei der auch das edelste Roß nur Transportmittel ist. Übrigens schien der große Mann aus Berlin nicht unrecht gehabt zu haben, und sein Rat mochte für einen Millionär schon tausend Mark wert sein. Mynheers Befinden besserte sich sichtlich.

Wenn nur Wilhelmintje nicht gewesen wäre und nicht ihr Trotz und nicht ihr Toben und nicht ihre rotgeweinten Augen – dann würde Mynheer sich vielleicht ganz gesund gefühlt haben. So aber kamen immer wieder Stunden des Verzagens. Einmal hatte er in einer fast schlaflosen Nacht eine Idee, die ihm glänzend erschien. Gleich früh stapfte er zu Wilhelmintje hinüber, schloß sie zärtlich in seine Arme, streichelte ihr die Bäckchen und verkündete ihr: „Wir wollen verreisen. Irgendwohin, wo es recht schön ist – nur fort von hier. Möglichst bald, wenn du willst, heute noch." Aber da machte das Kind wieder sein maulendes Gesicht, schob die Unterlippe vor und erklärte höchst undankbar: „Das fehlte mir gerade noch, Pa!"

„Aber warum willst du denn nicht reisen?" Pa versuchte philosophische Überredungskünste. „Die Hauptsache ist, wenn das Leben sich einmal schwierig gestaltet, neue Eindrücke zu gewinnen, mein Liebling. Man darf nicht immer auf denselben Fleck starren, man muß auch einmal andre Gegenden kennenlernen und andre Menschen –"

„Ich will aber nicht, Pa!"

„Du bist eine kleine liebe Törin. Es gibt so Schönes in der weiten Welt."

„Es gibt nichts Schöneres als Burg Elmenrode!"

Pa wollte sich erlauben zu lachen. Aber er begegnete einem förmlich drohenden Blick aus den dunkeln Augen und er begnügte sich damit, die Achseln zu zukken.

„So kann es aber doch nicht weitergehen, Wilhelmintje. Das mußt du doch selbst einsehen. Und ich kann dir doch nicht helfen –"

Da sagte das Wilhelmintje plötzlich: „Ich werde mir schon selber helfen –"

Auf den Kopf gefallen war das Wilhelmintje nicht. Sie ging jetzt ihren eigenen Weg, und sie verfuhr klug genug dabei. Sie „schusterte" sich vor allen Dingen oben auf ihrer geliebten Burg, bei den alten Tanten. Tag für Tag fast war sie oben, bald offiziell, bald offiziös. Einmal mit irgendeiner Anfrage, irgendeiner Bitte – Bitten hörten die alten Tanten besonders gern –, dann wieder fuhr sie oder ging sie nur hinauf, um in die geheimnisvollen Tiefen des Burggrabens, in die grüne Wildnis hineinzutauchen. Aber auch dabei wußte der kleine Racker es fast immer geschickt so einzurichten, daß Tante Elvira oder Tante Hildegard von ihren Fenstern aus das lichte Sommerkleid und den großen Hut mit dem Blumenkranz bemerkten. Entweder kam die eine oder die andre herunter, freilich nicht in den Graben, denn die Hühnerstiege scheuten sie beide, aber doch in den Vorhof, um mit Wilhelmintje zu plaudern, oder sie winkten das „liebe Ding“ herauf zu einem Schälchen Kaffee und irgendeiner kleinen Leckerei. Das „liebe Ding“ war sie längst für beide. Wie wußte sie auch die Tanten zu nehmen! Der Herr Intendant mußte aus Berlin und Braunschweig die allerersten Briefmarken für Tante Elvira besorgen, und bei Tante Hildegard schmeichelte sich Wilhelmintje durch die lebhafteste und aktivste Teilnahme für den „Vaterländischen Frauenverein“ ein, dessen Ortsgruppe die Baroneß würdevoll vorstand. Die sonst so Ungeduldige konnte Stunde auf Stunde wie ein ganz artiges Kind neben Elvira vor dem Album sitzen, um neue Schätze einzuordnen; und ebenso geduldig hörte sie zu, wenn Baroneß Hildegard über den klappernden Strickstrumpf hinweg vom letzten Jahresbericht sprach. Aber das alles waren doch nur die kleinen Mittel. Der große, breite, schöne, offene Weg zu den Herzen der beiden Alten führte selbstverständlich über Georg. Immer wieder wußte die kleine Schmeichelkatze das Gespräch auf ihn hinzulenken, und immer wieder fielen die guten Tanten rettungslos darauf hinein. Bis in die früheste Jugend, bis zum ersten Zähnchen, zum ersten Paar Schuhchen kannte allmählich das Wilhelmintje Werden, Wachsen und Gedeihen des geliebten Mannes, und über seine Geburt hinaus die Familiengeschichte derer von Elmenrode bis ins fünfte und sechste Glied. Wenn die Alten so recht ins Fahrwasser gekommen waren und brav erzählten, sich gegenseitig ergänzend und verbessernd, dann saß das Wilhelmintje mit glühendroten Wangen und blitzenden Augen dabei.

Die kleine Holländerin hängte sich aber auch an die Schwester wie an die Tanten. Sie suchte immer neue Gelegenheiten, mit der Hofdame zusammen zu sein, und hierfür schob sie ganz raffiniert Frau von Altberg vor. Es war ja nichts natürlicher, als daß die Schwiegermama die Schwiegertochter einlud; es gab ja nichts Natürlicheres, als daß die Schwiegermama nach Schloß Winnerburg fuhr, um die Schwiegertochter zu besuchen, und daß sie dabei ihre Schutzbefohlene mitnahm, war ebenso natürlich. Man war ja so nahe beieinander dank des vierzigpferdigen Ungeheuers.

Überall machte sich das Prinzeßchen, das zu Hause jetzt oft so unliebenswürdig, so trotzig sein konnte, lieb Kind. Wilhelmintje hatte einen Hofknicks gelernt, der eine ganz seltsame Vereinigung von Backfischgruß und zeremonieller Verbeugung war, der sich aber so allerliebst machte, daß die Herrschaften auf Schloß Winnerburg ganz entzückt davon waren. Wilhelmintje konnte den Fürstlichkeiten gegenüber so ungeniert plaudern wie niemand andres.

Wilhelmintje schlich sich auch auf sichern Pfaden in das sonst etwas spröde Herz Mariannes ein. Wenn sie oben in dem kleinen Salon des Hoffräuleins war, stand sie sicher sehr bald vor der großen Photographie Kurts, zog die Braut ganz nahe und zärtlich am Kleiderärmel zu sich heran und meinte: „Sieht er nun wirklich so aus? Ist er so hübsch? Wann werde ich ihn denn einmal zu sehen bekommen?“ Und dann mußte auch das Sonnenmühmchen herankommen und mit zärtlicher Mütterlichkeit verkünden, daß Kurt eigentlich noch viel hübscher wäre. Dabei ergab sich dann wieder sehr leicht ein Übergang auf Georg, und das Wilhelmintje horchte die Schwester so vorsichtig wie möglich aus, was denn der Berliner Herr Leutnant wohl für Zukunftspläne hegen mochte. Ob er im Dienste bleiben wollte? Ob er General werden würde? Oder ob er lieber das Gut übernehmen und auf der Scholle leben möchte?

Dann lachte das ernste Mädchen doch wohl: „Du lieber Gott, Fräulein Wilhelma, auf der Scholle leben? Was wissen Sie davon, was das heutzutage bedeutet? Daß solch kleiner Besitz eigentlich mehr eine Last ist als ein Gut, das seinen Besitzer nährt. Nein, nein, Georg wird schon weiter dienen, muß wohl weiter dienen. Er liebt auch seines Königs Rock über alles!“

„Über alles?“ fragte das Wilhelmintje zurück und machte dabei ein ganz spitzes Mäulchen.

Marianne war nicht so naiv wie die beiden alten Tanten. Sie wußte bald, wie der Hase läuft, und sie freute sich darüber. Das Wilhelmintje war ja so süß, war so originell und war so verliebt: Eine reizendere Frau konnte sich der Bruder gar nicht wünschen. Und daß das Wilhelmintje nebenbei ein Goldfisch war, wie es deren nicht viele in den deutschen Fischteichen gab, war doch auch nicht zu verachten. Marianne meinte, sie hätte sich in ihrer goldenen Frone das Träumen längst abgewöhnt. Nun träumte sie doch, träumte von einem eigenen Zukunftsglück, so weit dies auch noch im Felde liegen mochte, und träumte von dem Glück ihres Bruders, das so nahe schien. Er brauchte eigentlich nur zuzugreifen, dann hielt er es fest in der Hand: dies Glück, eine allerliebste junge Frau im goldenen Rahmen. Denn der goldene Rahmen war dem Hoffräulein doch nicht nebensächlich. Im Gegenteil, sie hatte so lange in einem goldenen Rahmen gelebt, der nicht ihr Eigen war, daß sie ihn doppelt hoch einschätzte.

Und sie schrieb wieder und wieder an den Bruder –

Georg Elmenrode war ein Starrkopf. Er hielt Wort: Von dem Besuch des gelben Holländers erfuhr niemand, auch die Schwester nicht. Aber wenn er antwortete, in längeren Pausen, denn er war nicht sehr schreiblustig von Natur, dann antwortete er ablehnend.

„Ich verstehe Dich nicht, Marianne, ich will Dich nicht verstehen. Hat es je in unsrer Art gelegen, nach Geld zu heiraten? Siehst Du, gerade Du, ein Glück im Reichtum? Hast Du nicht selbst ohne Rücksicht auf Hab und Gut gewählt? Eine Ehe, eine glückliche Ehe muß auf andern Fundamenten gegründet sein. Kennen muß man sich gegenseitig und muß sich liebhaben –“

Aber wenn er so schrieb, wurde es doch heiß in ihm. Immer wieder stieg bei aller Abwehr das Bild der kleinen Holländerin vor ihm auf, wie er sie unten in der tiefen grünen Wildnis zuerst gesehen. Immer wieder dachte er an die wenigen Minuten ihres Alleinseins hoch oben zwischen den Zinnen des alten Turmes. Immer wieder sah er das reizende Gesichtchen mit den strahlenden dunkeln Augen, hörte er die glockenhelle Stimme.

War er nicht doch ein Tor? In einer langen Reihe von Wintern hatte er die gefeiertsten jungen Mädchen der Berliner Gesellschaft kennengelernt, braune und blonde, blauäugige und schwarzäugige, hatte mit ihnen getanzt und geflirtet – war denn eine von ihnen so hübsch, so reizvoll gewesen wie das Wilhelmintje? Hatte eine von ihnen die kindliche Ursprünglichkeit dieses Naturkindes besessen? Keine. Sie alle waren wohlerzogene junge Damen gewesen, in den kleinen und großen Künsten der Salons wohlerfahren, hübsch die eine, schön vielleicht die andre. Aber von keiner hatte er so den Eindruck unwiderstehlichen Charmes erhalten wie von dem Prinzeßchen aus Java. Ein kleines Prinzeßchen, auch darum ein Prinzeßchen, weil sie so ganz über aller Salongeselligkeit stand –

War er nicht doch ein reiner Tor?

Ein Tor auch deshalb, weil er sich eigensinnig immer wieder und wieder vorhielt: Du darfst nicht um Geld heiraten. War er denn blind? Hatten nicht die Kameraden rund um ihn herum Ausschau nach guten

Partien gehalten, und wenn es einem geglückt war, einen Goldfisch zu angeln, war er deshalb unglücklich geworden? Im Gegenteil. Wo er auch hinsah: Wenn ein armer Leutnant ein armes Mädchen heimgeführt hatte, gerade vielleicht mit der knappen Kaution, dann war nur allzubald die graue Frau Sorge in das Eheglück getreten, die graue Frau Sorge mit allen Kleinheiten und Kleinlichkeiten des täglichen Lebens, die auch den Besten mürbe und müde machten.

Und sah er nicht selbst, so lieb ihm Kurt war, mit Sorgen in die Zukunft der Ehe der Schwester, die ihr Glück auf schwankem, schmalen Boden aufbauen wollte?

Das Geld vermochte so vieles. Es glich so viele Unebenheiten aus, es öffnete so viele neue Möglichkeiten. Der Spruch auf der Weinkarte im Kasino eines Regiments fiel ihm ein: Lieber reich in Ehren als arm in Berlin! Das war ein Scherz, ein übermütiger Scherz. Aber hinter dem Scherz stand doch, wenn man das Wort richtig auffaßte, der bittere Ernst. Er hatte es auch erfahren, was es heißt, arm in Berlin zu sein. Nicht arm im gewöhnlichen Sinne des Wortes; aber es gibt eine Armut, die nicht minder schwer drückt als wirkliche Not. Dies Gerade-noch-Auskommen, dies Lavieren mit eng beschränkten Mitteln, dies sich Ewig-und-immer-Bescheiden gegenüber den Reicheren – war das nicht schwer und drückend? Wie oft hatte er zurücktreten müssen, hatte sich Wünsche versagen müssen, deren Erfüllung sich für die andern als eine Selbstverständlichkeit ergab. Da reisten die Glücklicheren in ihrer Urlaubszeit in die schöne weite Welt hinaus; er mußte froh sein, wenn er die paar Wochen in der Enge der Heimat verbringen durfte. Gewiß, es war auch das schön – aber wie lockte die Schweiz, wie lockte das Meer, wie lockte das Wunderland Italien. Nichts, nichts von alledem hatte er gesehen, nicht die Naturwunder des Engadins, nicht die blauen Seen Oberitaliens, nicht die Kulturstätten der alten Welt, nicht die Kunststädte südlich der Alpen!

Aber es gab noch vieles, vieles andre, das wichtiger war als persönliches Entsagen. Was vermochte das Geld nicht? Heiß stieg es in ihm auf, wenn er daran dachte, daß es ihm, ihm vielleicht gegeben sein könnte, den Grundbesitz seines Geschlechtes wieder zu vereinigen, die Güter zurückzukaufen, die im Laufe der Jahrhunderte verlorengegangen waren. Das war doch noch eine Aufgabe, ein Lebensziel: als der neue Begründer einer großen Herrschaft dazustehen, solchen Besitz Kindern und Kindeskindern überliefern zu können. Ihn hegen und pflegen zu dürfen ohne Rücksicht auf das Jahreserträgnis, ihn zu bereichern und zu verschönern. Die alte liebe Burg Elmenrode im neuen Glanze wiedererstehen zu lassen – mein Gott, mein Gott, mußte das herrlich sein!

Und dann wiederum etwas andres. Da harrte die Schwester, eingesponnen in die Versorgung armer adliger Mädchen, die vielen so beneidenswert erschien, und die eine starke Eigenart so schwer drücken mußte. Da harrte Marianne auf den Tag, wo sie mit ihrem Kurt vor den Altar treten durfte, und sie wußten doch beide, wie fern dieser Tag noch lag. Ihre Jugend verrauschte, mürbe und matt wurde sie wahrscheinlich in dieser endlosen Wartezeit, bis sie endlich die Ringe wechseln konnten. Blieb dann doch noch ein Glück für sie, so war es doch nur ein halbes, gekürzt um des Lebens beste Zeit! Wenn er vor die beiden hintreten könnte, ihnen sagen: Hier – ich kann euch helfen – ihr wißt es, wie gern ich es tue, mit welcher Freude, mit welcher Seligkeit!

Die Bilder kamen, die Bilder gingen, und er wollte sie nicht halten, er ließ sie zurücksinken, verdämmern. Aber immer wieder stiegen sie empor, und zwischen ihnen stand immer wieder ein junges Mädchen, gertenschlank, mit lachenden, strahlenden Augen und roten Lippen. Und die Augen waren auf ihn gerichtet, forschend, bittend, und die roten Lippen schienen zu sprechen: Ich habe dich lieb – küsse mich – küsse mich.

Ehe das Manöver begann, konnte Georg Elmenrode noch vierzehn Tage Urlaub erhalten. Er war nicht darum eingekommen, hatte es immer wieder hinausgeschoben. Wohin sollte er gehen? Natürlich nach Hause, zu den beiden guten alten Tanten, die abwechselnd in jeder Woche einmal schrieben, daß sie ihn erwarteten. Aber sie schrieben auch immer noch von anderm, immer wieder, aus der nichtsahnenden Naivität ihrer alten Herzen heraus: von der kleinen Fee, von dem Prinzeßchen, von ihrem Wilhelmintje. Wie mit göttlicher Blindheit schienen sie geschlagen.

Mitte August war es, als Georg eines Tages dem Regimentsadjutanten auf dem Kasernenhof begegnete. Er kam vom Dienst, der Oberleutnant von Karsting wollte auf das Regimentsbüro gehen, um zu „regieren", wie er es gern mit scherzhafter Wichtigtuerei nannte. Sie waren alte Freunde, noch vom Kadettenkorps her, trotz des Altersunterschiedes.

„Höre mal, Elmenrode, wenn du noch auf Urlaub gehen willst, wird es hohe Zeit, daß du es sagst. Ich muß dem gestrengen Herrn morgen die Urlaubsliste vorlegen."

Georg stand einen Augenblick sinnend.

„Du bist der wunderlichste Mensch, den ich kenne. Die andern überrennen mich und schimpfen, daß ich nicht jedem seine vier Wochen Urlaub verschaffen kann. Dir bringt man sie auf dem Präsentierteller dar, und du greifst nicht zu. Na, es muß wohl auch solche Käuze geben."

Er wollte gehen. Da legte Elmenrode ihm plötzlich die Hand auf die Schulter und sagte hastend: „Also vom Fünfzehnten an auf vierzehn Tage."

„Und wohin?"

Elmenrode lachte, es klang ein wenig bitter. „Nach Hause, natürlich. Nach Elmenrode, Luft schnappen, in der Sonne liegen und, wenn es hoch kommt, mal nach Winnerburg hinaus, die Schwester umarmen und vor den Durchlauchtigsten Herrschaften knicksen. Du weißt ja Bescheid, Karsting."

***

Nun war Georg in Elmenrode, bei den alten Tanten, auf der Heimatscholle, lag wirklich in der Sonne, fuhr dann und wann nach Winnerburg hinüber, ein Stündchen mit der Schwester zu verplaudern und den Herrschaften von Berlin zu erzählen, vom Dienst, von den kleinen Skandalgeschichten der Residenz.

– und wußte nicht, sollte er froh sein oder betrübt darüber, daß das Prinzeßchen verreist war.

Tante Elvira hatte es ihm gleich am ersten Abend versetzt: „Nein, trifft sich das unglücklich. Vorgestern ist Mynheer mit Mama Altberg und unserm kleinen Liebling nach Scheveningen gefahren." Und Tante Hildegard hatte hinzugesetzt: „Scheveningen? Du sagst das so bestimmt, Elve, sie sind aber nach dem Haag gefahren, und es stand noch gar nicht fest, ob sie von dort nach Scheveningen gehen würden oder nach Noordwyk. Aber schade ist es, darin hast du ganz recht."

Vielleicht war es Fügung, vielleicht war es gut so. Marianne freilich wußte es besser. „Warum hast du mir nicht rechtzeitig geschrieben, daß du auf Urlaub kommst?“ sagte sie gleich beim ersten Wiedersehen. „Das Wilhelmintje wäre nicht gereist, darauf kannst du dich verlassen. Sie ließ sich überhaupt schwer bestimmen.“

„Es scheint, Marianne, du willst dir durchaus einen Kuppelpelz verdienen?“

Die Schwester zog die Achseln hoch und lächelte. „Warum so bitter, Georg? Einen Kuppelpelz? Ich denke nicht daran. Aber daran denke ich, daß Wilhelmintje ein liebes, reizendes Ding ist und daß ich meinem cher frère keine bessere Frau auf Gottes Erdboden zu wünschen wüßte als sie. Ist das ein Unrecht?“

Ein andermal war er am „Goldenen Beutel“ vorübergegangen. Das Haus sah unheimlich leer aus. Die Vorhänge an fast allen Fenstern waren geschlossen. Der Oberkellner stand mit seinem ganzen Stab vor der Tür, und sie gähnten alle der Sonne entgegen. Der Sonne entgegen und hinüber zur „Forelle“, wo jetzt in der Hochsaison mehr Leben herrschte.

Einmal hatte er auch Mäxchen Berent getroffen, der mit seiner blonden Ella auf der Straße flanierte, recht wie jemand, der gar nichts zu versäumen hat. Sie wechselten einige Worte miteinander.

„Es ist still bei Ihnen, Herr Berent.“

„Freilich, Herr Leutnant. Meine holländischen Herrschaften sind eben ausgeflogen. Aber für das Geschäft hat das nichts auf sich, denn Mynheer hat bis zum Spätherbst hinein gemietet!"

„Wie lange wollen die Herrschaften denn fortbleiben?

„Der Intendant sprach von vier Wochen."

„So – so? Vier Wochen. Nun, in vier Wochen bin ich im Manöver. Zwischen Havelberg und Perleberg. Addio, Herr Berent! Addio, verehrte Frau!"

Es sollte also nicht sein. Vielleicht war es gut so. Vielleicht – vielleicht –

Aber so oft sich das Georg wiederholte, und so oft er versuchte, dies „Vielleicht" in ein „Gewiß" zu verwandeln: Es kam ihm nicht recht vom Herzen. An jedem Morgen fast stieg er hinunter in die grüne Wildnis des Burggrabens, setzte sich auf die morsche kleine Bank und träumte. Und an jedem Nachmittag fast stieg er hinauf auf den alten Turm und blickte in die Ferne. Es war schon merkwürdig: Von Tag zu Tag mehr wurde eine fremde Sehnsucht in ihm lebendig, wuchs und wuchs. Er dachte gar nicht mehr an die Millionen von Mynheer Stritten, er dachte nur noch an ein kleines, zierliches Persönchen mit strahlenden Augen und an einen roten lachenden Mund –

Die Tanten waren verwundert, die Tanten klagten bisweilen: „Was hast du nur, Georg? Du bist so verändert. Sprich dich doch aus. Habe doch Vertrauen zu uns." So Tante Elvira. Und Tante Hildegard setzte hinzu: „Hast du Schulden, geliebter Junge? Oder bist du verliebt?"

Verliebt! Er lachte. Verliebt war er schon oft gewesen in seinem jungen Leben. Für diesmal konnte er's lachend verneinen.

Es mußte doch wohl etwas andres sein, was diese große Unruhe in ihm hervorrief, dies unsichere Hasten, dann wieder der Hang zum Träumen –

Und nun neigte sich sein Urlaub dem Ende zu. Und wie es immer geht mit den Ferien der frohen Jugend, mit dem Urlaub der Werdejahre, mit der Ruhezeit des reiferen Mannes: In dieser zweiten Hälfte reihten sich die Tage erschreckend schnell aneinander, hasteten sie wie im Fluge vorüber.

Die Tanten erhoben wenig Anspruch an ihn. Das war so ihre Art: Der gute Junge sollte sich bei ihnen während seines Urlaubs ordentlich ausruhen, denn sie lebten immer in der Idee, daß der königliche Dienst alle seine Kräfte bis zur Ungebühr anstrengte. Hegen wollten sie ihn und pflegen, und wenn sie selber in ihrem eigentlich unerschöpflichen Mitteilungsbedürfnis dabei ein wenig zu kurz kamen, dann nahmen sie das eben hin wie ein unvermeidliches Opfer. Zudem war er in ihren Augen der Chef der Familie: Er war der Besitzer von Elmenrode; es war nur in der Ordnung, daß er auf der Heimatscholle tun und lassen konnte, was er wollte.

So hatten sie auch immer wieder hinausgeschoben, was doch eigentlich unvermeidlich war: die Aussprache wegen der im Herbst fälligen Hypothek. Sie selbst hatten ja schon mit Herrn Brennereibesitzer Eberhard verhandelt, aber der lange, dürre Mann hatte die Achseln hochgezogen und aufrichtig bedauert: „Schwere Zeiten, gnädigste Baroneß. Sie glauben gar nicht, wie rar das Geld ist. Es verkriecht sich förmlich. Bei Gott, ich möchte ja gerade Herrn Baron so gern gefällig sein, aber es geht nicht – es geht wirklich nicht."

Und dabei hatte er die dünnen Finger, die Handflächen nach innen, fest aneinandergedrückt, fast als ob er um Verzeihung bitten müßte, und mit den himmelblauen Augen gerollt, als ob er damit seine Verzweiflung bekräftigen könnte, daß es wirklich nicht anders ginge.

Es half nun doch nichts, sie mußten wenigstens Georgs Meinung hören. Etwas zögernd kam zuerst Elvira mit der Sprache heraus; dann fiel Hildegard um ein klein wenig energischer ein: „Der Bourgeois sitzt auf den Geldsäcken, lieber Georg. Ich bin immer noch fest überzeugt, daß er nur ein neues Profitchen, ein halbes Prozent mehr etwa, wird herausschlagen wollen. Gehe doch einmal selbst zu ihm –"

„Ja, Tante Elve", sagte Georg. „Jawohl, Tante Hilde. Ich will es mir überlegen."

Er überlegte noch einen Tag und eine Nacht. Auch eine Nacht, denn er, der bisher immer einen Schlaf gehabt hatte wie ein Murmeltier im Winter, schlief neuerdings herzlich schlecht. Auch in der Nacht ließen ihn die krausen Gedanken nicht los, phantastische Gedanken, die sich immer wieder um ein gewisses kleines Persönchen rankten. Und wenn er schließlich gegen Morgen in einen unruhigen Schlaf fiel, dann kamen ganz gewiß die Träume, in deren Mitte sie wieder stand mit ihren blanken Augen und den lachenden roten Lippen.

Aber am Morgen sagtc er doch beim Frühstück: „Es muß wohl sein, ich will nachher zu Herrn Eberhard hinübergehen."

Das tat er denn auch, und er saß wohl eine halbe Stunde in dem kleinen dumpfigen Kontor dem hagern Herrn mit dem fahlgrauen Knebelbart gegenüber, der seine himmelblauen Augen gen Himmel drehte und die dünnen, langen Finger gegeneinander drückte, als ob er um Verzeihung bitten müsse. „Mein hochverehrter, lieber Herr Baron, wenn Sie eine Ahnung hätten, wie rar das Geld jetzt ist. Es verkriecht sich förmlich in tausend Schlupfwinkeln, und wir armen Geschäftsleute wissen gar nicht, wie wir es herausholen sollen. Sorgen, verehrter Herr Baron, nichts als Sorgen. Es wird mir so schwer, Ihnen einen abschlägigen Bescheid geben zu müssen."

Dann stand er auf, holte aus einem Wandschrank zwei kleine Schnapsgläser und eine Flasche Korn. „Ein Gläschen, Herr Baron. Uralter Korn, so etwas bekommen Sie in Berlin nicht für schweres Gold." Und er ließ die gelbe Flüssigkeit ganz langsam über die Zunge rollen, schnalzte und meinte bedächtig: „Ein wahrhaft edler Stoff. Da mögen die Abstinenzler sagen, was sie wollen: In solchem uralten Korn liegt der wahre Jakob."

Georg schluckte und schluckte, der Schnaps brannte ihm in der Kehle und schmeckte ihm abscheulich. Aber er machte gute Miene zum bösen Spiel. „Wirklich vortrefflich, lieber Herr Eberhard. Ganz ausgezeichnet. Aber um noch einmal auf die geschäftliche Angelegenheit zu kommen –"

Und sie sprachen hin und her, und schließlich zeigte es sich, daß Tante Hildegard gar nicht unrecht gehabt hatte. Der brave Herr Eberhard gab zwar keine bestimmte Zusage, aber er ließ doch durchblicken, daß er gegen eine Erhöhung des Zinssatzes um ein Prozent und gegen ein Damno von einem weiteren Prozent vielleicht die Hypothek noch auf ein paar Jährchen stehenlassen würde. „Es ist ein Opfer meinerseits, verehrter Herr Baron, ein großes Opfer. Ich würde es keinem andern bringen, aber zu Ihnen kann ich nicht nein sagen. Es geht mir gegen das Herz, es geht gegen mein Gefühl – wenn ich so denke, daß Sie sich das Geld vielleicht nicht anders beschaffen könnten."

Ganz langsam schlenderte Georg durch die Hauptstraße zurück. Es lag ihm wie eine Zentnerlast auf der Seele, und der Kopf brannte ihm. Vielleicht von der dumpfigen Luft in der engen Kontorstube, vielleicht von dem scharfen Getränk, vielleicht von den neuen

Sorgen, die er auf sich geladen hatte. Nun hieß es, sich noch mehr einschränken, und das traf nicht nur ihn, es traf auch die Tanten, es traf auch Marianne.

Er ging mit hängendem Kopfe. Bei einem Haar hätte ihn, als er den Marktplatz überquerte, ein Auto überfahren. Gerade noch im letzten Moment konnte er zurückspringen, vielleicht riß auch der Chauffeur die Steuerung herum und wich noch rechtzeitig aus. Er war ein wenig erschrocken, sah auf und sah gleich darauf, wie das Auto vor dem „Goldenen Beutel" hielt. Mäxel Berent war schon zur Stelle, dienerte und riß den Schlag auf: Der dicke Holländer, dieser Mynheer Stritten, stieg aus, heute nicht im gelben Nankinganzug, sondern im Staubmantel, mit der Automütze auf der Billardkugel, die hochgeschobene Autobrille auf der Stirn. Stieg aus, verschwand im Torweg, und hinter ihm drein zogen Mäxel Berent, der Oberkellner, der Hausdiener und der Pikkolo. Es war ein sehr erhebender Anblick.

Also zurück –

Wenigstens er, der Vater, dieser Nabob, der in Millionen plätscherte, gegen den Herr Eberhard, der Großkapitalist des Städtchens, ein armseliger Schlucker war.

Georg mußte stehenbleiben. Das Herz krampfte sich ihm zusammen, hämmerte und hämmerte, das Blut strömte ihm in die Schläfen.

Zurück also. Mynheer allein?

Drüben im ersten Stockwerk des „Goldenen Beutels“ waren die Vorhänge zurückgezogen. Hatten die Holländer wider alles Erwarten ihre Heimkehr beschleunigt? War auch sie schon zurück, Wilhelmintje, die kleine liebe Prinzessin?

Immer noch hämmerte das Herz. Ein paar Augenblicke schwankte Georg: Gehst du hinüber, gehst du in das berühmte Honoratiorenzimmer des „Goldenen Beutels“, spielst du den Unbefangenen, horchst du, fragst du?

Aber dann biß er die Lippen aufeinander. Nein, nein! Und er schritt hastig weiter.

Die Tanten waren sehr froh über seinen Erfolg. „Herr Eberhard ist doch ein braver Mann“, meinte Elvira. „Ein braver Mann? Ein hartherziger Wucherer ist der Kerl!“ erklärte Hildegard. Aber trotzdem – sie waren froh. Die drängendste Sorge war wieder einmal aus dem Wege geräumt, war mindestens vertagt, und besser waren sie es nicht gewohnt gewesen, die beiden Alten, ihr ganzes Leben lang.

Von der Beobachtung, die Georg am „Goldenen Beutel“ gemacht, sprach er kein Wort. Er wußte selbst nicht, weshalb. Aber seine Seele war noch unruhiger als in all den Tagen. Er kämpfte mit sich um einen Entschluß und konnte ihn doch nicht finden. Ihm war es, als müßte er das Schicksal an sich herankommen lassen. Als wäre es klüger, geschoben zu werden, als zu schieben. Er schalt sich dazwischen einen Feigling, zankte mit sich selbst und zankte mit seinem Geschick.

Am Nachmittag wollte er einen weiten Spaziergang machen hinaus in den Wald, in die Berge, sich ordentlich auslaufen bis zur körperlichen Müdigkeit. Er kannte das: Es half. Es half über die krausen Gedanken hinfort.

Als er sich nach dem Kaffee marschfertig machte, kam in letzter Minute Tante Hildegard noch einmal ihm nach. Sie hatte eine kleine Bitte: Er sollte unten im Burggraben ein paar Stämme aussuchen, die zum Winter gefällt werden könnten, damit sie Brennholz hätten.

Er nickte etwas zerstreut und nahm sich vor, auf dem Rückweg den Wunsch der Tante Hilde zu erfüllen. Aber als er dann durch den kleinen obern Burggarten ging, überlegte er sich's wieder anders. Es konnte dunkel werden, ehe er heimkam, es war besser, wenn er gleich in den Graben hinabstieg. Und da stand er auch schon an der zerfressenen innern Böschung, stand und zögerte einen Moment, denn unwillkürlich schoß ihm die Erinnerung durch den Sinn, daß er dort unten dem Prinzeßchen, dem seltsamen Ding, dem Mädchen aus der Fremde zum erstenmal begegnet war. Merkwürdig war es. Er schüttelte den Kopf, als könnte er so die Erinnerung abschütteln.

Langsam begann er den Hang hinunterzuklettern. Tausendmal, von Kindesbeinen an, hatte er diese kleine Klettertour gemacht. Man mußte ein wenig vorsichtig sein, jetzt noch mehr als früher, denn die Steine wurden immer morscher und bröckelten unter den Füßen, aber das hatte schließlich nichts auf sich, von einer Gefahr konnte keine Rede sein. Und doch war es ihm, während er hinabstieg, als ob eine innere Stimme zu ihm sagte: Du gehst deinem Schicksal entgegen. Und mehr noch. Es war ihm, als ob die Stimme zu ihm spräche: Hüte dich, daß du nicht strauchelst, daß du nicht fällst –

– er sagte sich's: Wie oft, wie oft bist du aus dem Garten in den Graben hinabgeklettert. Im Spiel heute, im Übermut morgen, aus Gewohnheit dann, weil es der nächste Weg war. Nie hatte er solch seltsame Empfindungen dabei gehabt wie heute. Etwas Beängstigendes war dabei, als könnte sein Fuß nicht mehr sicher haften auf dem morschen Gestein, etwas Schweres, als schleppe er an einer Kette. Und dann war es doch wieder wie eine eigene Lust, ein Überwinden, was er spürte.

Nun hatte er die Grabensohle fast erreicht, lehnte sich aufatmend an einen Baumstamm, dachte, wie um die Stimmung der letzten Minuten abzuschütteln: Die alte Fichte dort drüben wird wohl daran glauben müssen; viel wert ist sie nicht mehr, immerhin gibt sie noch gutes Brennholz – aber wenn die Tanten Buchenkloben haben wollen, sollen sie lieber kaufen.

Plötzlich, jäh brach der Gedankengang ab –

Etwas Helles sah er unten aus dem Grund aufschimmern, etwas Lichtes, Leichtes. Und er wußte es im gleichen Augenblick, noch ehe er schärfer hinsah: Das war das Wilhelmintje! Wußte mit einem Male: Sie war zurückgekommen, weil sie erfahren hatte, daß er in Elmenrode. Wußte, was sie hinaufgetrieben hatte, hierher: die Sehnsucht, die Liebe, Zagen und Hoffen.

Ganz still stand er, hielt den Atem an. Wußte nun plötzlich auch das, was vorhin wie ein Bleigewicht an ihm gehangen hatte, als er den Grabenhang hinabkletterte, diese Unsicherheit und dabei diese Lust am Überwinden, die seltsame Kampfesgewißheit und die Kampfesfreudigkeit: Es mochte eine Vorahnung gewesen sein. Gab es so etwas? Es mußte wohl – warum sollte es dem Menschen nicht gegeben sein, in einzelnen seltenen Momenten in die Zukunft zu schauen, vorahnend zu empfinden, was sie ihm bringen würde? Und ihm fiel plötzlich ein, daß sein Urgroßvater Georg, der bei Leipzig gefallen, am Morgen der Schlacht seiner Frau den wundersamen Abschiedsbrief geschrieben: „Ich habe heute nacht die Gewehrpyramiden klirren hören, so doch ganz feststanden, und wußte also gleich, daß ich den heutigen Abend nicht erleben werden."

Das war ja Unsinn, Aberglaube – selbstverständlich – aber das Rechte und Richtige war es, jetzt kehrtzumachen. Ganz leise fortschleichen, ehe sie ihn bemerkte.

Ganz klar war es ihm in diesem Augenblick: Er durfte ihr nicht begegnen. Um seinetwillen nicht, um ihretwillen nicht. All die Bedenken, all die Abwehr, die früher schon in ihm gewesen, wurde noch einmal wach und lebendig. Es war ja eine Verrücktheit, es war eine Schlechtigkeit, an eine Ehe mit diesem Kinde auch nur zu denken. Marianne sollte sich schämen mit ihrer Gelegenheitsmacherei. Denn natürlich: Sie hat es Mama Altberg geschrieben, daß ich auf Urlaub hier bin. Mit dieser Gelegenheitsmacherei, die uns beide ins Unglück stürzen würde, wenn ich nicht standfest bliebe – mich und das Mädel. Um des Himmels willen: Eine Ehe, aufgebaut auf ein bissel Verliebtheit und auf Goldgrund dazu! Auf Goldgrund – pfui Teufel –

– ich will nicht! Ich will nicht!

Fort, nur fort! Und abreisen, heute abend, morgen mit dem Frühzug. Nur ihr nicht mehr begegnen –

Er rief es sich zu, er war festen Willens. Aber dabei stand er still, spähte mit vorgebeugtem Kopf zwischen den grauen Stämmen hinüber; tat leise, vorsichtig ein paar Schritte vorwärts auf dem Moos, beugte sich wieder vor. Er konnte noch nichts erkennen als einen lichten Farbenfleck, rosa auf dem grünen Grunde – wenigstens das liebe Kindergesicht wollte er noch einmal sehen – ehe er ging – sich davonschlich.

Noch zwei, drei Schritte – er bog einen Holunderbusch auseinander.

Sie saß auf der Bank wie damals, als er ihr zuerst begegnete. Aber heute hatte sie den Hut abgenommen; er lag neben ihr auf dem Boden. Weit zurückgelehnt saß sie und träumte in die Baumwipfel empor.

– damals, damals war sie ein Kind, mit lachenden Augen und lachenden roten Lippen. Und nun ist die Knospe erblüht wie in einem holden Wunder. Schmaler ist das Gesichtchen geworden und reifer; um den Mund, wo das Lachen stand, ist ein neuer Zug, herb und süß zugleich –

Schlug da eine Amsel? Oder knackte ein trockener Zweig?

– langsam gleitet der Blick aus den Baumgipfeln. Das Köpfchen senkt sich. Nun sieht er ihre Augen. Feucht schimmert es darin. Und sie hebt beide Hände und drückt sie gegen die Schläfen, dicht unter das blauschwarze Haar. Und sie seufzt – seufzt – sehnsuchtsvoll –

Armes Wilhelmintje, liebes, süßes Wilhelmintje – wer dir helfen könnte –

– du Tor! Du Tor! Gibt es denn ein reizenderes Frauchen auf der weiten Welt? Was baust du dir Palisaden vor dein Glück?

Du Tor! Du Tor! Hast du nicht an sie gedacht und von ihr geträumt bei Tag und bei Nacht? Bist du nicht bitter enttäuscht gewesen, daß sie nicht hier war? Du Tor, du Tor! Was zögerst du, worauf wartest du –

Und plötzlich stand er vor ihr –

Da fährt sie hoch, puterrot und gleich wieder totenblaß, fährt hoch, schaut ihn an, als ob er eine Traumgestalt, mit großen Augen, wortlos, atemlos, mit bebenden Gliedern. Und dann ist es, als ob sie sich abwenden, als ob sie flüchten wollte. Aber gleich wieder steht sie wie im Bann, erschauernd, ihre Arme sinken herab –

„Wilhelmintje! Wilhelmintje!“

Nun ist doch ein heller Jubelton in seiner Stimme. „Wilhelmintje! Wilhelmintje!“ Und er nimmt sie, hält sie, küßt sie auf Lippen und Augen. „Wilhelmintje – liebes Wilhelmintje!“

Sechstes Kapitel

Bozen war die letzte Station ihrer Hochzeitsreise. Der gestrenge Herr Oberst und Regimentskommandeur hatte es gut gemeint und die unerhörte Zumutung um einen sechswöchigen Urlaub gnädigst höheren Orts befürwortet. Man konnte dem guten Elmenrode schon etwas Besonderes gönnen: einem so pflichttreuen Offizier und liebenswürdigen Kameraden, der sich immer wacker durchgeschlagen hatte durch die kleinen und großen Fährnisse des Leutnantslebens. Den Urlaub im besondern wie sein großes Glück im allgemeinen konnte man ihm gönnen. Ein Millionenbräutchen, das dem alten schönen Namen zu neuem Glanze verhalf. Ein Millionenbräutchen – bildhübsch sollte die Javanerin dazu sein, hatte Karstedt verraten, der während der Brautzeit einmal Gast in Elmenrode gewesen war. Die Millionen freilich – nun, es kam darauf an, welchen Gebrauch Elmenrode von seinem Reichtum machte. Manchmal fügte sich solch reicher Offizier schlecht in den schlichten Rahmen des Offizierkorps ein; aber gerade von Elmenrode war das eigentlich nicht zu erwarten. Er war zu verständig dazu, zu bescheiden; auch das Gran Nüchternheit in seinem Wesen schloß wohl Befürchtungen aus. Im übrigen: Man mußte zusehen, abwarten. Und den Urlaub konnte man ihm gönnen.

Den ganzen März waren sie unterwegs gewesen, bis in den April hinein. An der Riviera zuerst, dann in Rom und in Florenz, in Venedig. Immer hatte die Sonne sie getreulich begleitet, nun leuchtete sie ihnen auch im herrlichen Südtirol, ihnen und ihrem Glück.

Ja – ihrem Glück.

Einmal, ganz im Anfang, in Bordighera, als sie unter den Scheffelpalmen im Winterschen Wundergarten saßen, das sanftflutende Meer vor sich und den blauen Himmel über sich, hatte sich Wilhelmintje ganz eng, besonders lieb an ihn geschmiegt, wie ein Kind, wenn es recht, recht zärtlich sein will. Und sie hatte ihm in ihrer drolligen Weise zugeraunt mit ihrer süßen Stimme: „Du – du! Ich war doch viel klüger als du kluger Mann!"

Ihre Augen lachten dabei, und ihr Mund lachte.

„Selbstverständlich warst du viel klüger, wirst du immer viel klüger sein als ich. Ihr Frauen seid überhaupt viel klüger als wir Männer."

Sie zog einen kleinen Flunsch, und das sah erst recht drollig aus und zum Küssen. Er küßte sie denn auch gleich, und sie küßte schnell wieder. Was konnte man denn Gescheiteres tun auf der Hochzeitsreise.

Aber dann sagte sie doch, mit besonderer Betonung: „So hatte ich es eigentlich nicht gemeint, Georg."

„Was denn, Schatz? Das mit dem Klugsein?"

Sie nickte.

„Also –? Ich warte und bin gespannt, was die Prinzessin eigentlich zu meinen geruhten.“

„Mache du dich nur über mich lustig! Das wird dir übel bekommen.“

„Lustig machen? Um aller guten Götter willen – nein. Lustig sein, mit dir: Ja immer! Aber lustig machen: Nein, nein! Aber nun sprich endlich. Inwiefern warst du klüger als ich?“

Da kniff sie die Kirschenaugen ein wenig zu. Auf der Stirn erschien die besinnliche Falte. Sie antwortete auch nicht gleich, legte erst schnell noch den Arm um ihn. Dann sagte sie's: „Nämlich, mein teurer Herr und Gatte – Sie haben mich ja gar nicht recht liebgehabt –“

„Oho!“ Mit einem Scherzwort wollte er erwidern. Aber da begegnete er den blanken Augen, und es blieb bei dem einen „Oho!“

„– und das war nämlich sehr dumm von Ihnen, mein Herr. Denn wo wären wir, wenn ich nicht klüger gewesen wäre? Es wär doch schade darum.“

Nun hatte er sich ermannt. „So? Wer ist denn den halsbrecherischen Hang hinuntergeklettert? Wer hat denn das gewisse Wilhelmintje in die Arme genommen und zuerst geküßt?“ Er wollte ein weniges von ihr abrücken, um seiner Würde willen, gerade nur bis an das Ende der Bank, das zum Glück nicht weit entfernt war.

Aber sie hielt ihn fest, ganz fest. „So – willst du dich noch großtun damit? Warum du in den Graben geklettert bist? Solch ein Schnurrpfeifergeselle! Tante Hilde hat's gleich verraten: Altes Holz wolltest du aussuchen, Brennholz für den Winter. Und hast da ein junges Bäumchen gefunden, und weil's nicht ganz unübel war – o du! Du! Nachher waren Sie selber erschrocken, mein teurer Herr. Ich hab's doch gemerkt."

„Du bist die liebst Närrin auf der ganzen Welt."

„– und nachher – wer weiß, da wären Sie am liebsten abgeschrammt, mein Herr! Aber da kennen Sie das Wilhelmintje schlecht. Wilhelmintje hält fest, was es einmal hat." Und plötzlich reckte sie sich, legte beide Arme um seinen Hals und küßte ihn. „Hab' ich nicht recht gehabt? War ich nicht die Klügste! Nun sag's – gleich sagst du es: Hast du mich nun recht lieb? Bist du nun ganz glücklich? Sind wir nun beide glücklich?"

Ja, er war glücklich, restlos glücklich. Gerade in diesem Augenblick, wo er mit ihr auf dem Balkon des „König Laurin" stand und hinübersah zu den Felstürmen des Rosengartens, gerade wieder fühlte er es und sagte es ihr. Sein Herz war so froh, war so leicht, als ob ihm Schwingen gewachsen wären und er fliegen könnte, weit, weit in die stolzen Höhen, zu den Felsspitzen dort drüben, die sich nun in rosigen Schimmer tauchten, röter und röter, bis sie fast wie in Violenfarben aufglühten. „Ist das nicht schön, Wilhelmintje? Ist das nicht wundervoll!"

Sie nickte eifrig. Immer nickte sie eifrig, ganz drollig sah es aus, wenn er etwas gesagt hatte, was sie besonders klug und schön fand. Klug und schön war das gewiß eben gewesen, was er von dem erglühenden Felsen, die sich dort drüben so gewaltig aufbauten, gesagt hatte. Es war unbedingt notwendig, ihm ihre Zustimmung zu erkennen zu geben. Drum nickte sie schnell noch einmal, förmlich heftig, was wieder sehr drollig aussah. Aber ihre Gedanken waren eigentlich nicht bei den phantastischen Felsen, über die nun allmählich der Schatten der Dämmerung sank. Sie hatte kein sonderliches Interesse für die Wunder der Natur. Sie hatte eigentlich nur Interesse für ihn, für ihren Herzallerliebsten, für ihren Mann. Und so zog sie ihn auch jetzt mit beiden Händen durch die Balkontür in den Salon, zog ihn durch das halbe Zimmer, reckte sich, wie sie immer tat, wenn sie recht zärtlich sein wollte, stand auf den Fußspitzen, umhalste ihn und fragte wieder: „Hast du mich auch recht lieb, Georg?“

„Habe ich's dir nicht eben erst gesagt?“ gab er belustigt zurück.

„Du mußt mir's noch vielhundertmal sagen. Immer wieder mußt du mir es sagen. Und kannst mich doch nicht den hundertsten Teil so liebhaben wie ich dich.“

In Bozen gefiel es ihr. Besser vielleicht als an der Riviera, als in Rom und Florenz. Wenn Georg in Reiseerinnerungen schwelgte und von den Florentiner Uffizien sprach oder von den Skulpturen in den Diokletiansthermen, die für ihn neue Offenbarungen gewesen waren, dann zog sie leicht einmal ihr Schmollmäulchen. Was diese alten eingetrockneten Bilder und nun gar die halbzerbröckelten Marmorleiber auf Georg nur für einen Eindruck machten? Nicht zu verstehen war es. Aber man mußte fein stille sein und das mit in den Kauf nehmen, um die gute Laune des hohen Herrn nicht zu gefährden. Nein, aus den Kunstschätzen vergangener Jahre machte sich das Wilhelmintje nicht viel. Und wenn sie einiges Interesse vorgab, geschah es aus ein wenig Heuchelei, um ihrer großen Liebe willen, um Georg eine Freude zu bereiten. Ebensowenig hatte sich das Wilhelmintje aus dem Leben in den eleganten Karawansereien der Riviera oder Roms gemacht. Sie brachten nur Lasten mit sich. Da mußte man an jedem Abend zum Diner in die großen Toiletten schlüpfen, mußte feierlich im Restaurant sich gegenübersitzen, mußte sich allerlei Gene antun. Wozu? Wozu? Es war ja ganz hübsch, sich gelegentlich gut anzuziehen, zumal wenn man damit einen gewissen Georg besonders gefallen wollte. Denn er hatte schon Sinn dafür, der Georg. Aber für die andern, fremden Menschen – wozu? Wozu? Was gingen sie überhaupt diese fremden Menschen an. Was ging Georg sie an? Georg gehörte ihr, und sie gehörte Georg – und damit basta!

Außerdem war es umständlich, so schrecklich umständlich. Zuerst hatte Wilhelmintje es sich so wunderschön ausgemalt, mit ihrem Georg ganz allein, ohne alle Dienerschaft zu reisen. Sarina mußte in Elmenrode bleiben, was einige Tränen kostete, und Madame Louise, die französische Kammerfrau, sollte erst in der Berliner Wohnung sich wieder einfinden. Das war sehr schön gedacht, bewährte sich aber in der Praxis gar nicht. Denn die kleine verwöhnte Prinzessin war unbeholfen wie ein Kind, und der gute Georg ersetzte eine geübte Zofe trotz besten Willens doch nur höchst mangelhaft. Die Geheimnisse der Knöpfe an den Spitzenblusen konnte er überhaupt nicht recht begreifen, und so gut er als Soldat seinen eignen Koffer zu pakken verstand, so schlecht wußte er mit den tausend Zierlichkeiten der Riesenhäuser seiner kleinen Frau umzugehen. Das hatte schon auf der ersten Station der Hochzeitsreise, in Luzern, etwas wie ein Unheil gegeben. Heulend hatte da Wilhelmintje am Morgen der Abreise vor ihrem Koffer gestanden, hatte mit ihren Händchen wütend hineingedrückt und hineingestopft, was ihr gerade unter die Finger kam, war dann schließlich zornig geworden, hatte mit den Füßchen aufgestampft: „Ich kann es nicht! So hilf mir doch, du Bär! Hilf mir doch, lieber, lieber Georg." Er half, aber es war auch danach, und wenn er nicht schließlich auf den genialen Gedanken gekommen wäre, das Zimmermädchen herbeizuklingeln, dann hätten sie sicher den Zug verfehlt. In San Remo, im Hotel Royal, wurde es noch schlimmer. Und schließlich wußten sich beide keinen andern Rat, als an den guten Pa zu telegraphieren, er möchte Madame Louise schicken.

Die Ausgezeichnete kam denn auch umgehend. Aber sie kam nicht allein. Überraschenderweise kam der gute Pa mit. Er hatte es vor Sehnsucht nach Wilhelmintje und ihrem Glück nicht mehr ausgehalten.

„Wenigstens auf ein paar Tage, liebes Wilhelmintje. Nur auf ein paar Tage, lieber Georg!" hatte er gesagt, sehr bescheiden, ein wenig verlegen, in dem unsichern Gefühl, vielleicht doch lästig zu sein. Aber das Wilhelmintje war sofort jubelnd an die mächtige Vaterbrust gestürzt: „Nein, wie lieb von dir! Das ist ja zu herrlich! Das ist ja zu schön!" Georg hatte sich begnügt, dem Schwiegervater herzlich die Hände zu schütteln. Wirklich herzlich, denn alles, was wahr ist: Eigentlich war der gute Pa das Ideal eines Schwiegervaters. In allem und jedem erwies er sich großzügig. Und seine Offenherzigkeit mußte selbst den Widerstrebenden gewinnen. Georg war erstaunt, fast erschrocken gewesen, als Pa kurz nach der Verlobung die Summe nannte, die er als Jahresrente für seine Tochter ausgeworfen hatte. Ehrlich erschrocken war er, als ihm gleichzeitig Pa ein Scheckbuch überreichte mit der beiläufigen Bemerkung, welchen Betrag er auf der Deutschen Bank für ihn deponiert hätte. Und darüber hinaus: Man traute sich kaum einen Wunsch zu äußern, und war es ein noch so verwegener, dann stand die Erfüllung schon vor der Tür. Er, Georg, freilich war noch höchst befangen in der Äußerung solcher Wünsche. Aber das Wilhelmintje verstand sich desto besser darauf. Ihre flinke Zunge wußte es Pa sehr bald plausibel zu machen, daß für ihre geliebte Burg etwas geschehen müsse, daß es doch sehr hübsch wäre, wenn Pa den alten Besitz ein wenig arrondierte. Pa nickte dann nur, machte sich ein paar Notizen in sein mächtiges Merkbuch mit dem gelben Ledereinband – gelb war nun einmal seine Lieblingsfarbe – und sagte: „Ganz recht hast du, Wilhelmintje, ich werde gleich morgen mit dem Intendanten sprechen." Nein, wirklich, Pa war das Ideal eines Schwiegervaters. Er hatte dasselbe goldene Herz wie Wilhelmintje. Das hatte sich auch wieder gezeigt, als die beiden gemeinsam ein Komplott schmiedeten, dessen Ergebnis Georg und die Tanten und nicht zuletzt das Sonnenmühmchen mit freudigstem Schreck erfüllte. Nicht nur glücklich sein wollte Wilhelmintje; sie wollte aus ihrem überströmenden Herzen heraus auch glücklich machen. So hatten sie beide, Vater und Tochter, ganz im geheimen beschlossen, daß es eine Doppelhochzeit werden müßte. Und so waren mit Wilhelmintje und Georg auch Marianne und Kurt zum Traualtar in der alten Johanniskirche zu Elmenrode geschritten.

Trotz allem, Pa fiel in San Remo Georg etwas auf die Nerven. Er hatte sich doch zusammennehmen müssen, um sich das nicht merken zu lassen, als Pa plötzlich aus dem Luxuszug ausstieg. Er hatte sich redlich zusammengenommen, aber den hellen Augen seiner Frau war es doch nicht entgangen, daß er ein wenig erschrak. Nachher, als sie allein waren, fragte sie: „Was hattest du denn, Georg, was hattest du denn vorhin?“

„Ich?“

„Du hast dich gar nicht recht gefreut, als du Pa sahst.“

„Aber Wilhelmintje! Wie kannst du das nur sagen? Ich war wohl nur ein wenig erstaunt. Überrascht war ich.“

Sie sah ihn von unten herauf an. Das war so ihre Art, wenn sie ihrer Sache nicht ganz sicher war. Dann hob sie ganz langsam die Lider, reckte sich und legte das Köpfchen ein wenig in den Nacken.

„Du – du! Pa ist sehr gut!“

„Das weiß ich, Wilhelmintje. Wahrhaftig, das habe ich hundertmal empfunden, und ich bin ihm von Herzen dankbar.“

Es klang sehr ehrlich, und es war auch ehrlich gemeint. Die Kirschaugen leuchteten vor Freude. Doch dann sagte sie eindringlich: „Dankbarkeit ist schön, aber du mußt ihn liebhaben.“

Gottlob, Pa war ein verständiger Mann, er blieb wirklich nur ein paar Tage, machte das Hotel freilich in dieser Zeit rebellisch, zog aller Blicke auf sich, kaufte halbe Wagenladungen voll Rivierablumen für Wilhelmintje, durchsuchte alle Läden nach Geschenken, nützlichen und unnützlichen, für Tochter und Schwiegersohn, telegraphierte von Nizza ein Auto herüber, um mit ihnen nach Monte Carlo zu fahren, hatte ein kindliches Vergnügen daran, daß Wilhelmintjes kleine Hände am Roulettetisch ein paar Dutzend Goldstücke ausstreuten, und fuhr dann wieder von dannen, nicht ohne Georg in der letzten Stunde noch einmal beiseitezunehmen. „Habe ich nicht doch recht gehabt?“ sagte er mit schmunzelnden Lippen und listig funkelnden Augen. „Es ist doch gut so, wie es gekommen ist, nicht wahr, lieber Sohn?“ Und dann wurde er gerührt und schloß: „Aber ich danke Ihnen sehr, Georg, danke Ihnen recht von Herzen, daß Wilhelmintje so glücklich ist.“ Dabei waren auf den Fettpolstern seiner Wangen plötzlich ein Paar dicker Wasserkugeln erschienen. Wirklich, Pa war sehr gut. Nur daß Elmenrode unwillkürlich immer wieder an seinen Burschen, den braven Peritzky, erinnert wurde, und wie der gemeldet hatte: „Ein Mann, der wie ein Elefant aussieht!“ Ein Elefant, ein Tapir – abscheulich, daß man den häßlichen Vergleich nicht loswerden konnte.

In Bozen also gefiel es der jungen Frau besonders gut. Sie war hier ungebundener als in den großen Fremdenorten, brauchte nicht Toilette zu machen, brauchte nicht endlos lange im Speisesaal zu sitzen. Sie gingen zu den Mahlzeiten hinüber zum alten „Greif“, der schon Sommer gemacht hatte, wo vor dem Hause auf dem wunderschönen Walterplatz bereits die Tische gedeckt waren. Hier, fand sie, saß es sich besonders behaglich; ein paar Gerichte ließen sich schnell aus der Speisekarte auswählen, man konnte ungeniert dazu plaudern und die Tauben füttern, die sich's zu Füßen der Gäste gut sein ließen. Heiter war sie und lustig, übermütig oft, zu Neckereien und Scherzen aufgelegt. Nur für größere Touren, wie sie Georg liebte, hatte sie nichts übrig. Das war ihr unbequem. Eine Autofahrt auf guter Straße, ein kurzer Spaziergang, das ließ sie gelten. Aber mit nagelbeschlagenen Schuhen, womöglich mit dem Rucksack auf dem Rücken, in die Berge steigen, das war nichts für die kleine Frau. Einmal hatten sie es versucht, nach Oberbozen hinaufzupilgern. Auf halbem Wege streikte sie. „Hier geht ja sogar eine Bahn hinauf. Das hast du mir verschwiegen, du schrecklicher Mann. Wo eine Bahn ist, braucht man doch nicht zu laufen." Und sie setzte sich auf den nächsten Stein am Wege, krümmte sich wie ein kleines Kätzchen und zog einen Flunsch. „Willst du mich zugrunderichten? Du solltest dich was schämen, Georg!" Dabei machte sie wieder ihr listiges Gesicht und sah ihn von unten herauf mit blitzenden Augen an, so daß er selbst nicht recht wußte, war es ihr nun Ernst oder Scherz. Mit Mühe und Not und unter dem heiligen Versprechen, daß sie zurück die Bergbahn benutzen wollten, brachte er sie endlich bis zur Höhe. Aber hier, vor dem schönen Gasthaus zu Oberbozen, sank sie nieder auf den nächsten Stuhl, schmollte und wollte von der Wunderaussicht auf den Schlern und die hochragenden Wincklertürme nichts wissen. Es war schon merkwürdig: Die Natur sagte diesem Naturkinde augenscheinlich wenig. Manchmal empfand es Georg schmerzlich. Sie sah in die schönsten Landschaften hinein, freute sich wohl auch, fand das alles „ganz nett“, aber das Sichversenken, das Aufgehen in ein landschaftliches Bild, das Verständnis für wechselnde Färbungen, für die Gewalt der Berge, für ziehende Wolken: Das alles fehlte ihr.

An einem der ersten Tage ihres Bozener Aufenthaltes waren sie gegen Abend nach Gries hinübergegangen, zur Erzherzog-Heinrich-Promenade. Langsam, plaudernd stiegen sie die bequemen Serpentinen des herrlichen Weges bergan. Sie hatte sich fest in seinen Arm gehängt, ließ sich, wie sie es gern tat, ein wenig ziehen. Dann und wann blieb er stehen, sah hinüber zu den weißen Gipfeln, die sich über Nacht in Neuschnee getaucht hatten, sah hinab in die leuchtend-grüne Ebene, in das wunderbare Etschtal, in dem die Rebengärten das erste frische Grün zeigten, die blühenden Obstbäume, Äpfel und Pfirsiche, weiß und rot schimmerten. Ihn fesselte das alles, gerade auch der Gegensatz zwischen der üppigen wasserreichen Niederung und den hohen Berghängen, die sie von allen Seiten umschlossen. „Ist das nicht schön, wunderschön?“ fragte er. Dann nickte sie, aber sie schwieg. Und wenn er seine Frage eindringlicher wiederholte, wenn er sie auf dies und jenes aufmerksam machte, auf ein braunes altes Dach, das so seltsam mit dem Grün kontrastierte, auf die fein geschwungenen und doch so imposanten Linien der Mendel drüben, dann sagte sie wohl auch: „Ja doch, Georg, schön ist's." Aber er fühlte, es kam ihr nicht recht aus dem Herzen. Sie glitt auch schnell darüberhin, erzählte irgend etwas ziemlich Gleichgültiges aus Java, von den seltsamen Schattenspielen der Eingeborenen etwa, für die sie ein besonderes Interesse hegte; fast war alles, als wollte sie seine Gedanken von der Landschaft, die seine Seele ganz erfüllte, ablenken.

Wieder stiegen sie ein Stückchen höher. Der Abend sank, und jenseits der türmereichen Stadt, hoch, hoch oben am blauen Himmel, begann die Sonne ihr unvergleichliches Spiel auf den Felsenschroffen des Rosengartens. Orangerot wurden sie, färbten sich leuchtender und leuchtender, strahlten wie im eigenen Glanz. Er mußte ihr das sagen, er mußte ihr das aussprechen, wie dies Wunder ihn packte, ihn erregte. Er erzählte ihr die alte Sage vom Zwergenkönig Laurin, der dort oben hausen sollte seit Jahrtausenden in seinem Rosengarten, und er wies hinüber: „Schau doch nur, Wilhelmine, liebst Wille – ist das nicht unvergleichlich! Geht dir das Herz nicht auf bei dem zauberhaften Farbenspiel? Sieh, jetzt glühen die Felsen bis zum Neuschnee! Sieh das rosenrote Wölkchen darüber! Mein Gott, daß es so etwas Schönes gibt!"

Und sie nickte und sagte: „Ja, Georg." Nichts weiter.

Er sah ihr ins Gesicht, er suchte nach einem Zuge warmen Mitempfindens. Aber er suchte vergebens. Sie sah lieb aus, reizend wie immer, ein wenig verlegen sogar, vielleicht deshalb, daß sie ihn nicht ganz verstand – aber das war auch alles.

Drüben kam der Abendschatten. Das leuchtende Rot verblaßte, jäh, mit einem Male.

„Wir wollen gehen." Er sprach es wider Willen fast rauh. Denn er fühlte ja, sie war schuldlos. Aber es tat weh, sehr weh.

Während sie langsam zu Tale schlenderten, zwang es ihn doch, noch einmal anzufangen. Er faßte zärtlich ihre Hand, drückte sie leise. „Wilhelmintje, fandest du das nicht schön, dieses Aufglühen der Felsen?" Er sah wieder in ihr Gesicht, suchte wieder zu lesen, zu deuten. Fragte dann aufs neue: „Sag mal ehrlich, Lieb, ganz ehrlich, du findest Elmenrode, findest den Harz schöner als dies Bozen hier, als die Alpen?"

Da kam ein wärmerer Ausdruck in ihr Gesichtchen; sie nickte wieder, aber ganz anders als vorhin, fast hastend: „Viel schöner, Georg! Unendlich viel schöner!"

Das freute ihn. Es war ja wohl wirklich Geschmacksache. Es gab gewiß außer Wilhelmintje unzählige Menschen, denen die anmutvolle Harzlandschaft lieber sein mochte, deren Herzen die sanft geschwungenen grünen Hänge näher standen als diese gewaltige

Natur. Aber er war ein Grundtoffel. Er konnte nicht widerstehen, er mußte weiterfragen: „Und warum, Wilhelmintje?“ Da sagte sie, ein wenig zögernd und doch aus tiefstem Herzen heraus: „Ich kann das wohl nicht so ausdrücken, Georg, aber hier ist immer etwas Fremdes in mir. Daheim, im lieben Elmenrode, da hab' ich immer an dich gedacht und hab' dich auch gehabt in meinen dummen Gedanken, wenn du nicht da warst!“

Es war so lieb gesagt, so naiv, so herzlich, daß er sie am liebsten gleich in seine Arme geschlossen hätte.

Am Abend war Konzert vor dem „Greifen“. Die Kaiserjäger spielten. Weit hinaus auf den Platz, bis fast zu dem Denkmal des alten Minnesängers, der so süß von der Liebe Lust und Leid zu künden gewußt, waren Tische und Stühle gerückt. Mit Mühe hatte Georg sich noch Platz in dem Gedränge für sich und seine Frau erobert. Die Fremden aus allen Hotels der Stadt waren zusammengeströmt, es schwirrte in vier Sprachen durcheinander; dazwischen saßen die Bozener, schlürften ihren Roten und rauchten ihre Virginia. Lustig klangen die Wiener Walzer, und der Mond leuchtete hell über dem farbenfrischen Bild.

Wilhelmintje sah vorzüglich aus heute abend. Ihr Gesicht war eigen angeregt, die Augen blitzten, und die roten Lippen lachten. Sie machte Aufsehen in ihrer eigenartigen Schönheit, fand Georg und freute sich darüber.

Dann waren plötzlich zwei Kaiserjäger da, in ihren knappen grünen Uniformen famos aussehend, mit frischen, gebräunten Soldatengesichtern. Sie scharwenzelten ein wenig herum, suchten Plätze oder taten doch so, als ob sie Plätze suchten und nicht finden könnten. Mit einem Male kam der eine, ältere, an Georgs Tisch: „Ist's wohl erlaubt?" Hatte die Hand am Käppi, lächelte ein wenig. „Graf Holder", stellte er sich vor, und da war auch schon der zweite: „Oberleutnant Rauchenegger –"

Es war wie ein kleiner Überfall. Aber Georg machte es Spaß. Er fühlte ganz genau, es galt seiner hübschen jungen Frau. Und dann waren es ja auch Bundesbrüder, Kameraden. Er stand auf, nannte seinen Namen, stellte die Herren Wilhelmintje vor. Sie neigte flüchtig den Kopf.

Da saßen die beiden auch schon, straff, militärisch, fingen gleich an zu plauschen: „Ganz gewiß ein Herr Kamerad aus Preußen." Ein Wort gab das andre. Es waren nette, unterrichtete Leute. Der blutjunge Hauptmann kannte Berlin, schwärmte von der deutschen Bundestreue und vom Kaiser Wilhelm; der Jüngere entpuppte sich als leidenschaftlicher Jäger und erzählte interessant von einer Jagd auf Murmeltiere, von der er vor wenigen Tagen zurückgekommen sei. Dazwischen hatten sie beide artige Worte für die junge Frau und bewundernde Augen.

Aber das Wilhelmintje, das vorhin so lustig gewesen war, blieb merkwürdig stumm. Immer hatte sie nur eine kurze, knappe Antwort, gerade an der Grenze der Höflichkeit. Georg suchte es gutzumachen. Das Gespräch zwischen ihm und den beiden Kaiserjägern wurde lebhafter; es fanden sich zahlreiche Berührungspunkte, meist militärischer Art. Sie sprachen über den Dienst im Gebirge, über die schwierigen Märsche, über das Mannschaftsmaterial, über die Verwendung der neuen Maschinengewehre in diesem Gelände.

Plötzlich sah Georg auf und sah, daß das Gesicht seiner Frau ganz trübe geworden war. Die Mundwinkel schienen schmerzlich verzogen, die seidigen Wimpern deckten die Augen fast ganz. Er bekam einen kleinen Schreck. Er fühlte sich schuldig. Daß ihm das passieren konnte: Sein Frauchen einfach über der öden Fachsimpelei zu vernachlässigen. Hastig wandte er sich an sie, sprach auf sie ein, wollte sie in die Unterhaltung verwickeln. Aber es glückte ihm nicht. Ein paar Augenblicke noch, dann sagte sie kurz: „Bitte, Georg, wir wollen gehen." Hatte auch schon die langen Handschuhe beim Wickel, streifte sie schnell über und stand auf.

Die beiden Österreicher waren aufgesprungen, die Sporen klirrten zusammen.

Sie neigte nur wieder kurz den Kopf. Es war etwas peinlich.

Sie hatten wenige Schritte bis zum Hotel „Laurin". Georg wollte die Hand seiner Frau nehmen und in seinen Arm schieben, aber sie zog sie fort.

„Bist du böse, Wilhelmintje? Ich muß wirklich um Verzeihung bitten. Ich hatte mich zu sehr in das Gespräch mit den Kaiserjägern verbiestert. Du glaubst gar nicht, wie interessant das für einen Soldaten ist. Aber es war unrecht von mir. Sei wieder gut, Wilhelmintje."

Sie antwortete nicht. Schweigend ging sie neben ihm her.

„Lieb, du darfst nicht böse sein. Ich kann doch nicht mehr, als um Verzeihung bitten. Komm, gib mir deine Hand."

Sie schüttelte nur den Kopf. Ihre Schritte wurden immer hastiger.

Nun waren sie vor der Hoteltür. In der großen Halle war noch viel Leben. Der Direktor stand zwischen einer Karawane neu angekommener Gäste, unterhandelnd, sprach lebhaft. Um den Fahrstuhl hatte sich eine andre Gruppe versammelt, die auf das Herunterkommen des Liftes wartete.

Es war hier nicht die Zeit, war keine Möglichkeit zur Aussprache. Aber im hellen Licht sah Georg, daß seine Frau mit Tränen kämpfte.

Es schmerzte ihn; er suchte verstohlen nach ihrer Hand. Doch sie zog sie fort, ehe er sie noch fassen konnte, und schob sich selber so zwischen die Wartenden, daß ein baumlanger hagerer Engländer zwischen ihnen beiden zu stehen kam. Das verdroß ihn wieder. Wenn er unrecht gehabt hatte – was konnte er mehr tun als ehrlich um Verzeihung bitten? Außerdem, wahrhaftig, die ganze Sache war doch nicht der Rede wert. Er würgte an seinem Ärger, sah wieder nach Wilhelmintje hinüber. Sie stand jetzt ganz ruhig, mit fest zusammengepreßten Lippen. Ein eigen trotziger Zug, der ihm ganz fremd erschien, lag über ihrem Gesicht.

Gerade kam der Lift herunter, es gab ein großes Gedränge, und er wurde von ihr getrennt. Sie fand noch Platz im Fahrstuhl, er mußte in der Halle warten. Auch das verdroß ihn wieder. Warum konnte sie nicht die paar Augenblicke bei ihm bleiben, bis der Lift zum nächsten Male herunterkam.

Als er endlich auch oben war, fand er sie im Salon, noch in dem Jäckchen und dem Hut, auf einem Sessel am Fenster sitzend; aber sie sah nicht hinaus, sondern sah hartnäckig, die beiden Hände geschlossen im Schoß, auf den Teppich.

Er war schon wieder versöhnlich gestimmt, ging zu ihr, legte die Hand auf ihre Schulter, bat: „Sei gut, liebste Wille. Wie kann man nur so brummen!"

Sie antwortete nicht, aber sie machte eine unwillige Bewegung mit der Schulter, als ob sie seine Hand abschütteln wollte.

So trat er zurück und wollte Hut und Stock ablegen. Da schoß ihm plötzlich durch den Sinn: Du hast ja im „Greifen" deine Rechnung nicht bezahlt. Die Erinnerung kam ganz plötzlich, und es war etwas Schadenfreude dabei: Nun gehst du hinüber, die Rechnung zu begleichen – es ist eine kleine Lehre, die dem geliebten Trotzkopf nichts schaden kann.

„Wilhelmintje, ich muß noch einmal zum ‚Greifen'. Ich habe zu bezahlen vergessen. Wir brachen ja so plötzlich auf."

Sie antwortete wieder nicht, nur die Schulter zog sie langsam in die Höhe, fast wie spöttisch.

Er wartete noch einen Augenblick, hoffte wohl, sie würde doch ein gutes Wort finden. Im Grunde, er konnte auch morgen bezahlen, man kannte ihn ja im „Greifen".

Da sagte sie: „So geh doch!" Und es klang so schroff, so spöttisch, daß er wieder nach dem Hute griff, etwas wie eine Verbeugung ins Leere hinein machte: „Wie du willst. Ich bin bald zurück." Er hörte gerade noch, daß sie ihm nachrief: „Genier dich nicht –", dann fiel die Tür zu.

Solch kleiner Trotzkopf! Wiederholte er sich immer wieder, während er, doch recht hastig, die Treppen hinuntereilte, durch das Vestibül und die schmale Straße nach dem „Greifen" zu. Solch kleiner Trotzkopf! Wahrhaftig – vielleicht ist ihr die Lehre ganz gesund.

Aber es war ihm dabei nicht ganz wohl zumute. Immer wieder kam ihm das Gefühl, selbst nicht recht und richtig gehandelt zu haben. Da war man nun auf der Hochzeitsreise, solch eine junge liebe Frau durfte, konnte Rücksichten verlangen – er war wirklich nicht nett zu ihr gewesen, hatte sie erst vernachlässigt, hatte dann auch seinerseits Trotz mit Trotz vergolten, wo vielleicht Nachsicht mehr am Platze gewesen wäre.

Doch das half nun nichts –

Vor dem „Greifen" klang noch ein Leharscher Walzer. Kopf an Kopf saßen die Gäste. Es war ein zu schöner Abend – wirklich ein Unsinn, an solch einem Abend so früh das stickige Hotelzimmer aufzusuchen – um einer Laune willen. Denn schließlich war es doch nicht mehr wie eine Laune gewesen.

Da saßen auch die beiden Bundesbrüder noch. Allein am Tisch, jeder seinen Roten vor sich, rauchend, plaudernd. Sie sahen ihn und winkten. Wenigstens ein paar Augenblicke mußte er sich höflichkeitshalber hinsetzen.

„Noch Urlaub bekommen?" fragte der Oberleutnant, und der Hauptmann fügte lächelnd hinzu: „Die Gnädigste waren halt ein wenig ungnädig, Herr Kamerad?"

Er verneinte, er lachte, bestellte sich auch noch einen halben Roten, neckte sich mit der Kellnerin, daß er ihr hätte durchgehen wollen, zündete sich eine Zigarette an, kam doch wider Willen ein wenig ins Plauschen mit den beiden flotten Kaiserjägern und erschrak, als drüben die Kirchturmuhr zum Schlagen ausholte. Er hatte wohl eine halbe Stunde gesessen. Nun würde Wilhelmintje erst recht mißgelaunt sein –

Hastig stand er auf, drückte rechts und links die Hand, sprach noch von Wiedersehen am nächsten Tage, und dann eilte er nach Hause. Nun doppelt verstimmt, über sich selbst, über seine Frau – es war zu dumm, zu dumm.

Wilhelmintje lag schon zu Bett. Sie schlief oder heuchelte zu schlafen. Wahrhaftig, sie heuchelte. Er sah es ganz deutlich, als er das elektrische Licht andrehte. Sie wandte den Kopf ein wenig zur Seite, hatte die Augen fest geschlossen, die Lippen aufeinandergepreßt; auf ihrer Stirn stand tief eingegraben die kleine Zornesfalte. Er ging auf den Zehenspitzen bis an ihr Bett. Sie rührte sich nicht. Nun war doch wieder ein Gefühl der Reue in ihm, der heiße Wunsch, gutzumachen, zu versöhnen. So süß sah sie aus, so lieb, gerade jetzt, mit dem bitterbösen Zug im Gesicht, der doch so kindlich wirkte. Leise und zärtlich nannte er ihren Namen. Sie blieb bewegungslos. Er beugte sich über sie, küßte sie auf die Stirn. Nichts rührte sich. „Wilhelmintje, liebe Wille ..."

Unbeweglich lag sie, das Gesichtchen zornig, die Arme lang ausgestreckt, die Hände unter der Decke, daß er sie nicht fassen konnte.

Wohl eine Minute stand er, wandte kein Auge von ihr, wartete –

Dann ging er schnell zum Schaltbrett und drehte das Licht aus. –

Am Morgen schien die Sonne ins Zimmer.

Wilhelmintje saß aufrecht im Bett, rüttelte ihn mit beiden Händchen. „Du Langschläfer! Wirst du wohl aufwachen!"

Und als er die Augen aufschlug, lachte sie ihm entgegen. Und plötzlich warf sie beide Arme um seinen Hals, beugte sich über ihn, biß ihn ins Ohrläppchen, daß es schmerzte, und raunte ihm zu: „So dumm wie gestern abend dürfen wir aber nicht wieder sein! Gib mir einen Kuß, Georg, so – da hast du ihn mit Zinsen zurück. Gut so, gut so! Immer müssen wir uns liebhaben! Und nun steh auf, du Faulpelz!"

Siebentes Kapitel

Pa konnte zaubern. Und Wilhelm Schulze, sein Intendant, war ein Hexenmeister.

Wenn Georg vor der Hochzeit davon gesprochen hatte, daß man an das Wohnungsmieten denken müßte, daß in Berolino gute Wohnungen gar nicht so leicht zu finden wären, hatte Papa gelächelt: „Das laßt nur meine Sorge sein." Höchstens, daß er sein großes gelbes Merkbuch vorgenommen und gefragt hatte: „Wieviel Raum braucht ihr? In welcher Stadtgegend ungefähr? Haben Sie besondere Wünsche, lieber Georg?" – Und dann: „Ich werde alles mit dem Intendanten ordnen."

Etwas unsicher kam das Georg doch vor. Ein paarmal unterwegs hatte er mit Wilhelmintje drüber sprechen wollen. Aber sie machte dann immer eine lustige Bewegung mit ihrer lieben kleinen rechten Hand. Es war, als ob sie andeuten wollte: Das schüttelt Pa sich aus dem Ärmel. Sie sagte das auch ungefähr: „Pa hat das doch übernommen. Auf Pa und den Intendanten kann man sich immer verlassen."

Dann war in Bozen ein kleines Paketchen angekommen. Es enthielt nur Schlüssel. Schlüssel jeder Größe und Art, und an jedem Schlüssel war ein Elfenbeinplättchen angebunden, auf dem seine Bestimmung zu lesen stand: Arbeitszimmer des Herrn Barons, Boudoir, Schlafzimmer, Sekretär, Bücherschrank I, II, III – es waren an drei Dutzend Schlüssel, und recht klug konnte man daraus nicht werden. Auch nicht mit Hilfe des Begleitbriefes, denn in dem berichtete Herr Wilhelm Schulte lediglich, daß er auf Befehl von Mynheer das Haus Händelstraße 16, Berlin NW, gemietet hätte und daß nunmehr alles zum Empfang der Frau Baronin und des Herrn Barons bereitstände. Er bäte nur um Nachricht, wann er die Herrschaften erwarten dürfte.

„Ich werd' wohl telegraphieren müssen, Wilhelmintje. Viel Zeit haben wir nicht mehr."

Sie schmollte. Keine Zeit mehr, wo's in Bozen gerade so nett war? „Du, Georg, wir kommen doch noch früh genug nach deinem Berlin. Ich freue mich überhaupt nicht auf Berlin."

„Schatz, mein Urlaub geht zu Ende."

„Ah, geh!" Das sagte sie immer gern. Ah, geh! mit ganz spitzen Lippen. „Ah, geh! Dein Urlaub. Du bist doch kein Sklave. Wenn ich nun gern noch hierbleiben möchte?"

„Mit dem Dienst ist nicht zu spaßen, Kind. Da hilft kein Singen, es muß gepfiffen werden. Pünktlich sein auf Tag, Stunde und Minute heißt's."

„Ah, geh! Das sagst du ja nur so. Man kann das schon arrangieren." Das Wort „arrangieren" kannte sie gut, und es hatte für sie eine unglaubliche Ausdehnungsfähigkeit. „Telegraphiere doch an den Intendanten, er soll zu deinem Oberst hingehen und ihm sagen, wir kämen erst acht Tage später."

Sie sagte das ganz ernsthaft, und gerade darum kam es ihm so unsagbar komisch vor, daß er laut auflachen mußte – er lachte, faßte sie und wirbelte mit ihr durchs ganze Zimmer, bis sie beide nicht mehr konnten. Warf sich in den nächsten Stuhl, lachte noch immer: „Wenn ich mir das so vorstelle – euer ausgezeichneter Intendant auf dem Regimentsgeschäftszimmer vor dem gestrengen Herrn Oberst: ‚Der Herr Baron läßt sagen, er käme erst in acht Tagen!' Ach du geliebtestes Schäfchen, schreien könnte ich vor Wonne. Schreien! Das Gesicht vom Obersten und mein guter Karsting und der allmächtige Regimentsschreiber im Hintergrunde – köstlich ist's, köstlich!"

„Aber da ist doch gar nichts dabei, Georg. Wenn ich doch noch etwas hierbleiben möchte –"

„Jawohl, Frau Leutnant! Hat sich was: Hierbleiben! Der Herr Leutnant haben gar nichts zu mögen und die kleine liebe Frau Leutnant nur in sehr, sehr bescheidenem Umfang, wenn der Königliche Dienst in Frage steht. Das wirst du schon noch merken, meine süße Wille!"

„Nun? Wenn du nun nicht rechtzeitig zurückkommst?"

Sie stand vor ihm, noch atemlos vom Wirbelwalzer. Er hielt ihre beiden Hände, zog sie nun auf seinen Schoß, bog ihr Gesicht dicht an das seine, flüsterte ihr, immer noch lachend, ins Ohr: „Dann sperrt mich der Oberst ein."

„Was?"

„Er sperrt mich ein. Drei Tage Stubenarrest wenigstens."

„Aber das ist ja furchtbar. In ein Gefängnis?"

„Na – furchtbar ist ein bissel viel gesagt. Ich komme auch nicht gleich in ein Gefängnis. Ich darf nur nicht ausgehen, müßte immer bei meiner Frau sitzen –"

„Das wäre ja herrlich. Du, solche Strafe ließ' ich mir gefallen."

„Danke untertänigst. Lieber doch nicht. Es ist schon besser, der Herr Leutnant hält seinen Urlaub ein – und die Frau Leutnant fügt sich. – Aber darüber wollen wir uns heute noch nicht den Kopf zerbrechen. Heut fahren wir nach Meran – man kann doch nicht in Bozen gewesen sein, ohne in Meran Kalvillen gegessen zu haben –"

***

So waren sie doch pünktlich vom Urlaub zurückgekommen. Und Georg freute sich auf den Dienst, auf eine geregelte Tätigkeit, auch auf das eigene Heim. Er empfand die alte Wahrheit, daß nichts schwerer zu ertragen als eine Reihe von schönen Tagen – selbst von den Sonnentagen einer Hochzeitsreise.

Auch Wille – er hatte hundert Abkürzungen für den Namen seines Frauchens – freute sich auf das eigene Heim. Neugierig waren sie beide. Vielleicht war bei ihr die Spannung der Neugier noch stärker als die Freude. Denn in die Freude wollte dann und wann ein kleiner bitterer Wermutstropfen träufeln, seit ihr Georg seine kleine Vorlesung über den Ernst des Dienstes gehalten hatte. Aber sie sprach nicht davon; sprach auch nicht mehr davon, daß sie Berlin nicht liebte. Dies Riesenberlin mit seinen endlosen Häuserzeilen hatte ihr schon mißfallen bei dem ersten Besuch.

Am Spätnachmittag kamen sie an. Unterwegs war die Spannung gewachsen. Er hatte ihr erzählen müssen von der Lage der Händelstraße. Die kannte er ja. Dicht am Tiergarten, die grünen Bäume mußten in die Fenster schauen. „Und unser Tiergarten ist schön, Wilhelma, die Straße liegt auch bequem, nicht allzu weit von der Kaserne. Eine vornehme Gegend, recht teuer –"

„Ah, geh!" machte sie.

Auf dem Bahnsteig stand der Herr Intendant, großstädtisch heut, mit einem gewaltigen Rosenstrauß, einen glattrasierten Diener in schmucker Livree hinter sich. „Adolf – der Kammerdiener des Herrn Baron" stellte er im Vorübergehen den Jüngling vor. „Adolf – das Handgepäck!" Georg lächelte, aber nur innerlich. Er hatte einen Kammerdiener; es war wirklich spaßhaft.

Unten wartete das Auto. „Wir haben einen kleinen Protoswagen gekauft, Herr Baron. Ich hoffe, der Herr Baron werden zufrieden sein." Der Herr Baron warfen einen flüchtigen Blick auf die langgestreckte graulakkierte Karosserie. Der Herr Baron hatten ein Auto. Er lächelte wieder, wieder nur innerlich. Es war zu komisch.

Das Auto sauste durch die Straßen, und drinnen saßen zwei glückliche Menschenkinder und küßten sich über den Rosenstrauß hinweg. „Wille, bist du neugierig?"

„Riesig, Georg."

„Wille, gib mir noch einen Kuß."

„Da, du Unersättlicher."

„Da – die Siegesallee – unsere Hohenzollern in Marmor – Wille, der Reichstag – und das Bismarckdenkmal – und da drüben die Große Bude, das Generalstabsgebäude, in dem Kurt arbeitet –"

Das Auto fauchte und raste, und die jungen Herzen pochten. Und nun waren sie am Ziel.

„Donnerwetterchen!" sagte Georg, als er ausgestiegen war. „Pa ist großartig."

Ja, Pa war ein Zauberer, und der Intendant war ein Hexenmeister.

Eine Villa war's, eigentlich ein kleines Palais. Sehr vornehm. Nur zweistöckig, sechs Fenster Front, Fassade im Barockgeschmack, ein Vorgärtchen, eine bequeme Einfahrt. Garage und Stallungen dahinter. Graf

Stückler hatte die Villa für sich erst vor wenigen Jahren bauen lassen, verkrachte bei Hofe, suchte einen Käufer, und da kam gerade der Intendant des millionenschweren Holländers zur rechten Stunde.

Staunend, fast ein wenig eingeschüchtert ging drinnen Elmenrode von Zimmer zu Zimmer, und Wilhelmintje tanzte neben ihm her. Jetzt war sie es, die immer wieder in die Hände klatschte, immer wieder rief, jubelte: „Zu hübsch! Zu schön! Der gute Pa!"

Vorn im Erdgeschoß drei prachtvolle Salons, dann der große Eßsaal, eichenholzgetäfelt mit schwerer Kassettendecke, dahinter der Wintergarten mit Riesenpalmen. Breit, mächtig von der geräumigen Diele aufsteigend die Treppe zum obern Stockwerk. Und hier das Schönste: urbehagliche Wohnzimmer, ganz modern ausgestattet, mit geradlinigen Möbeln, tiefen Klubsesseln, bequemen Sofas; rückwärts die Schlafräume, Ankleidekabinetts und Badezimmer, mit großmächtigen Bettstellen, breiten Waschtoiletten, Wandschränken. Alles in einem Meer von Licht.

Gravitätisch schritt der Intendant, der im zweiten Auto nachgekommen war, voran, erläuterte, erklärte: „Die Barockmöbel sind aus Paris. Das Speisezimmer ist von ‚Keller & Reiner' eingerichtet. Die schöne Landschaft dort, von Professor Peter Paul Müller, kaufte ich in der Galerie ‚Heinemann' in München. Aus München, von ‚Bernheimer', stammen auch die Vorhänge und Teppiche –"

Gräßlich, dieser Herr Schulze! Daß man nicht allein sein, sich nicht allein freuen konnte. Aber Wille empfand das gar nicht. Wille genierte der Intendant nie. Er war einfach für sie nicht vorhanden, wenn sie ihn nicht bemerken wollte. Darin war Wille wirklich wie eine Prinzessin.

„– die Herrschaften werden ermüdet sein."

„Nein – nein! Ich bin gar nicht müde."

„Dann darf ich vielleicht noch das Wesentlichste von den Wirtschaftsräumen präsentieren."

Wieder schritt er gravitätisch voran, die Treppe in die Souterrains herunter; berichtete dabei, daß er noch einige Tage in Berlin bleiben solle, um etwaige Befehle der Herrschaften in Empfang zu nehmen; stellte unten en passant die Mamsell und den Küchenchef vor, stieß hier eine Tür und dort eine Tür auf, zur blitzblanken Küche, zur Wäschekammer, zum Speisezimmer der Domestiken. Führte dann die Hintertreppe wieder hinauf.

„Ehe ich mich empfehle, Frau Baronin: Ich bin beauftragt, der Frau Baronin mit Grüßen von Mynheer dies kleine Angebinde zu übergeben –"

Er stand im Speisezimmer vor einem gewaltigen Seitentisch, auf dem ein ganzer Silberschatz aufgebaut war, von den Mokkalöffelchen bis zu den großen Platten, von den Salzfäßchen bis zu den Jardinieren, den Tafelaufsätzen, den weitbauchigen Kannen. „Erstklassige Arbeit, Frau Baronin. Von Vollgold. Alles mit dem Elmenroder Wappen – bitte, Herr Baron –"

Der Mann baronte entsetzlich. Er fiel auf die Nerven.

„Morgen vormittag darf ich Herrn Baron wohl die Pferde vorführen lassen. Wir mußten uns vorläufig auf zwei Wagenpferde und zwei Reitpferde beschränken, der Raumverhältnisse wegen. Aber man könnte wahrscheinlich in einem der Nebenhäuser noch Stallung mieten."

„Ich danke Ihnen, Herr Schulze."

Beinahe hätte Georg über sich selber gelacht. Er fand, daß er bereits einen wahrhaft fürstlichen Ton anschlagen konnte. Ganz huldvolle Herablassung: „Ich danke Ihnen!"

„Den Cave werden Herr Baron gut assortiert finden."

Georg mußte einen Augenblick nachsinnen, bis er sich erinnerte, daß der „Cave" wohl den Weinkeller bedeuten sollte. Aber er hielt sich auf der Höhe der Situation: „Ich danke Ihnen."

Das war gnädige Entlassung. Der Herr Intendant verstand. Er verbeugte sich. Einmal im allgemeinen, gegen die junge Frau und zum dritten Male gegen den Herrn Baron. Er ging, rückwärts schreitend, zur Tür. Aber dann blieb er doch noch einmal stehen: „Fast hätte ich vergessen – es liegt noch einiges für den Herrn Baron auf dem Schreibtisch."

Nun war er hinaus. Und sie konnten endlich beide hinter ihm dreinlachen. Gottlob, für geschraubte Vornehmtuerei hatte Wilhelmintje keine Neigung. Sie lachten, lachten, und dann liefen sie, jetzt erst recht froh, wie vergnügte Kinder durch die hellen Räume. Es war doch schön – es war doch schön – und es war das eigne Heim.

So kamen sie auch in das Herrenzimmer. Es hatte Stimmung; es hatte einen fast wundervollen Ernst. Dunkle Tapeten, dunkelblau gebeizte Eichenmöbel, Lederbezüge, ein schwerer echter Perser; an den Wänden ein gutes Bild Bismarcks und ein – aber das war wirklich eine liebe Idee – ein schönes Ölgemälde, Burg Elmenrode darstellend.

„Sieh nur, Georg – Schatz, sieh nur! Pa ist doch gut!"

Pa war wirklich gut. Er hatte an alles gedacht. Sogar ein Rauchtisch war vorhanden, und darauf standen schon einige Kisten Importen, eine Kiste Holländer – natürlich – und Zigaretten.

„Ich darf doch, Wille?" Er zündete sich eine „Queen" an. „Großartig –"

„Du, Georg – hier – sieh doch nur –"

Sie war durchs Zimmer getrippelt, stand nun am Schreibtisch. „Sieh doch nur!"

Ein Kuchen war's. Ein richtiger Elmenroder Napfkuchen, rundlich, schön braun; in dem großen Loch in der Mitte prangte ein grüner Buschen aus der Wildnis.

„Die Tanten! Die guten Tanten! Du – gleich nachher wird der angeschnitten, heute abend noch."

Und dann lag noch ein Sträußchen Rosen da und eine Karte von Kurt und Marianne. Darauf stand: „Den beiden Glücklichen zwei Glückliche!" Weiter nichts.

Eng umschlungen hielten sich die Glücklichen –

Bis der Glattrasierte kam: „Frau Baronin, es ist angerichtet."

Da stoben sie auseinander. Und dann trat Georg mit feierlichster Miene an seine Frau heran und bot ihr den Arm: „Darf ich bitten –"

Sie waren sehr vergnügt bei dem kleinen Souper. Er neckte sie ein wenig: „Großartig hast du gekocht, Wilhelmintje. Ich habe gar nicht geahnt, daß du solch eine Hausfrau bist."

Und sie ging darauf ein: „Du wirst noch ganz andre Überraschungen mit mir erleben. Wenn ich erst deine Hemden ausbessere – das tun doch die deutschen Hausfrauen, nicht wahr?"

Der Kaffee wurde im Salon genommen. Lautlos servierte der Silberdiener. Georg ließ sich den Rauchtisch bringen, wählte mit Weisheit eine Festrübe, eine große „Henry Clay" – und dabei kam ihm plötzlich eine herrliche, eine unwiderstehliche Idee. Er lehnte sich ganz weit in den Sessel zurück, paffte einen zauberhaften Ring und fragte den Glattrasierten: „Sagen Sie mal, haben Sie vielleicht meinen Burschen gesehen?"

Der Glattrasierte hatte das diskrete, fast unsichtbare Lächeln des geschulten Dieners. „Ich glaube, Herr Baron – vorhin – unten –"

„Er soll mal raufkommen."

Es war nicht mehr Peritzky. Der baute bereits wieder seinen Kappus. Der „Jetzige" hörte auf den schönen Namen Windeborn, war hinter Meseritz zu Hause und im übrigen „derselbigte". Er erschien nicht gerade in der allerersten Garnitur, aber er hatte zur Feier des Tages sein Haupt gesalbt, daß die strohgelben Haare glänzten wie Bratenfett.

Hart an der Tür machte er halt.

„Zur Stelle, Herr Leutnant!"

„Komm näher, mein Sohn. Das ist hier die gnädige Frau."

„Zu Befehl, Herr Leutnant!"

Er lächelte nicht diskret wie der Glattrasierte, er feixte über das ganze Gesicht. Die Gnädige schien seinen Beifall zu haben.

„Was ist morgen für Dienst, Windeborn?"

„Sechs Uhr dreißig fällt der erste Schuß auf Stand sechse, Herr Leutnant. Um elf Uhr ist Offizierversammlung. Von drei bis vier Instruktion. Von vier Uhr dreißig bis fünf Uhr dreißig Turnen."

Er schnurrte es herunter. Und Georg lachte.

„Das fängt ja hübsch an. Also um fünf Uhr wecken, Windeborn. Du kannst es unten in der Küche bestellen: Um ein Viertel nach fünf muß ich Kaffee haben. Verstanden?"

„Zu Befehl, Herr Leutnant!"

Georg schenkte sein Likörglas mit Chartreuse voll bis zum Rande. „Da, mein Sohn, trinke mal auf das Wohl der gnädigen Frau!"

„Zu Befehl, Herr Leutnant!"

Der brave Krieger faßte das zierliche Glas höchst ängstlich, es verschwand fast in seiner Riesenfaust. Und dann machte er „wupp“ – und der gelbe Inhalt war verschwunden. Nun stand er wieder wie ein Licht, die Hacken geschlossen, den Kopf geradeaus gerichtet.

„So – stelle das Glas hin. Du kannst gehen. ’n Abend.“

Es dröhnte, als Windeborn zur Tür schritt, trotzdem er nur mit den Fußspitzen auftrat. Und es krachte, als er die Tür hinter sich schloß, trotzdem er’s mit äußerster Vorsicht tat.

Die junge Frau hielt das Spitzentuch vor das Gesicht. Sie lachte. „Sind sie alle so, deine Soldaten?“

„Mit Unterschieden, ja, Wille! Alle gute, brave Kerle, die man liebhaben muß. Der Windeborn ginge für mich durch Wasser und Feuer, wörtlich genommen. Darauf kannst du dich verlassen.“

„Du, Schatz – und morgen – willst du wirklich um fünf Uhr –“

„Dienst, geliebte Wille.“

„Aber das ist ja schrecklich.“

„Gar nicht, Liebling. Ein Mann muß doch seine Tätigkeit haben. Das siehst du ein – nicht wahr?“

„Dja –“ Es kam etwas zögernd heraus. Und noch zögernder folgte: „Wann bist du denn wieder bei mir?“

„Wenn’s gut geht, Wille, gegen halb ein Uhr – wir frühstücken zusammen.“

„Dann bleibst du doch aber hier?“

„Nachmittag muß ich wieder in die Kaserne. Du hast's ja gehört: Instruktion und Turnen."

Sie lachte längst nicht mehr. Das Gesichtchen wurde ganz blaß.

„Ich – ich bin also fast den ganzen Tag allein –"

„Dafür bin ich auch den ganzen Abend bei dir."

„Georg, das – ich glaube – das ertrag' ich nicht. Ich komme vor Sehnsucht um."

„Du lieber Dummdei!" Er stand auf, ging zu ihr. „Du bist nun eine Soldatenfrau – du mußt dich schon gewöhnen. Wirst dich auch gewöhnen. Willst doch gewiß keinen Mann haben, der immer auf der faulen Bärenhaut liegt. Gib nur Achtung, wie schön das ist, wenn ich vom Dienst nach Hause komme, bestaubt von oben bis unten, mit einem Riesenhunger – und ich nehme dich und freß dich auf – vor lauter Liebe!"

Er hatte zuerst ernst gesprochen, eindringlich. Sie sah zu ihm auf mit großen, starren Augen. Da schloß er mit einem Scherz, hob sie mit beiden Armen hoch, so leicht wie sie war, hielt sie fest, trug sie durchs Zimmer. „Es ist schon spät, Wille", flüsterte er zärtlich. „Du mußt müde sein – laß nur – ich trage dich – ich trage dich – und morgen, wenn ich heimkomme, sind wir wieder froh und glücklich."

***

Pa war gekommen. „Junge Eheleute soll man nicht gleich überfallen“, hatte er geschrieben. „Ihr müßt Euch erst ein bissel in Euerm Heim einleben.“ Aber länger als acht Tage hatte er's doch nicht ausgehalten. „Nur auf einen Stipps“, meldete er sich an. „Ich wohne auch nicht bei Euch, ich steige im Hotel Adlon ab. Will nur mal sehen, wie's Euch geht und ob der Intendant alles gut gemacht hat.“ Große, gewaltige, steife Schriftzüge schrieb Pa, wenn er selber schrieb. Manchmal diktierte er aber auch die intimsten Dinge in die Schreibmaschine.

Wilhelmine fand es ganz natürlich, daß Pa im Hotel wohnen wollte. In Georg aber regte sich das Gefühl der Dankbarkeit, auch das Frohgefühl des eigenen Herdes: „Das geht nicht, Wille. Pa muß bei uns wohnen. Ich telegraphiere ihm. Wozu haben wir die behaglichen Fremdenzimmer.“

So ganz einfach, wie Georg es sich dachte, war es nun freilich nicht, Pa unterzubringen. In den großen Karawansereien ist man auf alles, auch auf Nabobs eingerichtet; in einer Häuslichkeit selten, auch wenn sie in größerem Stil geführt wird. Es bedurfte einiger Konferenzen mit der Mamsell und mit Adolf. Konferenzen, die der Hausherr zu führen hatte, denn die kleine Frau machte sich noch keine wirtschaftlichen Sorgen. Pa reiste immer mit seinem malaiischen Diener, dem Sirin, und mit seiner Sekretärin, einer blonden Holländerin, die erfreulicherweise nur sprach, wenn sie gefragt wurde. Die mußten untergebracht werden und selbstverständlich auch der Chauffeur. Für Pa war auch eine ganz niedrige Bettstelle von ungeheuerlichen Dimensionen zu beschaffen, und Waschgeschirr und eine Gummibadewanne von ungewöhnlichem Umfang. Pa war ja ein Elefant, ein – nein, Pa war ein Prachtmensch, das Ideal eines Schwiegervaters.

Als Pa ankam, gegen Mittag, war Georg selbstverständlich im Dienst. Es war Landwehr zur Übung eingezogen, und man hatte den jungen Leutnant, der so lange Urlaub genossen, hübsch einer der Landwehrkompanien zugeteilt, die mit den Bäckerjungen um die Wette den neuen Tag zu begrüßen pflegten.

Nachdem Pa sich vom Reisestaub gereinigt hatte, saß er mit Wille zusammen im kühlen Herrenzimmer auf dem tiefsten der tiefen Klubsessel, hatte sich eine seiner langen Sumatrazigarren angezündet und freute sich über sein Töchterchen. Das blühte wie ein Röslein: Man sah Wille das Glück an. Aber Pa wollte nicht nur sehen, er wollte auch hören. „Nun erzähl mal, Wilhelmintje! Hast du ihn noch geradeso lieb wie als Braut? Nein – wie damals, als du noch gar nicht Braut warst? Mädel, warst du verschossen! Also, du hast ihn noch geradeso lieb?"

„Noch viel, viel, viel lieber, Pa!" Recht aus tiefstem Herzensgrund heraus sagte sie es, und die Kirschenaugen leuchteten dabei.

Pa schmunzelte. „Ein guter Kerl, dein Georg. Das habe ich gleich gemerkt. Hm, ja! Er hatte schon so etwas, hm, ja, Herzliches bei unsrer ersten Begegnung. Na, also – komm mal her, gib deinem Vater einen Kuß – also du bist ganz glücklich?“

Den Kuß bekam Pa. Aber das Wilhelmintje zog ein Mäulchen dazu, wie sie es früher gern gezogen hatte, wenn ihr etwas verquer ging. Sie seufzte sogar: „Ich könnte ganz glücklich sein –“

„Nun?“

„Georg ist so wenig bei mir. Georg hat immer Dienst.“

Diesmal lachte Pa mit des Basses Grundgewalt. „Kind, Männer müssen arbeiten. Glaubst du, ich habe nicht gearbeitet, solange ich gesund war – da drüben. Wie ein Büffel habe ich gearbeitet, und deine selige Mutter mußte froh sein, wen sie mich zur Siesta und am Abend ein bissel hatte. Das ist nun mal nicht anders. Du wirst dich schon bald daran gewöhnen, du kleine Egoistin.“

„Nie werde ich mich daran gewöhnen.“

„Pah! Nie! Kluge Leutchen sollten überhaupt mit dem ‚Nie‘ vorsichtig sein. Na, und sonst? Bist du sonst zufrieden? Wohnung gut? Koch gut? Wie gefällt dir Berlin?“

Der kleine Flunsch blieb im Gesichtchen stehen. „Ach, geh, das ist mir alles so gleichgültig, Pa! Es wird wohl alles schön und gut sein. Aber – daß ich soviel allein bin –“

Pa zog das gelbseidene Tüchlein. Er kannte sein Kind. Das ließ so leicht nicht locker, wenn es sich etwas in den Kopf gesetzt hatte. Ihm wurde heiß, und er mußte sich Kühlung zufächeln. Aber dann sagte er doch: „Na, Wilhelmintje, jetzt hast du ja mich." Da flog ihm die Tochter an den Hals und setzte sich auf seine Knie.

„Du mußt viel bei mir sein. Immer mußt du bei mir sein. Und nun erzähl mir von Elmenrode. Ich habe oft solche Sehnsucht –"

Immer wieder mußte Pa von Elmenrode erzählen. Erst recht, als dann Georg kam.

Pa hauste noch im „Goldenen Beutel", und Frau von Altberg war bei ihm geblieben. Merkwürdig, wie gut die beiden sich verstanden. Sie hatte Verständnis für seine großen und seine kleinen Leiden, und er nannte sie nun auch schon, mit respektvoller Dankbarkeit, dann und wann das „Sonnenmühmchen". Aber Pa hatte auch die Tanten in sein Herz eingeschlossen, das ganz dem Umfang seines äußern Menschen zu entsprechen schien. Er hatte sie dicht beim „Goldenen Beutel" behaglich eingemietet, sintemalen „oben" auf der Burg ein Wohnen nachgerade untunlich geworden war. Denn die Burg – die Burg –

Jedesmal, wenn auf die Burg die Rede kam – so war es schon in San Remo gewesen – schmunzelte Pa und machte seine listigsten Äuglein. Jedesmal lachten dann Wilhelmintjes Kirschenaugen, und Georg konnte gar nicht anders, als auf seinem Gesicht die verschiedenen Phasen von äußerster Spannung bis zur herzlichsten

Dankbarkeit widerspiegeln zu lassen. Die Burg baute nämlich auf Pas Veranlassung – und notabene auf seine Rechnung – Bodo Ebhardt, der berühmteste und berufenste der deutschen Burgenkünstler, aus. Gottlob, das war wenigstens ein Mann, der sich von Pa keine Vorschriften machen ließ und den auch Wilhelmintjes extravagante Wünsche, zu deren Vermittler Pa sich gern hergab, ungerührt ließen. Wenn es nach ihr gegangen wäre, hätte der Architekt gruselige Dinge ausführen müssen. Ihre Phantasie war in dieser Beziehung unerschöpflich. „So" hoch sollte der Turm sein, wobei ihr etwa die Höhe des Eiffelturms vorschwebte; die ganze Burg müßte mindestens doppelt so groß werden als das fürstliche Schloß Winnerburg; unter dem Turm wollte sie ein richtiggehendes Burgverlies rekonstruiert haben; ein „geheimer Gang" durfte nicht fehlen. Dabei müßte aber unbedingt jeder Baum und jeder Strauch in der süßen Wildnis des Grabens erhalten bleiben. Das war schließlich die Hauptsache; davon ließ sie nichts abhandeln, und wenn sie von ihrer Wildnis sprach, machte sie Georg jedesmal die allerverliebtesten Augen.

Pa konnte überhaupt in dieser Beziehung zufrieden sein. Verliebt war seine Wilhelmintje immer noch bis über die reizenden kleinen Öhrchen. Und Georg war es auch, das sah ein Blinder. Er mochte noch so müde und zerschlagen, mit dem ehrlichen Straßenstaub eingehüllt wie ein Müller vom Mehlstaub, nach Hause kommen: Immer war er der gleiche, immer galt sein erster Ruf dem Wilhelmintje, immer war er bereit, mit ihr zu scherzen und zu kosen. Manchmal, fand Pa, konnte es ihm wahrhaftig nicht ganz leicht werden. Er mußte ja todmüde sein, der arme Kerl. Himmel, hatten diese Leutnants einen Dienst! Aber merken ließ er sich's nicht. Höchstens, daß er dann und wann nach dem Lunch ganz plötzlich im Klubsessel einschlief, wobei ihn Wilhelmintje gewöhnlich sehr bald auf ihre drollige Art aufkescherte. Sie drehte sich einen kleinen Spieß aus Papier und kitzelte ihn in den Ohrmuscheln und wollte sich totlachen, wenn er im Halbschlaf nach der vermeintlichen Fliege schlug. Ein rechtes Kind war und blieb das Wilhelmintje.

Pas Besuch dehnte sich doch länger aus als geplant. Es war zu schön bei den Kindern und ihrem Glück. Außerdem hatte er, der immer das Nützliche mit dem Angenehmen verband, sich auch wieder in Behandlung bei dem großen Tier, dem Berliner Kliniker, begeben. Auf dessen Verordnung ließ er schließlich sogar sein Schlachtroß aus Elmenrode kommen, und die Händelstraße erlebte staunend dasselbe Schauspiel, das die braven Elmenroder entzückt hatte: die drei Stalleute, die Pa in den Sattel hoben und schoben. Schade nur, daß Georg niemals mitreiten konnte. Pa hätte sich doch gern mit seinem schmucken lieben Schwiegersohn im Tiergarten und auf dem Hippodrom gezeigt. Aber der Dienst – der Dienst –

Nein, dazu konnte sich Georg doch nicht verstehen. Pa in allen Ehren, aber – im letzten Grunde: Er war unmöglich. Pa war eine komische, richtiger, er war eine tragikomische Figur. Und je länger, desto mehr fiel er bei aller Herzensgüte auf die Nerven. Mehr noch hier als in San Remo. Die Leutchen an der Riviera nehmen das Ungeheuerlichste in Kauf, wenn es im Golde steckt. Aber hier – hier! Der Gedanke, etwa Seiner Majestät im Hippodrom zu begegnen, an der Seite dieses – dieses – fast hätte Georg doch gedacht: dieses Elefanten, dieses Tapirs – unmöglich – unmöglich!

Es gab auch ohnedem kleine Peinlichkeiten.

Der und jener von den unverheirateten Kameraden hielt es trotz der sommerlichen Saison für angemessen, bei dem jungen Paar Besuch zu machen. Sie waren ja alle neugierig. Wie sollten sie nicht? Rastedt und Dungen und Lafret, die das Regiment bei der Hochzeit vertraten, hatten selbstverständlich vieles und noch einiges erzählt. Die liebe, hübsche neueste Regimentsdame wollte jeder sehen, und von der Einrichtung der Märchenvilla in der Händelstraße war auch allerlei durchgesickert, das die Neugier reizte.

Wenn Georg daheim war, gingen diese Besuche ohne Fährnis vorüber. Meist hatte der Glattrasierte rechtzeitig Weisung, daß „Gnädige Frau nicht annehme“. Aber die gnädige Frau nahm gern an, solange ihr Mann im Dienst war: denn in ihr lebte doch etwas Eva-Natur, etwas Neugier, die Leutchen kennenzulernen, mit denen ihr Georg bisher Tag um Tag zusammengewesen war. Wenn dann die Kameraden wieder gingen – meist kamen sie zu zweien oder dreien, weil dabei das Auto billiger war – sahen sie sich draußen gewöhnlich etwas verwundert an. Was war denn das? Bildhübsch war Frau von Elmenrode – daran war nicht zu tippen. Aber eine wunderliche Art hatte sie, Unterhaltung zu machen. Erst war sie total verlegen gewesen, und dann hatte sie gesprochen, wie ein Wasserfall rauscht, und immer nur von Elmenrode und Elmenrode, das heißt von dem guten Georg und seiner Klitsche. Als ob es nichts andres auf der Welt gebe. Dann war da auch der Herr Schwiegerpapa gewesen. Ein wunderlicher Heiliger. Man nimmt ja bei solch einem goldigen Schwiegerpapa etwas in den Kauf – selbstverständlich –, aber dieser Mynheer – „sag es nicht so laut, Wellingen!" – „Na, warum denn nicht? Er hat wirklich keine Manieren – der goldene Papa. Wie er uns da gleich am Schlafittchen nahm und uns die ganze Herrlichkeit zeigen mußte bis in die intimsten Intimitäten – unglaublich!" – „Schimpf nicht, Wellingen. Dafür hatte er aber auch ein sonniges Lächeln. Das Glück guckte ihm sozusagen aus allen Knopflöchern." – „Na, warum soll er nicht glücklich sein, Bettychen? Solch einen Schwiegersohn wie unsern Elmenrode kann man mit der Laterne suchen."

Am nächsten Freitag war Liebesmahl im Regimentshaus. Wellingen hatte sich ein wenig die Nase begossen, und wenn er einen kleinen Schwips hatte, konnte er nie dichthalten. An der langen Biertafel im Garten kam er nachher gegenüber Elmenrode zu sitzen und fing an zu plappern wie eine Elster. „Du, Georg, das Badezimmer in weißem Marmor mit den silbernen Griffen und den Riesenspiegeln – großartig!“ – „Welches Badezimmer?“ – Rechts stieß ihn Kamerad Rastedt an, links zwickte ihn einer in den Arm, es half nichts. „Dein Badezimmer natürlich.“ – „Woher kennst du denn mein Badezimmer?“ – „Na – dein verehrter Herr Schwiegerpapa hat es uns doch gezeigt –“

Georg stieg das Blut in den Schädel. Er wußte, es war nicht bös gemeint. Er mußte schweigen, zog nur die Achseln hoch. Aber es wurmte in ihm. Er trank heftiger als sonst, und während er nach rechts und links lebhafter, als es eigentlich seine Art war plauderte, malte er sich immer wieder aus, wie der Elefant, der Tapir, dieser goldene Papa die lieben Kameraden herumgeführt haben mochte durch Schlafzimmer und Ankleidezimmer. Nicht eigentlich als Protz. Denn wirklich protzig war Pa nicht. Nur die Freude, daß er es seinen Kindern so hübsch geschaffen hatte, war mit ihm durchgegangen. Verzeihlich – ja doch. Aber es kam auf dasselbe hinaus. Dem alten Herrn fehlte eben jede Kinderstube.

Mit der guten Stimmung war's für heute vorbei. Recht aus Trotz blieb er dafür desto länger sitzen, ließ sich sogar noch zu einer Partie Bridge einfangen. Der

Chauffeur mochte warten. Erst lange nach Mitternacht fuhr er heim. Und immer hatte er das eine Bild vor Augen, wie der Tapir die Kameraden in die Intimitäten seines Hauses hineinschnüffeln ließ. Das Wille das nicht zu verhindern gewußt hatte! Es wäre doch eine Kleinigkeit für sie gewesen! Aber selbstverständlich: Was Pa tat, war in ihren Augen wohlgetan. Und – leider – auch sie kennt die Welt so wenig – zu wenig.

Wilhelmintje war aufgeblieben. Er sah schon beim Aussteigen, daß ihr Salon noch erleuchtet war. Solch ein Unsinn –

Sie kauerte zwischen vielen Kissen, wie sie das liebte, in einer Sofaecke. Vielleicht war sie doch ein wenig eingenickt. Aber als er, wohl etwas geräuschvoll, eintrat, schaute sie auf, und gleich standen ihr die Tränen in den Augen. Beide Arme streckte sie ihm entgegen: „Ich hab' mich so furchtbar geängstigt. Pa ist schon lange zu Bett. Mich so allein zu lassen." Sie hing an seinem Halse. „Gar nicht gut bist du zu mir. Gar nicht lieb hast du mich mehr –"

Er machte sich etwas ungestüm frei. „Warum hast du nur gewartet? Und geängstigt? Weshalb denn in aller Welt? Ich werde doch wohl noch ein paar Stunden mit meinen Kameraden zusammen sein dürfen!"

Das Blut schlug ihm bis zum Halse hinauf. Mit langen Schritten ging er durchs Zimmer, kreuz und quer. Und sprach hastig, sich immer mehr in Erregung steigernd, weiter: „So viel Selbstbestimmungsrecht werde ich doch noch haben? Oder etwa nicht? Verlangst du vielleicht, daß ich mich hier festnageln soll, ein für alle Male, für immer und immer! Als dein gehorsamer Sklave. Als euer untertänigster Diener und Knecht. Da irrst du dich denn doch, meine liebe Wille. Ich bin wahrhaftig gutmütig. Aber was zu stark ist, ist zu stark!“

Sie stand noch immer hart am Sofa. Noch ein wenig verschlafen zuerst, denn mit wehen, großen, erschrokkenen Augen zu ihm hinüberstarrend. Die Hände vor der Brust stand sie, wie ein gescholtenes Kind, das noch gar nicht weiß, weshalb es so hart angelassen wird.

Nur ein einziges Mal warf sie schüchtern ein: „Georg – ich –“

Er schnitt ihr gleich wieder das Wort ab. „Erlaube – erlaube – ich muß das einmal klarstellen, daß es das einfache Recht jedes Mannes ist, einmal mit seinen Freunden zusammen zu sein. Zum Geier, man hat doch das Bedürfnis nach einer Aussprache mit Männern, man kann nicht ewig, ewig zu Hause hocken und Süßholz raspeln. Mir freilich – mir freilich ist der heutige Abend – der erste Abend mit den Kameraden gründlich versalzen worden. Das muß ich dir sagen, das will ich dir sagen, und es ist ganz gut, daß das schon heute abend geschieht! Bei aller schuldigen Rücksicht auf deinen Papa: Von dem gesellschaftlichen Verkehr mit meinen Kameraden soll er freundlichst die

Hände lassen! Ich danke dafür! Ich will nicht, daß über uns gespöttelt und gespottet wird! Das kannst du deinem Papa sagen, wenn du nicht willst, daß ich es ihm selbst sage –"

Von dem Moment an, wo er den Vater erwähnte, hatte sie ihre Haltung verändert. Sie hob den Kopf, sie steifte den Nacken; die ganze kleine Gestalt reckte sich; es kam ein Glitzern in die Augen, fast wie kampflustig. „Pa?! Was hast du denn gegen meinen guten Pa?" rief sie. „Das möchte ich wissen! Das ist m e i n Recht. Verstehst du?"

„Das Recht will ich dir wahrhaftig nicht streitig machen." Er lachte bitter. „Was ich gegen Pa habe? Daß er die Herren, die dir einen Besuch machten, bis in Küche und Keller und bis in Badstube und Schlafzimmer herumgeführt hat!"

„Was ist denn dabei? Ich bin ja selber mitgegangen. Und sie haben sich sehr gefreut und fanden alles sehr hübsch."

„Du bist mitgegangen? Das setzt der Geschichte die Krone auf. Die junge Frau, die ein paar Leutnants ihre Schlafstube zeigt! Bitte, meine Herren! Unsere Betten. Großartig! Nun, dann laß dir sagen: Du und dein Vater, ihr habt beide äußerst taktlos, blamabel taktlos gehandelt!"

„Ich verbitt' mir, Georg, daß du so von mir sprichst und von Pa! Verstehst du – ich verbitt' mir das!" Sie kam auf ihn zu, stand wieder still, stieß mit den Füßen auf den Boden. „Ich laß mir das nicht gefallen. Was denkst du dir eigentlich? Uns so zu beleidigen!“ Sie stieß die Worte heraus, den Kopf leicht vorgebeugt, die Hände ausgestreckt, die Finger gespreizt, zitternd vor Erregung. Der ganze Körper schütterte. Die Augen blitzten ihn an. „Ich laß mir das nicht gefallen – ich laß mir das nicht gefallen –“

Er war ein paar Schritte zurückgetreten, sah sie an, schüttelte unwillkürlich den Kopf. Er verstand sie nicht und verstand sich nicht. Eine plötzliche Ernüchterung überfiel ihn: War es denn nicht eine Narrheit, eine Tollheit, einen Konflikt heraufzubeschwören um solch einer Lappalie willen? Lächerlich war's. Im letzten Grunde: Ein Unrecht war's doch nicht gewesen, dessen sich Pa und Wille schuldig gemacht hatten. Aber e r hatte sich ins Unrecht gesetzt durch seine Heftigkeit. Er hätte Wille besser kennen müssen: Auf Wille wirkte Heftigkeit immer nur wie der Gegendruck eines Hebels. Sie konnte sich nicht beherrschen, um so mehr war's an ihm.

„Aber so beruhige dich doch, Wille ...“

„Beruhigen?! Wenn du so zu mir bist! Mich so behandelst! Mich und Pa! Ja – ja – ich werd's Pa sagen – ich werd's ihm sagen, gleich morgen früh, daß man dir nichts recht machen kann, er nicht, ich nicht! Dann können wir ja abreisen, Pa und ich, und dich allein lassen mit deinen Kameraden und deinem ewigen Dienst – du – du –“ Die kleinen Hände fuchtelten in der Luft umher, Wille hob sich auf den Fußspitzen. Es war wie manchmal: Ihre Zunge ging sehr flink, aber dann fehlte ihr, die sonst so fließend Deutsch sprach, ein Wort. Sie suchte, warf ein paar malaiische Ausdrücke dazwischen, fing wieder Deutsch an, verhaspelte sich in ihrer Erregung. Und plötzlich, jäh schlug die Wut in Schmerz um: Die Tränen rannen ihr aus den Augen, sie stürzte vorwärts, fiel ihrem Manne um den Hals. „Ich hab dich doch so lieb, so lieb. Warum bist du nur so häßlich zu mir –"

Als Georg am nächsten Tage gegen Mittag nach Hause kam, war sein Schwiegervater abgereist. Er erschrak ein wenig: Das hatte er nicht gewollt. Ging zu Wilhelmintje hinüber, die in ihrem Boudoir vor einer jener kleinen Batikarbeiten saß, deren Kenntnis sie aus Java mitgebracht hatte und mit denen sie sich bisweilen spielerisch beschäftigte. Er setzte sich zu ihr. Sie nickte nur, sah nicht auf, ihn nicht an.

„Du hast ja doch mit Pa gesprochen, Wille –"

Sie nickte wieder.

„Was hat er denn gesagt?"

Zögernd, widerwillig kam die Antwort: „– du würdest vielleicht recht haben."

„Warum ist er denn abgereist?"

Sie warf ihre Arbeit durcheinander, immer noch ohne aufzusehen, und wieder kam die Antwort zögernd, widerwillig, mit verhaltener Feindseligkeit fast: „Er wäre wohl schon zu lange bei uns gewesen – er läßt dich grüßen." Plötzlich lachte sie auf wie fiebrig: „Wir wären ein paar Wilde, hat er gesagt."

Es war so rührend, es war so drollig zugleich, daß er sie umfaßte, sie küßte: „Meine liebe Wilde! Ich hab' dich lieb, geradeso wie du bist!" Sie bebte in seinen Armen, weinte, küßte ihn wieder, flüsterte zurück, dicht an seinem Ohr: „Liebhaben – nur liebhaben." Und plötzlich biß sie ihn ins Ohrläppchen, lachte wieder, aber anders als vorhin wie ein glückliches Kind: „Da hast du deine kleine Wilde!"

***

Er schrieb an den Schwiegervater, ausführlich, verständig. Es kam nur eine Depesche als Antwort: „Keine Ursache zur Verstimmung. Herzliche Grüße. Stritten."

Pa war doch ein verständiger Mann.

„Euer Pa ist ein Prachtmensch", sagte Marianne ein paar Tage später, als sie mit ihrem Mann bei dem jungen Paar aß. „Ich habe ihn aufrichtig lieb."

Wilhelmintje strahlte und nickte der Schwägerin selig zu. Wille hatte überhaupt ihren guten Tag heute. Sie war alles eher als eine sorgliche, aufmerksame Wirtin. Das Hauswirtschaftliche mußten die Leute besorgen, und es war für sie bisher fast etwas Selbstverständliches gewesen, daß Georg dabei die Oberaufsicht führte.

Oder richtiger, es hatte sich so gefügt, ohne daß sie es überhaupt bemerkte. Das Sichbedienenlassen, im großen und im kleinen, steckte ihr noch von ihrer Heimat her im Blute. Aber sie entwickelte als Wirtin eine Herzensfreundlichkeit, die wohltun mußte. Es lag etwas kindlich Gutes darin, wie sie es lieben Gästen behaglich zu machen suchte. „Marianne, du mußt noch einen Pfirsich nehmen; heute sind sie wirklich schön." – „Kurt, wollen wir uns das Stück Ananas teilen?" Und dabei lächelte sie so lieb, so süß, daß man ihr gar nicht widerstehen konnte. „Lieber Kurt, gib mir einmal Feuer. Nein – von deiner Zigarette! So – das schmeckt noch einmal so gut." – „Marianne, so schöne Hände wie die deinen habe ich überhaupt noch nicht gesehen, höchstens bei Mama Altberg –"

Mit dem Schwager stand sie sich besonders gut. Das heitere Lachen der beiden, die sich gern neckten, klang auch jetzt in Georgs Arbeitszimmer hinüber, wo Marianne mit dem Bruder am Schreibtisch stand. Er wollte ihr eine alte Photographie der Burg zeigen, die die Tanten neulich geschickt hatten.

Aber während sie das vergilbte Bildchen ansah, fragte er plötzlich unvermittelt: „Kam dir das wirklich von Herzen, Mi, das vorhin, daß du meinen Schwiegervater aufrichtig liebhast?"

Sie blickte überrascht auf. Es war in seinen Worten der eigen gepreßte Ton gewesen, den sie von früher her kannte, der jedesmal dann und nur dann aufklang, wenn der Bruder irgendwelchen Kampf mit sich selber durchzukämpfen hatte.

„Pflege ich denn sonst platte Schmeicheleien auszustreuen?“ gab sie zurück. „Das habe ich mir auch bei Hofe nicht angewöhnt – übrigens waren meine Herrschaften dafür gänzlich unempfänglich.“

Er hatte ein Falzbein von der Schreibtischplatte genommen und ließ die bronzene Schneide langsam durch die Finger gleiten. „Ich weiß – du hast immer die Wahrheit obenan gestellt, warst sogar manchmal Wahrheitsfanatikerin.“

„Nun also –“

„Ich möchte doch meine Frage wiederholen: Hast du wirklich meinen Schwiegervater aufrichtig lieb?“

„Lieber Georg, du bist närrisch. Liebhabe ich zunächst Kurt, dann dich, Wille, die Tanten, Mama Altberg – so genau abwägen läßt sich das ja nicht, auf Gramm und Gran nach der Apothekerwage. Aber es bleibt jedenfalls für euern Pa noch ein gut Teil aufrichtiger Zuneigung übrig.“

„Aus der Dankbarkeit geboren, so wird es wohl sein. Weil er euch zur Kaution verhalf. Du lieber Gott, ich habe in diesem Jahr erkennen gelernt, wie leicht es sehr reiche Leute haben, sich Anspruch auf diese sogenannte Dankbarkeit zu erwerben.“

Marianne legte die Photographie aus der Hand. Ihre klugen Augen suchten im Gesicht des Bruders. Sie schüttelte langsam den Kopf. „Das war nicht hübsch von dir gesagt, Georg. War gar nicht deine Art, war fremd. Du irrst übrigens. Wenn Mynheer Stritten nichts für uns getan hätte, würde ich ihn doch gern haben, liebhaben sogar. Einmal weil er Willes Vater ist, dann weil sich seine Herzensgüte dir gegenüber wahrhaftig im reichsten Maße bewährt hat; schließlich auch, weil er ein Original ist. Originale sind so selten heute."

Georg zog das Falzbein wieder und wieder durch die Hand, immer schneller, immer nervöser. „Originale sind ganz hübsch – aus der Entfernung gemessen, liebe Mi. In der Nähe verlieren sie wesentlich an Reiz." Er sagte es recht herb. „Ich will aber nicht ungerecht sein. Gutherzig ist der geliebte Pa. Er ist auch nicht unverständig –"

„Also! Was willst du denn mehr?"

„Mehr? Ich will gar nichts. Ich konstatiere nur, und nur die gegenüber, weil man doch mal das Bedürfnis nach einer Aussprache hat – ich konstatiere nur, daß er unter einem gänzlichen Mangel an Erziehung leidet."

„Lieber Georg, du mußt nichts Unmögliches verlangen. Er hat drüben ein Menschenalter oder länger wie ein Pferd gearbeitet – für deine kleine liebe Frau, Georg! Dabei fand er selbstverständlich nicht die Muße, sich Europas übrigens bekanntlich recht übertünchte Höflichkeit anzueignen. Was sage ich: Höflichkeit? Höflich ist er sogar hervorragend. ‚Höflichkeitsformen anzueignen', so mußte ich sagen. Alter Georg, und bilden die des Lebens Inhalt? Sie sind eben nur Formen. Angenehme Formen nennt man sie mit Recht, und das sagt eigentlich schon alles.“ Marianne schwieg. Sie sah wieder auf des Bruders Gesicht, auf seine nervösen Hände. „Du gefällst mir nicht, Georg“, sagte sie endlich.

„Ich gefalle mir auch nicht.“ Er lachte bitter.

„Georg!“

„Was soll's?“ Das Falzbein klirrte auf die Schreibtischplatte. „Ich kann's nicht ändern. Komm in den Salon, bitte.“

Als Marianne und Kurt nachher quer durch den Tiergarten nach Hause gingen, sprachen sie, die alles und jedes miteinander zu besprechen gewohnt waren, über das junge Ehepaar, von dem sie kamen. Kurt Altberg fing an, kaum daß sie das Haus verlassen, von der kleinen Frau zu schwärmen. Er nannte sie herzig, süß, drollig, voll Charme und Anmut.

Marianne sagte „ja“ und wieder „ja“, ging eine Weile neben ihrem Manne her, schweigend, mit hängendem Kopf und meinte dann plötzlich: „So lobt man Kinder!“

Er stutzte. „Du hast nicht unrecht. Aber ich kenne Wilhelmintje wohl nur zu wenig. Sie ist doch nicht töricht.“

„Gewiß nicht. Es gibt ja auch gescheite Kinder.“ Sie schritt wieder eine Strecke schweigend, legte dann ihre

Hand auf den Arm ihres Mannes, fest und fester. „Kurt, mir will es das Herz abdrücken, ich muß es dir sagen. Ich habe Georg wiederholt zugeredet, sich um Wille zu bewerben. Denk nicht, nur weil sie so reich ist. Ich hab sie wirklich sehr lieb. Aber nun, nun kommt die graue Frau Sorge über mich –"

„Weshalb, Mi? Weil Wilhelmintje noch zu sehr Kind ist? Das kann sich sehr schnell ändern. Es sind nicht alle Mädchen, alle Frauen dir gleich. Viele erwachen erst in der Ehe."

Sie schüttelte den Kopf. „Ich sorge mich nicht nur, weil Wille noch so viel Kindliches an sich hat. Ich sorge mich mehr noch, weil sie keinerlei Tätigkeit zu entwikkeln scheint – weil sie sich langweilen muß, auf den Tod langweilen."

„Hat Georg geklagt?"

„Nein – nein! Das würde er schwerlich tun. Er sprach nur von dem alten Herrn, Willes Vater. Etwas gar zu despektierlich, zu unfreundlich; als laste der brave Mynheer schwer auf ihm. Aber es zitterte durch seine halben Worte noch etwas andres hindurch – ein Unbefriedigtsein, vielleicht herbe Enttäuschung – jetzt schon – jetzt schon –"

„Du nimmst das zu tragisch. Sie werden sich ein wenig gekabbelt haben, Mi. Tun wir das nicht auch manchmal?"

„Wir – das ist ganz etwas andres. Ich will von mir nicht sprechen. Aber du bist so anders als Georg. Der war immer Augenblicksmensch, gutherzig ohne Grenzen, aufopferungsfähig und unbeherrscht. Unbeherrscht ist auch sie, Wilhelmintje.“

Sie traten aus dem Dunkeln ins Helle, aus den finstern Parkgängen in die Strahlenbündel der großen elektrischen Leuchter vor dem Zoologischen Garten. Und Kurt sagte: „Gottlob – du sahst Tiergartengespenster, Marianne. Laß es dir sagen: Das Wilhelmintje, unsre kleine Prinzessin aus Java, liebt Georg mit allen Fasern ihres jungen Herzens. Und es gibt keine hübsche Frau, die den Mann nicht glücklich, selig machen kann, den sie liebt.“

Achtes Kapitel

Wilhelmintje hatte schwere Tage gehabt. Georg war im Manöver. Es war die erste Trennung, und sie konnte den Abschied und sein Fernsein nicht überwinden. Sie litt seelisch, sie litt körperlich. Der Vater hatte sie sich nach Elmenrode geholt; er und das Sonnenmühmchen umgaben sie mit zärtlicher Liebe. Es fruchtete alles nichts. Sie verzehrte sich in Sehnsucht. In den ersten Tagen hatte sie noch Interesse für den Ausbau ihrer geliebten Burg gezeigt. Pa hatte sie herumgeführt; sie war mit dem bauleitenden Architekten so wagehalsig auf den Gerüsten herumgeklettert, daß es dem Vater graute, hatte hier zugestimmt, dort eine Änderung gewünscht. Nun war auch das vorüber, erloschen. Sie saß und träumte. Nur wenn die Post kam, wachte sie auf. Fieberte, wenn eine Nachricht von ihm ausblieb, jubelte, wenn ein Brief, eine Karte von ihm kam; lief damit in ihr Zimmer, las, küßte heimlich das Papier, das seine Hand berührt hatte. Wollte sofort antworten. Tat es auch. Aber so flink ihre Zunge war, der schriftliche Ausdruck fiel ihr schwer, und sie empfand das selbst. Am liebsten hätte sie ihm nichts geschrieben als immer wieder: Ich habe dich lieb. Ich habe solche Sehnsucht. Komm endlich! Komm! Und meinte doch, das sage zu wenig. So quälte sie sich bei jedem Briefe, berichtete Gleichgültiges in konventioneller Form, bis dann zum

Schluß immer aufs neue der verzweifelte Ausruf kam: „Warum läßt du mich allein!“ Malte sich dabei aus, daß er ihre Briefe nur flüchtig, allzu flüchtig lese, daß er sich nichts aus ihren Nachrichten mache, meinte eifersüchtig, daß ihn tausend andre Interessen packten und hielten, daß er seine Wille vergäße, von Tag zu Tag mehr. Malte sich das aus, und in ihrem nächsten Brief wurden Vorwürfe daraus, harte, unfreundliche Worte, die doch nichts andres als Liebe, übergroße Liebe bedeuteten. Und harrte wieder seiner Antwort, fürchtete, wußte, daß sein Brief beginnen müßte, wie schon einer begonnen hatte: „Liebe kleine Närrin – was quälst Du Dich und mich!“ Vielleicht schrieb er noch härter, noch unfreundlicher an sie. Vielleicht strafte er sie, indem er sie auf Nachricht warten ließ. Kam dann sein Brief, so war es wie immer: Sie lief davon, in einen stillen Winkel, las, küßte das Papier, das seine Hand berührt, las wieder, schleuderte den Brief auf den Teppich, stampfte ihn mit den Füßen, hob ihn auf, zärtlich, reuevoll, strich ihn glatt, netzte ihn mit ihren Tränen.

Manchmal rief sie Sarina, die indische Dienerin. Die kniete sich hin mit gekreuzten Armen, und dann las sie ihr den Brief vor, deutsch erst, noch einmal malaiisch; sah ihr in das ernste Gesicht, das so demütig und so – verständnislos war. „Sarina, was macht ihr, wenn euch der Mann nicht mehr liebt, dem ihr gehört?“ Noch tiefer neigte sich Sarinas dunkler Kopf. „Ich weiß nicht, Herrin.“ – „Sarina, was macht der Mann mit euch, der euch nicht mehr liebt?“ – „Herrin, er schlägt uns. Er nimmt eine andre!“ – „Sarina, ihr habt geheime Tränke, daß die Liebe wieder wach wird in ihm. Gestehe, sage es. Ich schenke dir die Goldkette hier.“ – „Herrin, ich weiß nichts.“ – Und dann: „Geh, geh! Ich kann dich nicht mehr sehen! Ich will dich nicht mehr sehen! Du bist dumm, Sarina!“

Manchmal lief sie nach der Burgstraße zu den alten Fräuleins hinüber, die wie versetzte Pflanzen in der Stadtwohnung vegetierten. Die sehnten sich auch nach Georg, das wußte sie. Immer sehnten sie sich; ihr Leben war zur Sehnsucht geworden. Aber sie fühlte auch, diese stille, sich ewig bescheidende Sehnsucht war ganz anders als die ihre, die wie eine täglich frisch aufbrechende Wunde brannte.

„Tante Elve, er hat heute wieder nicht geschrieben.“

„Kind, du bekommst mit der Abendpost Nachricht.“

Glaubst du wirklich? Tante Hildegard, warum schreibt er nicht häufiger?“

„Aber Wilhelmintje, du hattest doch gestern erst einen Brief.“

„Gestern? War es wirklich erst gestern? Eine Ewigkeit ist es her.“ Eine Weile saß sie dann still und stumm in dem großen Ohrenwangenstuhl an dem Fenster, von dem man hinübersehen konnte nach der Burg. Baroneß Elvira klebte und bastelte an ihrem Briefmarkenalbum. Baroneß Hildegard häkelte. „Tante Elve, wenn er mich nicht mehr liebhat?“

Da klappte Elve das große Buch zu, trippelte eilend hinüber zum Fenster und legte ihre Hand zärtlich auf den dunkeln Scheitel: „Er hat dich lieb!"

„Natürlich hat er dich lieb, du Schäfchen!" grollte es von Hildegard herüber, und die Filetnadeln ruhten einen Augenblick.

„Hat er mich lieb? Sagt es noch einmal! Wißt ihr es bestimmt?"

„Ja doch, Kind!"

„Tante Elve, du hast mir von dem großen Baron erzählt, der nach Frankreich ging und seine Frau allein zurückließ – der auch Georg hieß. Tante Hildegard, wenn nun – wenn nun mein Georg mich auch nicht mehr mag –"

Die Filetnadeln flogen auf den Tisch. „Du sollst nicht so reden, Kind! Das ist Sünde!"

Sie duckte sich ganz tief in ihren Stuhl, aber nach einer Weile kam es leise, fragend, voll Angst: „Was ist Sünde?"

Und die beiden Alten antworteten nicht, sie schüttelten nur den Kopf und sahen sich verwirrt an.

Das Sonnenmühmchen hatte Wilhelmintje einmal mütterlich-ernstlich ins Gebet genommen, hatte ihr ins Gewissen geredet. „Wille, du kleine Törin, weißt du, daß du mit der Liebe deines Mannes spielst? Ein gefährliches Spiel, Wille!"

„Er hat mich gar nicht mehr lieb!"

„Frevle nicht, Wille!"

„Wenn er mich lieb hätte, würde er mich nicht so lange allein lassen."

„Wilhelmintje, einer unsrer gescheitesten Prediger hat einmal gesagt: ‚Die Frauen lieben immerfort, die Männer haben dazwischen zu tun.' Das solltest du beherzigen: Die Männer haben dazwischen zu tun."

„Georg braucht sich nicht in seinem dummen Dienst zu plagen, sich und mich!"

„Du willst nicht verstehen. Ein Mann m u ß seine Tätigkeit haben! Je besser er seinen Beruf ausfüllt, um so glücklicher wird er sein. Willst du deinen Georg unglücklich wissen?"

Das Wilhelmintje kauerte zwischen den Kissen, stützte das Kinn in die rechte Hand und machte listige Augen: „Ich möchte, daß er noch viel, viel glücklicher wird – mit mir!"

„Das sind Sophistereien. Es ist dir im Leben immer zu gut gegangen, Wilhelmintje, und ich fürchte, das fängt nun an, sich zu rächen. Ich muß dir die Wahrheit sagen. Du benimmst dich, als ob du noch ein Kind wärest und Georg wäre deine Puppe. Weil man dem Kinde auf kurze Zeit die Puppe fortnehmen mußte, ist es bös mit der ganzen Welt."

Die junge Frau lachte verlegen. „Du hast komische Vergleiche, Mama Altberg."

„Nimm sie lieber als sehr ernst, bitterernst, Wilhelmintje."

„Was soll ich denn tun?"

„Dich beherrschen! Nicht deinen Augenblicksstimmungen nachgeben! Vor allem: Das liebe eigne Ich einmal zurücktreten lassen! Wirkliche, wahre, tiefe Liebe muß sich immer zu opfern bereit sein."

Da sprang die junge Frau auf, und die Kirschenaugen blitzten. „Wenn es darauf ankäme, Mama Altberg, ich könnte sterben für Georg. Tausend Tode könnte ich sterben –"

Dann war Georg plötzlich da, und alles war gut.

Er kam sogar einen halben Tag früher, als er geschrieben. Auch in ihm war die Sehnsucht groß gewesen und eine unbestimmte, unsichere Sorge, die jetzt manchmal über ihn kam. So hatte er sich von dem Rücktransport der Truppen aus dem Manöverfelde dispensieren lassen und war die Nacht hindurch gefahren, um seine Frau zu überraschen. Als der Omnibus des „Goldenen Beutels" zum erstenmal von der Station nach der Stadt zurückzuckelte, in aller Morgenfrühe, brachte er den neuen Gast mit. Ganz heimlich ließ er sich Bescheid sagen, schlich sich auf leisen Sohlen die Treppe hinauf und über den Korridor, pochte an die Tür: „Ich bin es, mach auf, Wille!"

Da schrie es drinnen auf, in einem einzigen hellen Jubelton: „Gleich – gleich!" Es trippelte drinnen, dann stieß jemand die Tür auf, stand im wallenden weißen Nachtkleid, mit roten Saffianpantöffelchen an den winzigen Füßchen, breitete die Arme weit, weit, jauchzte und schluchzte.

Nun war alles gut.

Mit der Sonne um die Wette lachte die kleine Frau. Allen hätte sie leuchten mögen. Es war, als fühle sie, was sie gutzumachen hatte. Nicht zärtlich genug konnte sie sein. Am zärtlichsten selbstverständlich gegen ihren Georg; aber auch Pa, auch Mama Altberg, auch die Tanten bekamen zärtliche Sonnenstrahlen. Wie einst lief sie hinunter in die Küche, beglückte Frau Else mit tausend Wünschen, jagte wieder treppauf hinter den Dackeln her, schenkte Sarina die Goldkette, bestellte bei dem Herrn Intendanten eine Musterauswahlsendung für Tante Elve, ging Pa um den Bart, bis er für Baroneß Hildes Frauenverein opferte – und jubelte und lachte von früh bis spät.

Jetzt hatte sie ja ihren Georg ganz für sich allein.

Vergessen waren die Schmerzen des Alleinseins, vergessen die Reibungen der letzten Zeit vor dem Manöver. Auch Georg vergaß ja so gern, wenn er dies kleine süße Wundergeschöpf, das sein, ganz sein war, das nichts kannte als ihn und Liebe zu ihm, im Arme hielt. Es war wieder wie auf der Hochzeitsreise: Er fühlte sich restlos glücklich. Als er das erstemal, gleich am Vormittag nach seiner Ankunft, mit Wille zu den alten Tanten kam, mußte er es beiden sagen. Erst heimlich jeder ins Ohr. Dann jubelte er's durch die kleinen Zimmer: „Da habt ihr euern glücklichen Georg, ihr guten Alten. Da habt ihr zwei glückselige Menschenkinder!“

Pa strahlte über die ganze Billardkugel. Sein Schwiegersohn war doch ein Prachtkerl, eine Perle, die er am liebsten in Gold gefaßt hätte. Daß er seine kleinen Eigenheiten hatte, der Georg: Wer hatte solche nicht! Damals in Berlin – es hat ja ein bissel weh getan, aber unrecht mochte Georg nicht gehabt haben. Eine andre Welt war es ja als in Indien. Selbstverständlich. Dort, in den Plantagendistrikten, auch in Batavia, da kannte jedermann den Mynheer Stritten, kannte seine Art, respektierte sie und ihn, zog den Hut so tief. In Berlin – in Georg Kreisen – mochte er wohl anecken, wider Willen. Die Millionen taten es freilich nicht allein, und die Lebenserfahrung, in harter Schule errungen, tat es auch nicht. Eine andre Welt, eine andre Welt – man mußte dem Rechnung tragen; gerade die Lebenserfahrung lehrte es. Nicht bitter werden, nur nicht bitter werden.

Und hier, in Elmenrode, war es wieder anders. Hier hatte man sozusagen nun auch festen Boden unter den Füßen. Hatte zu der kleinen Klitsche da oben die drei größten Güter im Kreise gekauft, baute der Tochter ein Schloß, das es mit dem fürstlichen drüben hinter dem Kliemberg aufnahm. Hier zogen die Leutchen auch den Hut vor dem Flickschustersohn, der es so weit gebracht hatte da draußen in der Welt und der nun im Heimatsörtchen Geld, viel Geld unter die Leute brachte. Und hier trabte auch der gute Georg mit ihm durch die Felder, Bügel an Bügel, Georg Elmenrode, der desselben Städtchens Namen trug, so daß man nicht wußte, hatten die Freiherrn den Namen vom Ort, hatte der Ort den Namen von ihnen. Trabte mit dem Schwiegervater durch die Felder, die einst seinem Geschlecht gehört und die er nun wieder vererben sollte, auf Kinder und Kindeskinder. So Gott es wollte; dabei seufzte Pa ein wenig, ganz leise, und lächelte dann wieder sein listiges gutes Lächeln: Auch das würde kommen und würde erst den festen, sichern Bund geben zwischen den beiden lieben Menschenkindern. Nur Geduld – nur Geduld –

Wunderschöne, noch sommerlich warme Herbsttage waren es. Die abgeerntete Erdscholle duftete, die Obstbäume in den Gärten längs der Wege hingen voller Früchte. Manchmal kroch Georg ganz früh heraus, heimlich, hängte die Flinte über die Schulter, kam zurück, ehe sich Wille noch recht den Schlaf aus den Augen gewischt hatte, hatte ein Dutzend Rebhühner an der Jagdtasche, legte sie ihr als Morgengruß auf die Bettdecke.

„Du Mörder!“ schrie sie dann. Aber sentimental war sie nicht, lachte, strich liebevoll über das weiche Gefieder. „Bei welchem hast du an mich gedacht, als du schossest?“

„Bei jedem!“ log er frech.

„Bei dem auch?“

„Ja, ja doch!“

„Dann laß ich das Huhn für uns beide zum Frühstück braten, für uns beide allein. Du die eine Hälfte, ich die andere – halbpart!“ Sprang aus dem Bett, lief mit nackten Füßchen zum offenen Fenster: „Frau Ella! Frau Berent! Liebe Frau Berent, dies Huhn hat mein Mann geschossen. Fangen Sie mal! Das wollen wir zum Frühstück, wir beide!“ Plumps.

Nachmittags sausten sie meist im Vierzigpferdigen zur Burg hinauf, kletterten über Leitern und Rüstungen, freuten sich über den Turm, der sich mächtig wie ein rechter Donjon hob, freuten sich über jedes Wertstück, das die großen Krane wie Spielzeug in die Höhe hoben. Krochen dann über Geröll und Bauschutt in ihre geliebte Grabenwildnis hinab, die so ziemlich unberührt geblieben war. Das Laub färbte sich schon, die Brombeerbüsche waren voller Früchte, süß wie Zukker, recht zum Naschen für verliebte Leutchen. Auch die alte Bank war noch vorhanden. Da kuschelten sie sich nebeneinander und neckten sich als Ritter Dagobert und hochedle Kunigunde.

Eine kleine Erschütterung erfuhr die gehobene Glücksstimmung der jungen Frau nur, als Georg Freiherr von Elmenrode und Freifrau Wilhelma von Elmenrode zum Tee nach Schloß Winnerburg befohlen wurden.

„Was wollen diese Leute von uns?“ erklärte sie ungnädig. „Was haben diese Leute uns zu befehlen? Lächerlich. Wir bleiben zu Hause. Mögen sie ihren Tee allein trinken. Wohl bekomm’s ihnen.“

Georg sprach von gesellschaftlichen Formen. Er sprach von Rücksichten, sprach von Verpflichtungen, die man gegen die fürstlichen Herrschaften hätte, schon weil Marianne dort so lange sich der allerhöchsten Huld erfreut. Wille schüttelte den Kopf, Wille lachte. „Ich tue es nicht. Ich mag nicht. Na, und komme mir nicht mit der allerhöchsten Huld gegen unsre liebe Mi. Unsinn! Mi sprach nur von vergoldeter Sklaverei, und das klang anders!"

„Wille, tue es mir zuliebe."

Da seufzte sie drollig. „Dir zuliebe tue ich noch viel mehr. Fahren wir – die Folgen aber auf dein Haupt!"

Es wurde nicht so schlimm. Der Vorrat an Glück, den Wilhelmintje in diesen Tagen geschöpft hatte, half ihr auch über die wenigen Stunden auf dem Schloß hinweg, und die fürstlichen Herrschaften fanden die junge Frau viel zu originell, als daß sie den Maßstab höfischer Etikette an sie und ihre Art hätten anlegen mögen. Um die kümmerte sich das Wilhelmintje allerdings spottwenig. Ihr Mann sah's mit Grausen: Sie küßte weder der Fürstin-Mutter, noch der Fürstin die huldvollst dargereichte Hand. Sie sprach nur, wenn es ihr gefiel. Zuerst fast gar nicht, dann lustig drauflos, ohne zu warten, bis eine der hohen Damen gnädigst das Wort an sie richtete.

Der Tee wurde auf dem mächtigen Altan, der nach dem herbstlich gefärbten Garten hinausging, genommen. Man saß an kleinen Tischen, die ziemlich dicht beieinander standen. Die Fürstin-Mutter hatte Wilhelmintje an ihre Seite genommen; an der andern Seite der jungen Frau nahm, etwas steif, Fürst Eberhard Platz. Georg saß unweit mit dem Hofchef, Herrn von Kunckel, und der Nachfolgerin seiner Schwester, Komteß Charlotte Ventura, zusammen, einer hochgewachsenen schönen Blondine, die nicht mehr in der ersten Blüte war, doch außerordentlich distinguiert erschien. Er widmete seiner Nachbarin aber nur die notdürftigste Aufmerksamkeit. Immer wieder blickte und lauschte er – in heimlichen Ängsten – zu Wille hinüber.

Sie sah bezaubernd aus in ihren neuen Paquinkleid aus hellila Seide, die sich fast faltenlos an ihre schlanke Gestalt schmiegte, mit dem Glockenhut aus gleichfarbigem Stroh, der von großen weißen Reiherfedern gekrönt war. Zuerst hatte das Gesichtchen einen etwas gelangweilten Ausdruck; dann, als sie lebhafter sprach, belebte es sich mehr und mehr. Man schien von Berlin erzählt zu haben. Und da schüttete Wille ihr Herz aus. Höchst ungeniert, als ob sie etwa zwischen Pa und Mama Altberg am Tische säße. Ihr gefiel es in Berlin gar nicht; es sei furchtbar langweilig; die Berliner Luft könne man kaum atmen; die Bäume im Tiergarten lägen unter einer Staubschicht begraben; wenn man das Fenster öffnete, hätte man die Nase voll Benzin. Der Fürst fragte, in seinem leisen

Hofton, etwas dazwischen, was Georg nicht verstehen konnte.

„Georg? Georg ist in Berlin immer unartig. Er hat nichts im Kopf als Dienst – Dienst – Dienst –"

Die Herrschaften lachten herzlich. Seine Hoheit wandte sich um: „Haben Sie's gehört, Herr von Elmenrode? Die gnädige Frau geht tüchtig mit Ihnen ins Gericht." Dann fragte er wieder, sichtlich amüsiert, seine Nachbarin.

„In Elmenrode? Da zanken wir uns nie. O nein, Hoheit. In Elmenrode haben wir uns immer lieb."

Hoheit machte eine kleine Verbeugung zur Fürstin hinüber: „Es muß wohl in der Harzluft liegen. Hier gibt es nur glückliche Ehen."

Dann sollte der übliche Spaziergang durch den Park gemacht werden, und die junge Frau wollte sich dabei, als ob sich das von selbst verstände, ihrem Mann in den Arm hängen. Doch der Fürst hielt sie mit seinem etwas trockenen, leise hüstelnden Lachen fest: „O nein, gnädige Frau, so haben wir nicht gewettet –"

Sie fügte sich auch. Aber Georg bemerkte, daß sie es ungern tat; sie streifte ihn mit einem langen Blick, den er nicht ganz verstand.

Die Herrschaften gingen voran, der Hofchef folgte mit dem Konsistorialrat, Elmenrode machte mit der Gräfin Ventura den Schluß.

Sie hatten bisher nur wenige Worte gewechselt. Nun, wo sie von der Gegenwart des braven Herrn von Kunckel befreit waren, sagte sie plötzlich warm: „Wenn Sie Ihrer Frau Schwester schreiben, Herr von Elmenrode, bitte, sprechen Sie ihr noch meinen Dank aus, daß sie mir den Boden hier so gut ebnete."

„Inwiefern, Gräfin?"

„O, ich habe wohl bemerkt, wie klug meine Vorgängerin gewesen sein muß. Vielleicht wissen Sie es nicht, Herr von Elmenrode, daß ich bisher bei der Prinzessin Ruß-Willerstein Hofdame war. Dort war vor mir fast ein Jahrzehnt ein armes Geschöpfchen, das in stetem Zittern und Zagen das Gnadenbrot aß – das sich immer duckte, sich schelten und knechten ließ. Diese Erbschaft war unerträglich. Ich fühle mich hier wie neugeboren. Es liegt gewiß an der persönlichen Liebenswürdigkeit der Herrschaften – aber, ich weiß es, es liegt auch daran, daß Ihre Frau Schwester sich eine Stellung zu schaffen wußte. Das kommt mir zugute." Er sah sie an, und er sah gerade, wie ein ganz leises stolzes Lächeln um ihre Lippen spielte: „Ich habe es nämlich immer noch nicht recht gelernt, zu dienen, obwohl man mir so oft gepredigt hat, daß Dienen eine Ehre sei."

„Wir dienen alle, Gräfin."

„Als Offizier dem König: Das ist ganz etwas andres."

„Oder als Ritter einer schönen Frau –"

„Das ist wieder etwas andres – und um dieses Dienen ist es wohl überhaupt eine besondere Sache." Sie blickte ein wenig schelmisch. „Wir haben es ja vorhin gehört: In Elmenrode ist der Frauendienst zweifelsohne eine Freude und sehr lohnend."

Er lachte: „Meine Frau muß immer alles herausplaudern, Gräfin."

„Ich war vorbereitet, offen gesagt. Die Fürstin hatte mir von Frau von Elmenrode oder vielmehr von der kleinen Prinzessin aus Java erzählt. Aber nun war ich doch überrascht. Darf ich es aussprechen: nicht von der Schönheit der gnädigen Frau – das zu konstatieren, wäre banal – aber von dem Charme, von dieser entzükkenden Natürlichkeit!"

Georg faßte an den Hute. „Gehorsamsten Dank!"

„Pfui, Herr von Elmenrode – in diesem Dank lag eine Spur von Ironie, die ich nicht verdiente. Lassen Sie es sich sagen: Ich bin mit meinem verstorbenen Vater durch sechs Kavalleriegarnisonen gezogen, ich bin in Berlin ausgegangen, ich genoß dann die Ehre, in Willerstein den österreichischen Adel kennenzulernen, der dort goutiert wurde – schönen Mädchen und Frauen begegnete ich genug, aber bedauernswert wenigen von wirklicher Eigenart. Man merkt es an sich selber, wie erschreckend man in der Gesellschaft abschleift, im guten und noch mehr im bösen Sinn. Man wird allmählich eine Nummer, ein Typ. Frau von Elmenrode aber – da sehen Sie nur –"

Die Herrschaften waren am Luginsland angelangt, dem berühmtesten der berühmten Aussichtspunkte des

Parkes, einem etwas erhöhten Rundbau in der Umfassungsmauer.

Und Georg erschrak –

Wilhelmintje sollte wohl irgend etwas über den Umbau der Burg erklären, die man von hier aus deutlich sah. Sie war sehr lebhaft, wie immer, wenn ihr Interesse erweckt war. Sie erzählte, erläuterte – und plötzlich hatte sie sich auf die niedrige Umfassungsmauer geschwungen und schlenkerte vor Vergnügen mit den Beinchen, daß die weißen Schuhe mit den violetten Absätzen sichtbar wurden –

Es sah entzückend aus –

– aber sie saß in Gegenwart der beiden hohen Damen und des Fürsten. Sie zeigte – ah – es war doch stark – sogar ein Stückchen ihrer lila Seidenstrümpfe.

Das Blut schoß Georg ins Gesicht. Er wußte nicht recht, sollte er vortreten, Wille herabheben –

Die Gräfin mochte fühlen, was in ihm vorging. Sie legte leise ihre Hand auf seinen Arm.

„Seien Sie doch nicht so klein, Herr von Elmenrode. Wenn nichts andres: Gönnen Sie doch den Herrschaften die Freude, ein natürliches Menschenkind vor sich zu haben. Wir sind ja nicht in Berlin, wir sind auf dem Lande."

Nun war Wille auch schon herabgesprungen, fast in die Arme des Fürsten, der ihr lachend die Hände entgegenstreckte. Sie lachten alle. Und die Fürstin-Mutter wandte sich zu Georg: „Ihre liebe Frau hat uns soeben von der Wildnis in Ihrem Burggraben erzählt. Wenn der Umbau vollendet ist, müssen Sie uns auch dieses Stück süßesten Urwaldes zeigen, Herr von Elmenrode."

Nachher fuhren Georg und Wille im geschlossenen Auto nach Hause. Es wurde gegen Abend doch schon herbstlich kühl.

Er hatte sich eigentlich vorgenommen, ihr ein wenig die Leviten zu lesen. Aber sie waren kaum aus dem Schloßhof hinaus, da zwickte sie ihn in den Arm, daß es weht tat, und erklärte: „Du, du, hüte dich! Ich kratze dir die Augen aus. Du hast ja fürchterlich die Cour geschnitten heute!"

Zuerst wußte er nicht recht, was sie meinte.

„Hab' ich? Gegen wen denn, Wille? Der Fürstin-Mutter?"

„Du! Stell dich nicht dumm! Glaubst du, ich wäre blind?" Sie zwickte wieder in seinen Arm. „Der langen Gräfin natürlich. Heute mag's Dir noch so hingehen. Aber das nächstemal schlage ich dich tot – du –" Und sie gab ihm einen Kuß auf die Nasenspitze.

Es ging nicht anders: Er mußte doch wieder lachen.

„Übrigens hast du dir erst recht die Cour schneiden lassen, Wille. Sogar von Seiner Hoheit –"

„Ach der! Der ist langweilig!" Sie ahmte seine langsame, leise Sprechweise täuschend nach. „„Gnädigste Frau müssen uns recht oft durch Ihre Jugend und Schönheit erfreuen. Ich werde Euch was – erfreuen – Schafskopf."

„Wille, du machst dich des Hochverrats schuldig – Beleidigung des Landesvaters – Paragraph sechsundfünfzigtausendsiebenhundertachtundneunzig des Strafgesetzbuches.“

„Schafskopf! Habe ich ihn denn Schafskopf genannt? Dich habe ich so genannt, dich – dich – dich!“

***

Manchmal, in den seltenen Stunden, in denen Georg allein war, früh am Morgen etwa, wenn Wilhelmintje noch schlief und er mit der Flinte über die Stoppelfelder ging hinter den Hühnern, manchmal hätte er sein Glück laut hinausjubeln mögen in die duftige Frühe. Aber in denselben Stunden kam meist ein Rückschlag. Ein unsicheres Schwanken, ein Überlegen, ein Zergrübeln war's. Er ließ die Hühner Hühner sein, ging mit hängendem Kopf, setzte sich auf einen Grabenrand, stützte den Kopf in beide Hände. Und aus dem Grübeln wuchs das Zagen heraus, der Zweifel –

– Er durfte nicht an die Zukunft denken.

– das Heute war köstlich. Aber über dem Morgen lagerte der Nebel, und aus ihm wuchs die graue Riesengestalt der Frau Sorge und reckte die Arme gegen ihn –

– er sann und sann: Seiner Frau sann er nach, die ihn liebte und die er liebte – seiner Wille, die ewig ein

Kind zu bleiben schien. Nicht ein Kind, gemessen am Grad ihres geistigen Vermögens – o nein, Wille war recht gescheit, wenn es ihr paßte, das zu zeigen; ein Kind, gemessen am Maßstab ihrer Entwicklungsfähigkeit. War nicht auch das zu hart? Die Fähigkeit fehlte wohl nicht, aber die Einsicht, der Wille, die Energie. Sie spielte mit ihm wie ein Kind, sie spielte mit dem Leben, sie spielte mit ihrer beider Zukunft. Sie nahm nichts ernst; außer ihrer Liebe. Und selbst diese Liebe hatte bei aller Kraft ihrer Sinne etwas Spielendes.

– sie wäre die entzückendste Geliebte: Indem er es ausdachte, überrieselte ihn die Scham. Und er dachte dennoch weiter: Wird sie je Frau werden? Die Frau, die mit mir eins ist, ganz eins, Stecken und Stab. Die Frau, die meine Interessen teilt, die mit mir denkt und fühlt. Wir sind uns so nahe, und doch liegt eine Welt zwischen uns.

Er sah Wille wieder vor sich, auf der Balustrade von Luginsland sitzend, lebhaft, witzig vielleicht – denn sie konnte witzig sein – mit den Füßchen schlenkernd. Was wohl die Herrschaften nachher gesagt hatten? „Eine süße Puppe“ – der Fürst; „ein rechtes Spielzeug für verliebte Männer“ – vielleicht die Fürstin-Mutter. Gewiß hatte sie ihnen gefallen: Puppen und Spielzeuge gefallen oft auch den Erwachsenen. Puppe und Spielzeug blieb sie ihnen doch.

– Da war die große blonde Komteß. Ein ernstes, reifes Mädchen. Sie hatte so ganz anders geurteilt.

Ganz treffend und richtig, denn der unwiderstehliche Zauber Willes lag ja in ihrer Natürlichkeit. Aber dies ernste, reife Mädchen hatte doch nur aus einem Augenblicksempfinden heraus gesprochen.

Wieder schoß ihm die Scham in die Seele. Denn er dachte: Man kann auch dieser Natürlichkeit überdrüssig werden. Es ist immer dieselbe Note, die sie spielt. Auch in ihrer Liebe ist immer der gleiche Ton: Du sollst keine andern Götter haben neben mir – ich bin ich, deine Wille – und dein ganzes Leben darf sich nur um mich drehen –

Im letzten Grunde: Wille war eine Egoistin der Liebe. Es gab für sie nichts, was sie von ihrer Liebe, die etwas Fanatisches hatte, ablenkte. Trat doch solch eine Ablenkung in die Erscheinung, so räumte sie die aus dem Wege. Erst komme ich! Der Satz ließ sich auch variieren: Erst kommt für mich Georg. Aber es kam auf dasselbe heraus.

Langsam, schwer stand er auf. Nahm sein Gewehr, pfiff dem Hunde. Langsam, schwer ging er der Stadt zu. Und seine Gedanken gingen mit ihm.

Es war in diesen Gedanken kein Vorwurf für seine Frau. Das wußte er genau: Sie konnte nicht anders sein. Es war so gar kein Falsch, war nicht die Spur von Verstellung in ihr. Sie war auch darin ganz Naturkind. Immer sagte sie die Wahrheit gerade heraus. Und vielleicht war das das Unglück, ihr Unglück, sein Unglück, daß die Erziehung sie nicht gemodelt hatte. Daß man sie nicht gelehrt hatte, sich Zügel anzulegen, sich zu beherrschen, sich Tätigkeitskreise zu schaffen, sich in diese Welt einzufügen, wie sie nun einmal ist.

Niemals hatte sie eine festführende Hand über sich gehabt. Nie war ihr ein Widerstand gegenübergetreten. Nie war ihr ein Wunsch versagt worden.

Er seufzte. Nur zu deutlich empfand er, daß ihm eine Aufgabe geworden war, die er nicht recht anzufassen wußte, der er sich nicht recht gewachsen fühlte. Ihm war eine seltene Wunderblume in seines Lebens Garten gestellt, nicht nur, damit er sich an dem Blühen, an dem Duft erfreuen sollte: Er mußte sie auch hegen und pflegen. Er mußte nachholen, was versäumt: Er mußte Wille e r z i e h e n.

Aber er wußte nun, wie schwer das war. Sie war nicht biegsam; sie war voll Eigenwillen, durchaus ein Mensch für sich. So hingebend sie sein konnte, so trotzig war sie auch.

Und die Angst war in ihm: Suchst du ihren Willen zu brechen, so zerbrichst du sie. Du zerbrichst ihre Liebe.

Es mußte dennoch versucht werden. Um der Liebe willen, um aller Zukunft willen. Sie mußte lernen und erfahren, daß das Leben, daß die Ehe mehr heißt als Duften und Blühen, daß das Leben und die Ehe Pflichten bringen und Pflichterfüllung fordern.

Es würde Kampf geben, schweren Kampf. Aber war nicht im Leben überall Kampf? Gab es Sieg ohne Kampf? Wo ein Ziel war, gab es auch einen Weg.

Am Bergtor des Städtchens stand Georg hochaufatmend. Ihm war es, als hätte er in der Herrgottsfrühe einen weiten, weiten Weg zurückgelegt. Er hob den Kopf. Rechts über ihm lag die alte Burg seines Geschlechts. Hoch reckte sich, noch von Gerüsten umkleidet, der massige Rundturm. Wie ein Wahrzeichen erschien er ihm wieder in diesem Augenblick. Als ob er auch um ihn kämpfen müßte, als ob bei ihm seine Zukunft läge –

Und er schritt schnell dem Hause zu, in dem seine Wille auf ihn wartete. Mit ihrer großen, sehnsuchtsvollen Liebe.

***

Sie waren nun wieder in Berlin.

Der jungen Frau erschien im Zurückerinnern die kurze Zeit, die Georg und sie in engster Gemeinsamkeit in ihrem lieben Elmenrode verlebt hatten, fast wie ein Traum. Sie war so glücklich dort gewesen, sie konnte es gar nicht fassen, daß das nun vorüber sein sollte. Und daß Georg nun so anders war.

So anders, nicht nur, weil der Dienst, dieser schreckliche Dienst ihn stark in Anspruch nahm. Wille empfand mit dem feinen Instinkt der Liebe, daß überhaupt eine Veränderung in seinem Wesen vorgegangen war. Es erschien ihr das so merkwürdig, so absonderlich, daß sie sich noch gar nicht recht Rechenschaft darüber zu geben wagte.

Bisweilen hatte sie ein seliges Gefühl: Georg hat dich ja lieber als je! Erklären konnte sie sich's nicht, aber der Druck seiner Hand, der Blick seiner Augen schienen es ihr zu sagen. Es war dann eine so große Zärtlichkeit in ihm. Aber dabei war er ernst, viel, viel ernster als früher. Er saß manchmal lange wie sinnend in dem Sessel vor seinem Schreibtisch. Man konnte fast Sorgen um ihn haben. Sie ging zu ihm, legte ihren Arm um seinen Nacken, fragte leise: „Bist du nicht wohl, Georg?"

„Ganz wohl, Wille."

„Du hast sicher Verdruß gehabt? Im Dienst –"

Er schüttelte den Kopf. Aber er faßte dann wohl ihre Hand, zog sie an seine Lippen, legte sie über seine Augen.

Ach, wo waren die Tage, in denen er sie umfaßt hatte mit seinen beiden starken Händen, sie wie im Triumph durch alle Zimmer trug oder mit ihr gewalzt war wie im Wirbelsturm.

Es war wunderlich. Manchmal hatte er wirklich wunderliche Ideen, komische Wünsche.

War es nicht wunderlich, daß er verlangte, sie solle sich um die Wirtschaft kümmern. Schon dies Wort: Wirtschaft!

„Ah pah – Wirtschaft! Weshalb denn? Es geht doch alles wie am Schnürchen. Aber wenn du nicht zufrieden bist mit den Leuten, so sag's nur. Ich depeschiere dann an den Intendanten, daß er für andre sorgt."

„Laß mich bloß mit eurem Intendanten zufrieden."

„Herr Schulze ist doch sehr tüchtig. Das sagt Pa auch."

„Pas Ansichten in Ehren und Herrn Schulze dazu. Darum handelt es sich gar nicht, sondern um andres: daß eine deutsche Frau auch eine gute Hausfrau zu sein versuchen soll."

„Ich hab' so gar kein Talent dazu."

„Das käme noch ganz darauf an. Versuch es nur."

„Ich hab' aber auch gar keine Lust dazu, Georg."

„Schlimm genug, liebe Wille."

Einen Moment stand sie und machte einen kleinen Flunsch. Dann – plötzlich – saß sie auf seinem Schoß, legte den Kopf an seine Brust, hielt seine beiden Hände, die sie abwehren wollten, fest und raunte schelmisch: „Wozu Hausfrau? Ist's denn nicht genug, daß ich deine Frau bin?!"

Er versuchte es immer wieder, ihr Interesse für das Hauswesen zu wecken. Auf immer andre Weise. Er schmeichelte, er erzählte von seiner Mutter, er stellte Mama Altberg als Muster auf. Er forderte, er wurde energisch. Er wurde grob –

Da blitzten ihn die dunkeln Kirschenaugen an, und die kleinen Hände streckten sich ihm, zur Faust geballt, entgegen: „Du! Du! Das laß ich mir nicht gefallen! So lieb ich dich habe – schlecht behandeln laß ich mich nicht!“ Sie stampfte mit den Füßen auf: „Sag's doch noch einmal! Wag's nur! Ich bin keine Sklavin! Ich bin ein freier Mensch. Ich kann tun und lassen, was ich will!“ Ihr Stimmchen steigerte sich, das Gesicht färbte sich rot – sie konnte fast häßlich aussehen in solchen Momenten höchster Erregung, in denen sie alle Selbstbeherrschung verlor.

Dann wieder faßte sie's komisch. Sie putzte sich als Küchendragoner heraus wie eine große, steife Puppe, kam und fragte, was der gestrenge gnädige Herr heute zu essen befehle. Er bemühte sich, auf den Scherz einzugehen. Sie solle Vorschläge machen, das müßte eine ordentliche Köchin können. „Gewiß, gnädiger Herr. Also zuerst gebackene Schlangeneier mit Krokodilstränen, dann gebratene Kakadus.“

„O du – du! Kannst du denn nicht ernst sein?“ Er mußte doch lachen, sie machte gar zu drollige Augen, und das Züngelchen spielte so spitzbübisch zwischen den roten Lippen.

Es gab aber auch Tage, Stunden, an denen sie sich wirklich als Hausfrau versuchte, aus Laune teils, ihm zuliebe vielleicht.

Und immer verunglückte sie kläglich.

Im August war Georgs Geburtstag gewesen. Pa hatte durch den Intendanten ein kostbares Stück Alt-Meißner von einem der Antiquare in der Wilhelmstraße besorgen lassen, eine der Schäferinnengruppen Meister Kändlers. Sie stand auf dem Sims im Arbeitszimmer, und Georg freute sich täglich neu über das graziöse Rokokowerk. Wilhelmintje wußte das, und in einer ihrer unberechenbaren Anwandlungen verbot sie dem Diener das Abstauben auf dem Sims. Das wollte sie selbst besorgen. Ganz stolz war sie auf den Entschluß. Sie paradierte mit ihrem Flederwisch vor Georg. Bis es eines Vormittags einen Kladderadatsch gab, einen großen Plumps – und die Gruppe in hundert Scherben auf dem Boden lag.

„Das hast du nun davon –"

Sie stand mit hängendem Kopf. Und dann heulte sie plötzlich auf wie ein Kind, und er mußte sie trösten.

So gern ließ sie sich trösten. Das verstand er, der Georg, fand sie. Dann war er jedesmal lieb und gut. War ja überhaupt solch ein liebes, gutes Kerlchen, der Georg. Nur daß er seine Schrullen hatte. Neuerdings immer mehr und immer toller.

Der Winter kam herauf. Der Dienst war jetzt nicht so schlimm mehr, da Elmenrode keine Rekruten auszubilden hatte. Er war mehr als früher zu Hause. Und es war so urgemütlich in seinem Zimmer am lodernden Kamin.

Wenn der Georg nur nicht seine neueste „Puschel" gehabt hätte. Jawohl: Puschel. So sagte das Hausmädchen, wenn sie vom Koch erzählte, daß der närrisch wäre. Er, der Koch, der Peter, hätte die Puschel, daß die Mamsell, Fräulein Cristin, ihm Unglück brächte. Jedesmal, wenn sie in die Küche guckte, passierte etwas; entweder die Omelette brenne an oder er versalze die Suppe oder die Hollandaise gerinne. Zu nett – dieser Ausdruck „Puschel“. Die gnädige Frau und Alma hatten tüchtig gelacht darüber. Die gnädige Frau klatschte, wenn sie allein war, gern einmal mit der Alma. Immer wußte Alma etwas Spaßhaftes. Neulich hatte sie, frei nach Ellrich, dem neuen Burschen, der in den untern Regionen eine Rolle zu spielen begann, aus der Instruktionsstunde erzählt. Der Leutnant fragt da einen Rekruten: „Meyer, es ist Krieg. Wir haben eine Schlacht gewonnen. Sie gehen über das Schlachtfeld und finden einen verwundeten Franzosen. Was tun Sie mit dem?“ – „Herr Leutnant, ich bring’ ihn um.“ – „Falsch, mein Sohn. Der Nächste: Was machen Sie mit dem Verwundeten?“ – „Herr Leutnant, ich quäl’ ihn erst noch ein bisken.“ – „Pfui, Metzacke. Schämen Sie sich. Der Nächste, Müller III: Was tun Sie?“ – „Herr Leutnant, ich hol’ den Oberstabsarzt.“ – „Gut. Richtig. Und was macht der Herr Oberstabsarzt mit dem Franzosen?“ – Längeres Nachsinnen. Dann sagt Müller III sehr bestimmt: „Der Herr Oberstabsarzt nimmt ihn in Behandlung, und da sterbt er.“ Zu hübsch, wie die Alma das erzählte. Wenn doch der Georg einmal so etwas Drolliges, Lustiges aus dem greulichen Dienst zu erzählen wüßte –

Aber Georg hatte seine neueste „Puschel". Er verlangte, daß man lesen sollte. Bücher lesen ... Manchmal, wenn sie am Kamin saßen, las er auch vor.

Es ist ja freilich etwas Schönes um das Lesen, um hübsche, unterhaltende Bücher. Man schmökert ja gern ein wenig. Es brauchen auch gerade nicht Ritter- und Räubergeschichten zu sein, von Dagobert und Kunigunde, es gibt ja so viele nette Romane. Aber Georg hat ein Doppelpuschel. Er bringt dickleibige Bände ins Haus, in denen man eigentlich nur die Bilder ansehen kann. Sonst: Für den Siebenjährigen Krieg und für Raffael und Michelangelo und für Bismarcks Lebenserinnerungen braucht man doch wahrhaftig als junge Frau sich nicht zu begeistern. Da hat man Besseres zu tun.

Aber mit Georg ist nun einmal nicht zu reden, wenn er sein Puschelchen aufgesetzt hat. Dann macht er große Augen – seine Augen sehen dabei lange nicht so hübsch aus, als sie wirklich sind – und spricht von Bildung – Bildung! Man denkt dabei an sämtliche Gouvernanten seligen Angedenkens, die Holländerin, die Französin, die Miß und die deutschen Fräuleins. Besonders die letzteren – die hatten auch immer von Bildung gesprochen. O jemine! O jemine!

Und wenn man am Kamin, während Georg von Friedrich dem Großen oder Tizian oder Napoleon oder irgendeinem andern Oberbonzen vorlas, ein kleines Nickerchen riskierte, und er merkte das – immer merkte er es gottlob nicht –, dann blies er seine Puschel auf und wurde böse. Das wurde er ja überhaupt neuerdings leider oft. Aber das war noch nicht das Schlimmste; da konnte man mit gleicher Münze dienen. Das Schlimmste war, wenn er traurig wurde.

Manchmal mochte man's lustig nehmen, wenn er so dasaß mit hochgezogenen Achseln und hängenden Mundwinkeln.

„Bin ich denn solch ein verlorenes Schäfchen, Georg?"

Aber wenn er dann gar keine Antwort fand und bloß die lieben Augen auf einen richtete – wahrhaftig, man wußte nicht, sollte man heulen oder ihm um den Hals fallen oder davonrennen? Das Davonrennen ist noch das klügste. Heulen kann man draußen auch. Und ihn später abknutschen, wenn er wieder gut ist –

Verheiratet sein ist sehr schön, aber es ist doch manches anders dabei, als man es sich gedacht hat.

***

Die Besuche bei den Familien des Offizierkorps mußten endlich erledigt werden. Es war sogar hohe Zeit. Immer wieder hatte Georg es hinausgeschoben. Er hatte ein peinigend unsicheres Gefühl bei dem Gedanken an diese Visitentour. Und wenn er mit Wille davon sprach, streckte sie beide Händchen aus und wurde rot: „Fremde Menschen – fremde Menschen."

Nun mußte es sein. Der Oberst hatte ihm neulich im Regimentshaus schon freundschaftlich auf die Schulter geklopft: „Bekommt man denn Frau von Elmenrode gar nicht zu sehen?" Es war so liebenswürdig gesagt wie nur möglich. Aber es war doch eine Mahnung.

„Liebste Wille, es geht nicht anders. Du mußt dich fügen. Übrigens wirst du Freude davon haben." Das letzte log er. „Übermorgen fahren wir die Runde ab. In ein paar Stunden ist es geschehen. Was wirst du denn anziehen?"

Gegen alle seine Erwartung wurde die Visitentour ein kleiner Triumphzug.

Wilhelmine hatte angeborenen Geschmack, der nur dann und wann ein wenig ins Exotische streifte. Dafür besaß die Kammerfrau den erlesenen Kleidersinn der Pariserin, sie war unfehlbar. Georg hatte mit Herrin und Dienerin eine kleine Konferenz abgehalten und noch etwas „gedämpft". Das Resultat war höchst erfreulich. Das malvenfarbene Kleid mit dem echten Spitzenbesatz, das gleichfarbene Jäckchen, das schlichte Kapottchen: Alles stand Wille. Sie sah reizend aus. Eigentlich nie eitel, freute sie sich doch darüber und war glänzendster Laune.

Georg mußte wieder einmal an die Komteß Ventura denken. Die Gräfin hatte von Willes „entzückender

Natürlichkeit" gesprochen. Das Wort paßte heute. Sie war ganz anders als die übrigen Offiziersdamen; sie wußte nichts vom geheiligten „Sofaplatz" und kümmerte sich nicht um die Anciennität der Ehemänner, sie schwatzte, wie ihr das Schnäbelchen gewachsen war. Vielleicht wäre man einer andern gegenüber nicht so gnädig gewesen.

Dieser kleinen „Prinzessin aus Java" – der Spitzname sollte, schien es, Wilhelmintje bleiben – hielt man mancherlei zugute.

Georg fühlte, wie sehr seine Frau gefallen hatte. Der letzte Besuch hatte Frau von Gerstel gegolten, der Gattin des Etatsmäßigen; Tante Josephine, wie sie heimlich im Regiment genannt wurde, weil sie etwas provinzmäßig Tanten-tunten-haftes an sich hatte und überall bemuttern wollte. Auch die „Güte in Person" hieß sie. Die sehr stattliche, sehr rundliche Dame erschöpfte sich in Liebenswürdigkeit. Gerade dadurch gab es eben beinahe einen kleinen Unfall.

„Wenn ich Ihnen irgendwie behilflich sein kann, liebe Frau von Elmenrode, ich tue es von Herzen gern. Einer jungen Frau wird das Einleben oft nicht ganz leicht. Berlin ist ein gefährliches Pflaster."

„Berlin ist greulich –"

Die „Güte in Person" hüstelte ein wenig. „Finden Sie? Nun, ja, freilich! Schon die leidigen Dienstbotenverhältnisse. Wir hatten es in Ostpreußen besser. Aber ich besitze vorzügliche Adressen –"

Wille legte die Gamaschenstiefelchen, Lackspitzen mit Malvensamt, übereinander und sagte äußerst gleichmütig: „Das besorgt der Intendant.“

„Der Intendant?“

Georg saß auf Kohlen. Er beeilte sich zu erklären: „Der Intendant, gnädigste Frau, ist ein Beamter meines Schwiegervaters, der bisweilen hilfreich bei uns einspringt.“

„So – so? Da sind Sie ja schön heraus, liebe Frau von Elmenrode. Ja – wer es so gut hat.“ Kleine Pause. „Sie werden sich doch gewiß vorstellen lassen?“

Wille sah verständnislos drein. Sah dann fragend zu ihrem Manne hinüber. Der fühlte sich wieder verpflichtet, zu helfen. „Wir dachten daran, gnädige Frau.“

„Woran hast du gedacht, Georg?“

„Daß wir in diesem Winter bei Hofe ausgehen wollten, liebe Wille.“

„Um Himmels willen!“ Sie sagte es energisch.

Die „Güte in Person“ lächelte ungnädig. „Nun, nun! Der Appetit kommt beim Essen. Ich sehe voraus, Frau von Elmenrode, daß Sie sehr viel Vergnügen an den glänzenden Bildern im Schloß haben werden. Zuerst ängstigt man sich ja immer ein wenig.“

„O nein! Ich ängstige mich nie.“

„Wer weiß? Es ist doch keine Kleinigkeit. Ich erinnere mich, daß ich vor meiner ersten Cour wie ein

Kind bebte. Aber warum wehren Sie sich sonst gegen den Gedanken der Vorstellung bei Hofe, liebe Frau von Elmenrode?"

„Es ist gewiß furchtbar langweilig. Ich bin am liebsten mit meinem Mann allein."

Frau von Gerstel machte etwas erstaunte Augen. Aber sie erinnerte sich, daß sie die „Güte in Person" war. Auf ihr rundliches Gesicht trat wieder das freundliche Lächeln. „Etwas Reizenderes kann eine junge Frau gar nicht sagen, als daß sie am liebsten mit ihrem Mann allein sei. Das ist ja auch das Schönste in der Ehe, diese Einheit zu zweien. Aber es gibt doch gesellige Verpflichtungen, denen man sich in unserm Stande nicht entziehen kann."

Das Wilhelmintje machte ein etwas kampflustiges Gesicht. Georg sah es. Er kannte dieses Hochziehen der Augenbrauen, kannte die kleine Trotzfalte auf der Stirn, die Anzeichen der nahenden Explosion. Er riß krampfhaft die Unterhaltung an sich. Vielleicht las Wille auch die Sorge in seinen Augen. Sie wurde wieder liebenswürdig, sprach von Elmenrode, vom Burgbau, von den fürstlichen Herrschaften, und Tante Josephine war bald besiegt. Als der Besuch aufbrach, gab sie beiden die Hand. „Nun, liebe Frau von Elmenrode, ein Intendant bin ich freilich nicht, aber wenn ich Ihnen einmal hilfreich sein kann, soll's immer gern geschehen." Und sie nickte Georg mütterlich wohlwollend zu.

So war auch diese gefahrdrohende Klippe umschifft.

***

Die Einladungen kamen.

Zuerst machten die weißen Kartenblätter dem großen Kinde Spaß. Es las sich, fand sie, so hübsch: „Herr und Frau von Weldenburg geben sich die Ehre, Herrn und Frau von Elmenrode auf den 5. November, 7½ Uhr, zum Essen einzuladen."

Sie schwenkte die Karte durch die Luft, sie tanzte mit ihr im Zimmer herum, sie machte ihre Witzchen über das U. A. w. g., behauptete, das bedeutete: „Und Abends wird gefuttert" oder „Über Alles wird geklatscht!" Aber die Freude hielt nicht lange an.

Man kam der jungen Frau auf das Liebenswürdigste entgegen. Man tat das ja bei jedem neuen Mitglied der großen Regimentsfamilie; aber man tat hier wohl noch mehr: Man wollte bekräftigen, welch überraschenden Eindruck man von Wille empfangen hätte. Georg hatte es ja auch von allen Seiten gehört. Der und jener der älteren Herren sagte ihm: „Meine Frau ist entzückt von Ihrer Frau Gemahlin." Der und jener von seinen Altersgenossen nahm ihn unter den Arm und meinte lachend: „Na, Georg – wenn's nur kein Totschießen gibt – wir sind alle bis über die Ohren in deine Frau verschossen." Außerdem war Wille eine Ausländerin, und es liegt nun einmal in deutscher Art, daß man alles, was vom Ausland kommt, ein wenig zu bevorzugen geneigt ist.

Man kam ihr auf das Liebenswürdigste entgegen, aber sie erregte schon bei den ersten Diners Befremden. Sie war so ganz anders. Noch stutzte man nur, noch fand man sie nur originell. Und als Frau von Weldenburg – die Gattin des Regimentskommandeurs – ihre Lorgnette ein wenig lange und etwas scharf musternd auf der „kleinen Exotin" ruhen ließ, war die „Güte in Person" sofort zur Stelle und raunte der Gestrengen zu, wie lieb und wie naiv „unsre Jüngste" sei.

„Aber sehen Sie doch nur, Frau von Gerstel –"

Eigentlich fanden sie beide, daß es allerliebst aussah. Man war nach Tisch. Im Salon hatten sich einige Gruppen gebildet. Ein paar junge Herren wollten Wille in Beschlag nehmen, aber sie lief ihnen davon und quer durch das große Zimmer zu ihrem Mann, der Frau von Hentwich gegenüber in einem Barockfauteuil saß. Einen Moment stand sie neben ihm, dann – plötzlich – hüpfte sie auf die Seitenlehne und halb auf Georgs Schoß –

„– so etwas tut man doch nicht!"

Es war ja auch nur auf eines Atemszugs Länge, denn Georg, dem das Blut ins Gesicht geschossen war, erhob sich schnell. Wilhelmintje sah ihn erstaunt an.

Da zwang er sie – wieder mit einem kleinen sanften Druck – seinen Platz einzunehmen, und stellte sich neben sie. Wie eine Schildwache! fand sie.

Wille hatte kein Glück an diesem Abend.

Frau von Hentwich war eine „Landsche", eine junge blonde lang aufgeschossene Hauptmannsfrau, direkt aus Hinterpommern importiert, gutmütig, aber mit dem etwas trockenen Adelsstolz ihres Vaterhauses erfüllt. Sie betrachtete die neue Regimentsdame mit einer leisen Neugier. Auch sie wollte liebenswürdig sein, begann ein Gespräch; etwas ungelenk mit einigen Fragen.

„Sie sollen eine reizende Wohnung haben, gnädige Frau. Darf ich fragen, wieviel Zimmer?"

„Ich weiß nicht genau." Dann fing Wille doch an zu zählen, an den Fingerspitzen. „Achtzehn – nein, zweiundzwanzig –"

„Aber das ist eine rechte Last. Sie müssen recht viele Dienstboten haben?"

„Es geht. Wenn ich den Chauffeur mitrechne, sind es, glaube ich, elf – oder zwölf –"

Die Blauäuglein unter den dünnen Brauen der andern wurden immer größer. „Richtig. Ich hörte schon davon, daß Sie auch ein Auto besitzen –"

„Zwei – ein Reiseauto und eins für die Stadt –"

Wille lag nichts ferner, als zu renommieren. Ihre Seele ahnte nichts davon. Sie wollte nur, Georg zuliebe, höflich auf die Fragen, die ihr sogar etwas lästig waren, Auskunft geben. Sie sprach ja nur die Wahrheit. Warum sollte sie nicht die Wahrheit sagen? Aber Georg empfand im Augenblick: Nun wird sie zur Frau Protz gestempelt. Arme Wille! Er griff so schnell als möglich ein und wußte doch, es war zu spät.

***

„Ich bin doch kein Nadelkissen!" dachte Wilhelmintje bisweilen zwischen Lachen und Weinen. Sie selbst, sie hätte sich nämlich über die kleinen Nadelstiche, denen sie sich ausgesetzt fühlte, vielleicht lachend hinweggesetzt; das Weinen, die Tränen kamen um Georg und durch Georg.

Er erzog, er predigte von früh bis spät, der liebe, schreckliche Mann. „Welche Mühe er sich mit mir gibt," dachte sie heute. „Es ist zum Erbarmen! Ich begreif's ja doch nie! Ich lern's ja doch nie! Wozu quält er mich," dachte sie morgen. „Ah pah! Das sind ja alles Dummheiten! Ich mache Dummheiten, sagt er. Aber die andern machen erst recht welche, finde ich."

Und wenn er weiter predigte, bat, quälte, dann brauste sie auf. Dann sprühten die Augen, die Füßchen stampften den Teppich.

„Laß mich! Laß mich! Ich will nichts wissen von deiner Geselligkeit! Ich hasse sie! Ich hasse all den Plunder! Ich bin keine Puppe, die sich schieben und brechen läßt! Laß mich! Laß mich!“

Manchmal schalt er sich selber einen Pedanten. Es kamen ja immer wieder Augenblicke, Stunden, Tage, an denen ihn der Zauber ihres Wesens ganz umspann, an denen, siegreich über allem, ihre große, übergroße Liebe zu ihm durchbrach. So leicht sie sich erregte, so wild und ungestüm sie sich wehrte, so zärtlich, so hingebend war sie dann, trug sich ihren Kissenhaufen neben seinen Schreibtisch, kauerte sich, kuschelte sich zu seinen Füßen, schmiegte sich an ihn, jubelte über jedes gute Wort, das er ihr gab, sprang auf, warf sich ihm an die Brust. „Georg, sag's, sag's – du hast mich doch lieb? Wir sind doch glücklich?“ Sah ihn mit feucht glänzenden Augen sehnsüchtig an, mit angstvoller Frage, vergrub ihre Hände in seinem Haar, zauste ihn: „Du! Du! Wenn du wüstest, wie lieb ich dich habe!“ Lachte gleich wieder, tanzte im Zimmer herum. „Ach, die dummen, dummen Menschen. Sie wissen's ja nicht, sie sollen's auch gar nicht wissen, wie glücklich wir beide sind.“

***

Die Einladungen mußten erwidert werden.

Es überraschte Georg: Seine Frau nahm es nicht nur als selbstverständlich, sie schien sich darauf zu freuen. Mit der naiven Freude, gastlich zu sein, zu geben. Sie zeigte Interesse, sie beriet mit ihm. Der Küchenchef wurde heraufbeordert, das Menü wurde festgestellt. Es gab kleine Differenzen, ihr schwebte eine Speisenfolge vor, wie sie solche von den großen Karawansereien her kannte; er wünschte ein feines kurzes Diner. Aber man einigte sich leicht auf mittlerer Linie.

Wille hatte wirklich eine einsichtsvolle Zeit. Sie kümmerte sich zum erstenmal um Einzelheiten, um den Tafelschmuck – in Blumen konnte das Kind der Tropen immer verschwenden; sie fuhr nach der Stadt und kam mit Körben köstlichster Früchte heim. Reizend erschien sie ihm, wenn sie mit heißen Wangen von ihren Anordnungen und Wünschen sprach.

Trotzdem wurde er die Sorge vor dem Kommenden nicht los. Bis zur letzten Minute verfolgte sie ihn.

Er hatte Marianne gebeten, ein paar Minuten vor den andern Gästen sich einzufinden. Nahm sie, deren unfehlbarem Takt er unbedingt vertrauen konnte, beiseite, bat sie, seiner Frau ein wenig zu assistieren. Sie lachte ihn aus. „Bau doch nicht immer und ewig eine künstliche Mauer um Wille. Du machst sie nur kopfscheu. Sie muß sich geben, wie sie ist, sonst wirkt sie nicht.“ Er zog die Stirn kraus. Da lachte sie wieder: „Dir steckt selbst das erste Diner, daß ihr gebt, in den Gliedern. Mach dich nicht lächerlich, Georg –“

Vielleicht hatte die Schwester recht. Vielleicht drückte ihn ein unsicheres Gefühl, das aus einem eigenen Mangel an Selbstsicherheit entsprang.

„Lieber Georg“, sagte sie noch. „Eine Frau nimmt immer die gesellschaftliche Stellung ein, die ihr Mann ihr verschafft. Und im übrigen: Sei nicht kleinlich, alter Kronensohn! Am sichersten in der Gesellschaft wird stets der sein, der sich über die Äußerlichkeiten erhaben fühlt. Denke: Ihr könnt mir alle den Staub wegblasen –“

Alles schien vortrefflich zu gehen. Der Koch hatte sich selbst übertroffen, die Stimmung hob sich immer mehr.

Georg saß seiner Frau gegenüber, die der Oberst zu Tisch geführt hatte. Unwillkürlich sah er zwischen den Blumenarrangements bisweilen hinüber. Gottlob, die beiden schienen sich ausgezeichnet zu unterhalten. Herr von Weldenburg hatte den Regimentskommandandeur ganz abgestreift; er scherzte und lachte mit seiner Nachbarin.

Es ging alles vortrefflich. Die „Güte in Person“, welche Georg führte, plätscherte in liebenswürdiger Anerkennung. Ein paar Male nickte Marianne dem Bruder zu, als ob sie ihm sagen wollte: Siehst du, du Narr – du hast dich wieder einmal ganz vergeblich gesorgt.

Man war schon beim Dessert. Georg schlürfte mit Behagen noch ein Glas Cliquot. Da glaubte er plötzlich zu bemerken, daß das Gesicht des Obersten sich verändert hatte. Er war schweigsamer geworden, hatte ein etwas versteint liebenswürdiges Lächeln, sah ein wenig starr auf seinen Teller, wandte sich dann an seine Nachbarin zur Linken.

Was bedeutete das nur? Wille schien ganz unbefangen. Sie plauderte mit dem Oberstleutnant auf ihrer andern Seite; lachte etwas zu laut.

Und nun war es Zeit, daß sie die Tafel aufhob. Er versuchte, ihr ein Zeichen zu geben. Sie ignorierte es. Er schickte einen Diener zu ihr. Sie schüttelte den Kopf, plauderte weiter. Es war peinlich. Er ließ noch einmal Sekt einschenken. Aber er sah, man wartete allgemein, daß die Hausfrau aufstehen würde. Die Damen streiften die Handschuhe über. Die Herren zerknüllten die Servietten. Die Unterhaltung begann zu schleppen.

Wohl noch zehn Minuten vergingen. Die Flügeltüren zum Salon waren schon aufgeschoben.

Da schien sich Wille endlich, endlich ihrer Pflicht zu erinnern, die er mit ihr doch so eingehend durchgesprochen hatte. Sie schrak ein wenig auf, sah zu Georg hinüber, lachte noch einmal laut – und dann erhob sie sich endlich. Der Oberst reichte ihr den Arm. Die Gesellschaft flüchtete in die vordern Zimmer. Die Diener präsentierten sofort den Kaffee. Die Spannung war gebrochen.

– es war eigentlich nicht der Rede wert gewesen.

Aber Georg konnte sich doch nicht enthalten, im Vorüberstreifen seiner Frau vorwurfsvoll zuzuraunen: „Warum hast du die Tafel nicht rechtzeitig aufgehoben?“

„War's zu spät? Ich unterhielt mich so gut."

„Es war viel zu spät. Und – und was hatte denn der Oberst?"

„Der – der war sehr nett. Er hat furchtbar viel Sekt getrunken."

„So? Na, das ist wenigstens etwas." Er mußte doch lachen. Weldenburg war nie ein Kostverächter. Er saß auch jetzt schon im Herrenzimmer, hatte eine gewaltige Festrübe zwischen den Lippen, schien ganz vergnüglich, der große Herr, und ließ sich von Kurt Altberg Neuigkeiten aus der „großen Bude", dem Generalstab erzählen.

Wo steckte denn Wille? Die alten Damen waren ja allein im Salon mit ein paar „pflichttreuen" Herren, die grundsätzlich auf die Zigarre verzichteten und sich bei der Kommandeuse „schusterten". Aber Wille – Wille gehörte doch hierher! Zum Glück vertrat Marianne einigermaßen die Hausfrau.

Wahrhaftig, sieh da: Wille rauchte Zigaretten in ihrem Boudoir inmitten eines Kreises der jüngsten Herren –

„Wille, du mußt zu den älteren Damen."

„Ah pah, laß mich doch hier."

„Wille, du mußt."

Die jungen Herren lachten. „Kein Mensch muß müssen, gnädige Frau. Lassen Sie sich nicht tyrannisieren."

„Er tyrannisiert immer, der Georg."

„Tut er das? Sie müssen mehr Opposition machen, gnädige Frau.

„Wille –", bat er noch einmal. „Kinder, so seid vernünftig. Die Hausfrau hat doch Pflichten."

Da stand endlich Karstedt auf. „Dann helpt et nix." Und führte Wille in den Salon. Frau von Weldenburg war schon, etwas hoheitsvoll, im Begriff aufzubrechen. „Tante Josephine" schüttelte rechts und links die Hand. Der Oberst kam aus dem Herrenzimmer, nun wieder behaglich kichernd, verbeugte sich chevaleresk vor der Hausfrau.

Das junge Volk blieb noch ein Stündchen; auch Marianne und Kurt. Wille saß mitten zwischen ihnen, ganz fidel. Bis sie mit einem Male gähnte. Gähnte, daß man alle ihre prächtigen Beißerchen sehen konnte. Und zum zweiten Male.

„Aber Wille!"

„Ich bin so müde!"

Sie lachten. Marianne meinte begütigend: „Ja, wir armen Hausfrauen. Die Herren ahnen gar nicht, was auf uns lastet." Dann brachen auch die letzten auf.

Das Ehepaar war allein. Die Diener räumten noch auf. Vom Speisezimmer her klang das Klirren von Glas und Silberzeug. Georg war in sein Zimmer gegangen, um die Zigarren fortzuschließen.

Es war viel Rauch im Raum. Er trat vor das Fenster und öffnete es. Die frische kalte Winterluft strömte herein.

Eine ganze Weile stand er und atmete die Kühle. Wie war es eigentlich gewesen? Im großen und ganzen – man konnte zufrieden sein. Wille hatte selbstverständlich wieder einige Dummheiten gemacht. Aber damit mußte man wohl immer rechnen. Reden half so wenig bei ihr.

Nun schloß er endlich das Fenster. Umständlich, wie es seine Art war. Zog sorgfältig die Vorhänge zu, schaltete das elektrische Licht aus. Ging dann zurück in den großen Salon.

Da saß Wille in einer Sofaecke – und war eingeschlummert. Es schien, daß sie schon begonnen hatte, ihr Haar zu lösen. Auf der Tischplatte lag die Brillant-Agraffe; eine mächtige Haarwelle hing über die Schulter hinab bis fast auf den Fußboden. Die Lippen waren leicht geöffnet. Die junge Brust hob und senkte sich leise –

Er war doch ein wenig verstimmt gewesen.

Nun er sie so sah, so kindlich reizend, ging er auf den Zehenspitzen bis zu ihr und weckte sie mit einem Kuß.

***

Am nächsten Vormittag traf der Oberts zufällig um die Frühstücksstunde Elmenrode im Regimentshaus. Er zog ihn in eine Fensternische, klopfte ihm freundschaftlich auf die Schulter: „War zu nett bei Ihnen gestern! Hoffentlich Frau von Elmenrode gut bekommen?“

„Danke, Herr Oberst. Ausgezeichnet.“

War ein wenig verlegen, der große Herr. Strich sich ein paarmal über das glattrasierte Kinn, prustete etwas. „Was ich noch sagen wollte, Elmenrode – ja – komisch eigentlich – Hören Sie mal, die gnädige Frau ist Ausländerin, kennt des Landes Brauch nicht – ja – hm – hat auch gar nichts auf sich. Nur – ja – seien Sie ein bissel vorsichtig, lieber Elmenrode, so mit den Internas aus dem R'ment –“

Er schwieg, hüstelte.

„Darf ich Herrn Oberst um eine Aufklärung bitten?“ Georg war blutrot.

Herr von Weldenburg gehörte zu den Dampfkochern. Er erhitzte sich immer, wenn er sprach, so sehr er sich zu beherrschen suchte.

„Aufklärung? Wieso? Genügt es nicht, was ich sagte? Na – also – die gnädige Frau sprach davon, daß ich Herrn Leutnant von Dunglen drei Tage beigelocht hätte – wegen Ziviltragen – ja. Hat sich natürlich nichts dabei gedacht. Sie auch nicht, als Sie es ihr erzählten. Weiß ich. Aber das sind Interna des Dienstes. Weiß ja – man hält zu Hause mal nicht dicht. Aber das darf nicht sein. Ja – und dann, Elmenrode, dann gebrauchte die gnädige Frau von Frau von Gerstel einen Nom de guerre – sehr niedlich – sehr komisch – ja –, aber das geht auch nicht, Herr von Elmenrode, das geht absolut nicht. Ich muß Sie darauf aufmerksam machen –"

Elmenrode stand kerzengerade. Mit steinernem Gesicht.

„Und da wir gerade davon sprechen – ich habe noch etwas andres." Der Dampfkocher war in voller Tätigkeit. Der Oberst sprudelte. „Ganz kameradschaftlich, Elmenrode! Sie sind in eine glänzende Assiette gekommen. Man kann ja nur gratulieren – ja. Aber wir sind kein reiches Offizierkorps. Ist auch gut so, soll so bleiben. Da möchte ich Sie bitten – ja – maßzuhalten. Werden schon verstehen, Elmenrode. Vorschriften kann, will ich Ihnen nicht machen. Nur – der einzelne muß sich nach der Allgemeinheit richten. Unbedingt. Auch in der Häuslichkeit, wenn er Kameraden bei sich sieht. Ja – ich habe Sie auch oft in Ihrem eignen Auto zum Dienst kommen sehen. Verbieten kann ich es nicht. Aber – gern hab' ich es nicht. Wir sollen uns nicht an Luxus und Wohlleben gewöhnen. Der Wohlhabendere hat darin mit gutem Beispiel voranzugehen –"

Der gespannte Dampf ließ allmählich nach. Der Oberst legte seine Hand wie begütigend auf Georgs Arm.

„War im übrigen reizend bei Ihnen. Ich meine es nur gut. Machen Sie nicht solch Gesicht, Elmenrode, als ob Sie auf Granit gebissen hätten. Gar keine Veranlassung. Eine rein freundschaftliche, kameradschaftliche Aussprache – so – und nun kommen Sie – wir wollen frühstücken gehen –“

***

Nein, Georg machte seiner Frau keine Szene.

Aber er ging daheim umher mit dem steinernen Gesicht, mit dem er die Mitteilung des Regimentskommandeurs aufgenommen hatte. Er fraß den Verdruß in sich hinein. Er sprach nur das Notwendigste; er vermied jede Auseinandersetzung.

Wille war um ihn wie ein kleines Kätzchen. Sie fühlte sich, ohne doch zu wissen warum, irgendwie schuldig. Sie ahnte, daß sie wieder einmal eine Dummheit gemacht hatte. Sie wollte auf ihre Art gutmachen, war zärtlich, sanft, geduldig.

Solange es ging. Solange ihr die Laune danach stand. Solange sie hoffte: Er wird ja wieder gut werden, der Brummbär, der Georg, der liebe gute Kerl! Ein paar Tage hindurch. Es war wie in einer Schwüle vor dem Gewitter.

Aber dann, als sie sah, daß all ihre Zärtlichkeit, ihr Nachgeben nichts fruchteten, dann brach sie los. An einem dienstfreien Vormittag, als er gleich früh in sein Zimmer gegangen war, nach dem schweigsam eingenommenen ersten Frühstück.

Sie kam ihm nach. Sie stellte sich ihm gegenüber auf die andre Seite des Schreibtisches, stemmte die Hände in die Hüften: „Was hast du, Georg? Ich will's wissen. Heraus mit der Sprache! Ich habe es satt – satt – satt!"

Er sah auf, sah wieder auf sein Buch. Zuckte die Achseln. „Es hat keinen Zweck."

„Was hat keinen Zweck? Du gehst um mich herum, als ob ich Gift wäre! Ich will wenigstens wissen, woran ich bin."

„Rege dich nicht so auf, Wilhelmine. Es hat wirklich keinen Zweck."

Seine gekünstelte Gelassenheit reizte sie noch mehr. Sie trat noch dichter an den Tisch heran, legte beide Hände auf die Platte. Ihre Stimme zitterte vor Erregung. „Hörst du's nicht? Ich will wissen, was du gegen mich hast! Das kann ich verlangen. Früher hast du immer tausend schöne Worte gehabt, daß keiner von uns beiden dem andern etwas verheimlichen dürfte. Und jetzt? Seit fast acht Tagen würdigst du mich kaum eines Wortes!" Die kleinen Hände rüttelten hart an der Schreibtischplatte. „Das habe ich nicht verdient. Das ist schändlich von dir – schändlich!"

Er zuckte wieder nur die Achseln. Schweigend.

Auch sie schwieg einen Augenblick. Schwer, hastend ging ihr Atem. Sie stand mit zusammengebissenen Zähnen. Plötzlich stieß sie mit der rechten Hand nach vorn gegen eine große Holzkassette mit Briefbogen und Umschlägen, daß der Kasten auf seine Knie fiel und der ganze Inhalt über ihn hinrieselte. „So – wirst du nun reden!“ rief sie. Und war doch starr vor Schreck über ihr eigenes Tun.

Er sprang auf. Er wollte lachen, sie auslachen, diese törichte, kindische Frau. Aber wie er in ihr verzerrtes Gesicht sah, übermannte es ihn. Er schrie sie an. „Wenn du es durchaus wissen willst: Du verdirbst mir meine Stellung im Regiment. Du machst mich unmöglich – du –“

„Habe ich's wieder mal nicht recht gemacht? Dir kann man es nie recht machen.“ Die Weichheit kam in ihr schon wieder obenauf. Sie schämte sich auch. Das Weinen war ihr nahe. Aber sie kämpfte, wollte nicht nachgeben. „Was hab' ich denn getan?“

Da sagte er's ihr. Er stieß es heraus. Unwillkürlich gab er den Worten des Kommandeurs, die ihn so stark verletzt hatten, eine viel schärfere Prägung. „Am einfachsten Takt hast du es fehlen lassen! Fühlst du das denn nicht? Da kann man reden und reden – es bleibt immer dasselbe. Du fügst dich nicht in unsre Formen, du willst es nicht. Willst dich ja überhaupt nie fügen. Warum ich schwieg? Weil ich einsehe, daß jedes Wort vergeblich ist, in den Wind gesprochen. So, nun weißt du meine Meinung. Traurig genug ist's.“

Ihre Hände hatten die Tischplatte losgelassen. Schlaff hingen die Arme am Körper herab. Sie ließ die Flut der Vorwürfe über sich herabstürmen. Aber es arbeitete in ihr unausgesetzt, während er sprach. Sie schwieg, aber der innerliche Widerspruch wurde wieder lebendig und wuchs. Wer trug denn die Schuld? Hatte Georg ihr etwa verboten, von diesen Dingen, von denen er jetzt so viel Wesen machte, zu sprechen? Was war das überhaupt für eine Kleinlichkeitskrämerei? Wie konnte man so harmlosen Worten solches Gewicht beilegen? Ganz anders hätte Georg handeln müssen. Er hätte sich die Auseinandersetzung dieses Mannes zu dem sie nur freundlich gewesen war, verbitten sollen. Energisch verbitten – und ihre Partei nehmen. Was fiel dem Herrn Oberst ein?

Georg war ein paarmal, immer weiter redend, immer heftiger, durchs Zimmer gestürmt. Nun machte er plötzlich vor seinem Schreibtisch halt, stieß mit dem Fuß die Kassette beiseite –

Und da sagte sie hart und trotzig: „Dieser Mann – dein Oberst – darf nicht mehr in mein Haus!"

„Dein Haus?" schrie er. „Was soll das heißen? Wer bei uns eingeladen werden soll oder nicht, darüber bestimme i c h! Ich allein!"

„Das werden wir sehen!" Sie hob die Arme, sie drohte ihm. „Nimm dich in acht! Nimm dich in acht! Du kennst mich noch gar nicht!"

Mit einem Male überkam ihn wieder die Empfindung der gänzlichen Nutzlosigkeit jedes Wortwechsels.

Er stieß wieder zufällig mit dem Fuße an die Holzkassette, die sie vom Schreibtisch geworfen hatte und die nun mitten zwischen ein paar hundert herausgefallenen Briefbogen auf dem Teppich lag. Jäh durchschoß ihn der Gedanke: Packe Wille am Arm, zwinge sie, hier niederzuknien und das alles aufzulesen, Stück für Stück! Zwinge sie, zeige ihr den Herrn!

Er stand und sah auf die blauen Bogen. Bis drüben an den Wandspiegel waren einzelne geflattert.

Nein! Nein! Es wäre brutal. Mögen's andere können, ich kann nicht mit Peitsche und Zuckerbrot regieren. Mein Weib, das ich liebhabe. Lieb – lieb – trotz alledem –

Er schritt mit einem schnellen Entschluß zur Tür und schellte.

„Mir ist das dumme Ding da hinuntergefallen, Adolf. Nehmen Sie die Bogen auf."

So, nun mußte sie schweigen. Schweigen, wenigstens so lange, bis dieser glattrasierte Mensch sein Werk vollendet hatte. Und das brauchte seine Zeit. Jeden Bogen, jeden Umschlag hob Herr Adolf einzeln auf. Vielleicht kam ihm die Arbeit seiner unwürdig vor. Feines Bürschlein, das er war. Glattrasierter, Oberhemden auf neu gewaschen, Eskarpins, Lackschuhe. Lackschuhe! Ja – man hatte es gut – man hatte einen Silberdiener mit Lackschuhen und Eskarpins!

„Sind Sie denn noch nicht fertig?"

„Sofort, Herr Baron."

Sie hatten einander nicht angesehen in all den Minuten, in denen der Diener auf dem Teppich kniete, hin und her rutschte, sich bückte, sich wieder aufrichtete.

Beide fühlten sie erleichtert die Anwesenheit des Dritten; beide fühlten sie aber auch die Spannung der Atmosphäre zwischen sich.

Ganz langsam war Wilhelmine vom Schreibtisch zurückgewichen. Das Toben in ihrer Brust ebbte. Aber eine tiefe, tiefe Traurigkeit überrieselte sie. Ja traurig – es war doch furchtbar traurig – daß Georg so mit ihr zankte – daß er so hart, so unfreundlich sein konnte, zu ihr, zu seiner Wille. Dort drüben stand er nun, fast an der andern Wand des Zimmers. Sie allein – er allein –

– am liebsten flög' ich ihm an den Hals –

– aber dann, dann würde er glauben, ich fühlte mich im Unrecht. Nein – nein –

Der Diener stand auf, setzte die Kassette auf den Tisch. „Haben der Herr Baron noch Befehle?"

„Nein." Ganz heiser klang Georgs Stimme. „Nein – Nur ... sagen Sie nach dem Stall, der Brutus soll gesattelt werden. Ich will in einer Viertelstunde ausreiten."

„Sehr wohl, Herr Baron."

Nun ging er. Der Vorhang über der Tür rauschte, fiel zu.

Sie standen noch immer durch das ganze Zimmer getrennt. Wie durch eine Welt. Wortlos.

Dann schrie Wilhelmine plötzlich: „Du liebst mich nicht mehr! Du liebst mich nicht mehr!" Schlug die

Hände vor das Gesicht, schluchzte jäh auf und brach in die Knie.

Als er hinzusprang, in ein paar großen Sätzen, auf den Tod erschrocken, fing er eine Ohnmächtige auf –

***

Weihnachten war sehr schön gewesen.

Sie hatten ihren Zwist nicht vergessen, aber begraben. Tief versenkt in ihre Liebe. Ohne viele Worte, ohne Auseinandersetzungen, zum ersten Male aus der Erkenntnis, daß zwei Menschen, die in der engsten aller Gemeinschaften verbunden sind, nicht immer eines Weges wandeln können, daß sie aber immer aufs neue suchen müssen, sich zusammenzufinden. Nicht immer im Jubeln und Jauchzen, auch einmal auf der Brücke des Schmerzes. Denn auch der Schmerz kann eine Brücke sein.

Wille war leidend gewesen. Nicht irgendwie ernstlich, nur ihre Nerven waren erschüttert. Der Arzt hatte ihr einige Tage Bettruhe verordnet. „Junge Frauen bedürfen manchmal besonderer Schonung." Aber als Georg ihn in jäh aufkeimender Freude mit großen, erwartungsvollen Augen ansah, hatte er gelächelt. „Nein, das nicht, Herr von Elmenrode. Noch nicht – Geduld, Geduld. Auch das, was Sie sich natürlich am stärksten ersehnen, wird kommen –"

Die letzten Einladungen aus dem Offizierkorps konnten mit Fug und Recht abgesagt werden: Frau von Elmenrode war ja nicht wohl. Es fiel nicht auf. Am wenigstens gerade jetzt vor dem Festtrubel.

Es war eine zu schöne Zeit.

Und die Tage des leichten Unwohlseins hatte Wille als wunderschön empfunden. Sich recht behaglich, ein wenig müde, strecken und recken, sich pflegen lassen, Georg am Bett, sowie er aus dem Dienst kam, stets mit dem gleich liebevollen, besorgten Gesicht, immer aufmerksam, immer guter Stimmung: Es war zu schön. Fast daß sie dann und wann ein bißchen heuchelte, ein klein – klein bißchen, damit seine gute kühle Hand recht lange auf ihrer Stirn ruhte, daß er recht sanft und zärtlich zu ihr sprechen sollte. Und sie nahm wohl auch diese seine Hand, drückte sie an Wange und Lippen, schloß die Augen, bat leise: „Liebhaben – lieb sein –“ Oder an den Spätnachmittagen setzte sie sich aufrecht; er mußte ein paar Notizblocks holen, einen für sie, einen für ihn, und sie ratschlagten über Weihnachten. Schenken! Schenken! Alle Menschen sollten frohe Gesichter zeigen –

In geheimen Kommissionen wurde er in die Stadt gesandt, und sie lag und sann seinen Wegen nach, von einem Geschäft in das andre; jubelte ihm entgegen, wenn er wiederkehrte; die Pakete mußten an ihr Bett gebracht werden, gemeinsam wurden sie ausgepackt, seine Einkäufe begutachtet, gelobt, immer nur gelobt.

Ein wenig blaß war sie, als sie aufstehen durfte, ein wenig schmal war das Gesichtchen. In seiner Seele brannte ein leiser Vorwurf: Du bist doch nicht gut genug zu ihr gewesen, zu hart, zu heftig. Sie ist so zart. Und wahrhaftig: Eures Streites Ursache war doch so geringfügig. Der Herr Oberst hätten auch etwas mehr Verständnis für die Ausländerin und ein wenig mehr Humor entwickeln können. Und du bist ein großer Esel. „Ein großer Esel bist du!" Das hatte Marianne auch gesagt. Es klang ihm ordentlich wohltuend in den Ohren, dieser Schmeichelname. Mit einem Esel ging man nicht so streng ins Gericht –

Nun durfte sie hinaus. Im geschlossenen Auto noch. Aber die frische Winterluft rötete ihre Wangen schnell wieder. Und die hundert Geheimnisse, in die sie sich einspann auf ihren Einkäufen, beglückten sie. Ihr Scheckbuch handhabte sie mit erstaunlicher Gewandtheit. Einmal tat er einen Blick hinein, ehe sie es wieder fortstecken konnte. „Du bist eine Verschwenderin, Wille!" Da lachte sie, so fröhlich wie ehedem: „Ah pah!"

Pa kam, und Frau von Altberg kam. Und am Morgen des Festabends hatten Pa und Wille noch eine besondere Überraschung für ihn: Die beiden Tanten hatten sie ihm verschrieben. O du mein Jemine, die lieben Alten waren seit einem Menschenalter nicht in Berlin gewesen. Tante Hilde trug's mit starkem Sinn, aber Tante Elve machte zuerst ein ganz niedergedrücktes Gesicht. Ihr war die Stadt und alles in ihr zu groß, zu mächtig, zu gewaltig. Aber selbstgebackenen Kuchen hatten sie mitgebracht, eine Rosinenstolle beträchtlichsten Umfanges, Braunschweiger Pfefferkuchen und eine Elmenroder Leberwurst. Und ein ganzes Körbchen mit Tannenzweigen aus der geliebten Wildnis. Der Harzduft wehte mit den Alten ins Haus.

Pa war wieder großartig. Er legte Georg ein einziges Geschenk unter den Weihnachtsbaum, aber es hatte seinen Wert in sich. Ein Dokument war's in blauem Aktendeckel, ein Schriftsatz vom Grundbuchamt, in dem der Freiherr Georg von Elmenrode als Besitzer dreier Güter aus dem alten Besitz des Geschlechts genannt wurde. Tante Elve weinte ein paar selige Tränchen darüber.

Es war eine schöne, eine wunderschöne Zeit voller Freude und Eintracht, voll Festfrieden.

Manchmal überkam Georg ein seliges Sinnen, ein stilles Planen. Ganz in der Morgenfrühe, ehe Wille und die Gäste am Frühstückstisch erschienen, setzte er sich in sein Zimmer, zündete sich eine recht, recht gute Zigarre an und sah den Rauchwolken nach, die sich langsam zur Decke emporkräuselten.

Vielleicht – vielleicht, dachte er, hätte er seine Ehe von vornherein auf anderm Boden aufbauen sollen. Wille paßte so gar nicht in die Großstadt, paßte nicht in das gesellschaftliche Leben hinein. Weshalb all der

Zwang? Konnte er nicht in Elmenrode glücklich sein? Seinen Kohl bauen, *recte* seinen Weizen und Roggen und seine Zuckerrüben! Ganz Gutsbesitzer sein, Grundherr, wie es seine Väter gewesen. Ohne deren Sorgen.

Und er nahm wohl das Dokument, das ihm sein Schwiegervater auf den Weihnachtstisch gelegt, in die Hand, blätterte darin herum, wägend, sinnend –

Aber da war die heiße Liebe zu dem Rock, den er trug. Mit Leib und Seele war er Soldat, Offizier. Glücklich war er in seinem Beruf. Ihn aufgeben, ihn mit einem andern vertauschen, der ihm neu, fremd war, von dem er gar nichts wußte, für den ihm jede Vorbildung fehlte: Es war schwer. Dazu die Kameradschaft missen, das alte liebe Regiment.

Und dann, dann: Pa war herzensgut, Pa war großartig. Aber nach Elmenrode übersiedeln, hieß doch auch sich und Wille wieder ganz unter seinen Einfluß stellen. Pa war nicht unverständig, das hatte er wahrhaftig bewiesen. Aber Tag um Tag mit ihm zusammen zu sein, immer seinen Wünschen Rechnung tragen – nie ganz sein eigener Herr sein: Nein, nein, nein!

Aus dem Nebenzimmer scholl Willes Stimme. Tante Hilde brummte zärtlich dazwischen, und Tante Elves Diskant flötete. Er warf hastig die Zigarre in den Aschenbecher. Sich nur nicht diese schönen Tage stören lassen. „Wille, gibt es Tee? Und von Tantens Stollen. Und gleich ein Stück Leberwurst! Kinder, eure Elmenroder Leberwurst ist ein Gedicht!“

***

Weihnachten war sehr schön gewesen, aber bald nach Neujahr wandte sich das Blatt wieder. Und eigentlich trug Pa daran die Schuld. Er hatte es sich in den Kopf gesetzt, daß seine Tochter bei Hofe ausgehen müßte. Auch Georg hatte es ursprünglich gewünscht, war aber davon zurückgekommen; es war schließlich nicht notwendig, und sein und Willes Friede stand ihm höher. Aber Pa schien plötzlich vom Eitelkeitsteufel besessen. Es mochte ihn das etwas ganz Besonderes dünken, daß die Enkelin des kleinen Flickschusters aus dem Harzstädtchen im alten Zollernschlosse an der Spree empfangen wurde.

Und Wille selbst? Wille, die so erschrocken gewesen war, als zum ersten Male vom Ausgehen großen Stils die Rede gewesen war, Wille, die sich immer gesträubt hatte? Wille nickte jetzt, als Pa seinen Wunsch äußerte.

Georg staunte. Er sprach mit ihr noch einmal unter vier Augen, in einer traulichen Stunde. Er sagte ihr, daß sie sich keinen Zwang antun solle. Es erwarte niemand von ihr, daß sie schon im ersten Jahr ihrer Ehe sich vorstellen ließe; er sagte ihr, daß die Frauen einzelner Kameraden überhaupt nicht bei Hofe ausgingen.

Sie hatte nur ein geheimnisvolles, liebes, süßes Lächeln. „Ich möchte doch gern –"

Er fühlte, sie glaubte ihm einen Gefallen zu erweisen. Aber wenn er meinte, daß sie ein Opfer bringe, irrte er. Sie wollte wirklich gern.

Eine ihrer Kinderphantasien war wieder einmal in ihrem Köpfchen aufgetaucht. Ähnlich und doch ganz anders als damals, als sie ihm in der Wildnis des Burggrabens zuerst begegnete.

Zwischen Weihnachten und Neujahr hatte Pa eines Tages eine Loge im Opernhaus besorgt. Man gab die „Zauberflöte", und Marianne hatte erzählt, daß der Kaiser sich persönlich für die Neugestaltung des Textes und die Ausstattung interessiert habe. Das schon erregte Willes Interesse. Dann fügte es der Zufall, daß die Kaiserlichen Herrschaften der Aufführung beiwohnten. Die junge Frau sah den Kaiser, sah die Kaiserin zum ersten Male. Eine seltsame Erregung überfiel sie. Georg, der schräg hinter ihr saß, bemerkte, wie sie die Farbe wechselte, als die Majestäten eintraten. Dabei saß sie ganz still, wandte kein Auge von den Allerhöchsten Herrschaften. Einmal mußte Georg sie bitten: „Nicht mit dem Opernglase hinübersehen – das darf nicht sein." Sie nickte heftig, wie fiebernd. Dann ließ sie sich erklären, wer im Gefolge war. Und daß in der Nebenloge der Kronprinz und die Kronprinzessin Platz genommen hätten –

Man soupierte nachher bei Adlon. Wille hatte sich gleich neben Frau von Altberg gesetzt, mit tausend Fragen. Alles war ihr ja neu. Spaßhaft neu: Sie wußte so gut wie nichts; nicht, daß die Kaiserin eine Prinzessin von Holstein wäre. Holstein? Holstein? Was war Holstein? Und die schöne elegante Kronprinzessin eine Herzogin von Mecklenburg. Ja so – das Ländchen dort oben an der Küste. Mecklenburg-Schwerin. Es gab ja wohl noch ein andres Mecklenburg? Ja – Strelitz. Und der Hofstaat? Das Sonnenmühmchen hatte viel zu erklären: die Gräfin Brockdorff, Fräulein von Gersdorff – und bei der Kronprinzessin die Gräfin Thiele-Winckler. Dann kam die junge Frau immer wieder auf Seine Majestät zurück. Welche Uniform er getragen hätte? Gardedukorps. So – und wie alt er wäre? Und zuerst sei er so ernst gewesen, aber dann hätte er freundlich gelächelt, gütig gelächelt. Und die Prinzen und das Prinzeßchen? Die einzige Tochter des Kaiserpaares – Viktoria Luise –

Seit jenem Abend im Opernhause hatte sich die Idee in dem Köpfchen festgenistet: Wenn du noch wirklich die Allerhöchsten Herrschaften einmal so aus nächster Nähe sehen könntest? Sozusagen im eigenen Hause. Sie fuhr heimlich zur Schwägerin heran. Marianne wußte ja am besten Bescheid. Marianne mußte ihr raten, Auskunft geben. Das Königliche Schloß mußte sie ihr beschreiben, in dem die großen Festlichkeiten sich abspielten, den glänzenden Rahmen. Es mochte doch herrlich sein. Und über allem der Kaiser und die Kaiserin –

Wille war plötzlich eine leidenschaftliche Patriotin geworden. Ihr ganzes Sinnen war von dem Eindruck der Majestäten gefangengenommen. Es rumorte und spukte in Willes Kopf: Der Kaiser ist der Ururenkel des großen Fritz, des alten Fritz. Er ist der Enkel Kaiser Wilhelms, der die Franzosen schlug. Der Kaiser ist der Herrscher des mächtigsten Reiches der Erde! Wohl lebte eine große Scheu in ihr, eine ihrem Wesen sonst ganz fremde Ehrfurcht. Aber stärker als die Scheu war der Wunsch: Du möchtest einmal im Weißen Saale stehen, ganz nahe dem Kaiser, der Kaiserin –

Es ging alles vortrefflich. Frau von Gerstel war ganz „Güte in Person“ und führte Wilhelmine bei der Gräfin Brockdorff, der Oberhofmeisterin der Kaiserin, ein. Die große Hofrobe für die Cour mit der drei Meter langen Schleppe kam von Gerson: das Kleid von maisgelber Seide, mit Brüsseler Spitze überspannt, die Schleppe von dunkelgelbem Samt mit Silberstickerei. Marianne war zur letzten Anprobe erschienen. Sie mußte wieder raten, helfen. Wille lachte und weinte in einem. Sie kam sich stolz vor, fand selbst, daß sie gut aussähe – und konnte sich nicht bewegen mit der schweren langen Schleppe. Aber sie biß die Zähne aufeinander und war tapfer. Sie lernte stehen und gehen.

„Noch einmal, liebste Wille! Sorge dich nicht. Überall stehen die Kammerherren, die mit ihren Stäben die Schleppen bei jeder Wendung zurechtschieben. Paß einmal auf. Vor dir geht eine andre Novize, du folgst. Es ist alles ganz einfach –"

„Es ist sehr schwer, Mi –"

„Ach bewahre. Nun kommst du in den Rittersaal. Du siehst schon die Empore mit den Allerhöchsten Herrschaften, du siehst auch, wo die Dame vor dir rechtsum macht. Dort steht wieder ein Kammerherr. Jetzt bist du an der Reihe: Rechtsum! Ich mache es dir vor – so, und nun die ganz, ganz tiefe Verbeugung –"

„Ich lern's nie, Mi –"

„Liebes Schäfchen, wir haben's alle gelernt. Also die tiefe Verbeugung. ‚Tunken' ist der triviale Kunstausdruck. Tunke mal – noch tiefer, Wille – so war's schon besser. Nun wieder die Wendung und dann geradeaus –"

Dann saßen sie zusammen und berieten über die Coiffure. Wille mußte ihren Schmuckkasten herausholen. „Dein Papa hat gut gesorgt." Marianne lachte und ließ neidlos die Juwelen durch die schlanken Hände gleiten. „Diese Perlenkette nimmst du um den Hals. Was du für einen reizenden Hals hast, Wille! Einen sehenswürdigen Hals, du kleine süße Person! So – und in das Haar kommt das Brillantdiadem – famos wird sich das machen. Georg, du kannst stolz sein auf dein Frauchen!"

Dann traf die Hofansage ein.

Das war aber eine Enttäuschung.

Wille hatte nicht geahnt, daß sie allein befohlen würde, daß Georg an dieser Cour nicht teilzunehmen hatte, sondern zur Militärcour, einige Tage später, befohlen war. Es dünkte sie eine schreiende Ungerechtigkeit. Allein sollte sie sein, seine Frau, ganz allein! Allein und hilflos. Die Tränen wollten wieder hervorbrechen. Aber sie nahm sich zusammen. Georg versprach, sie nach dem Schloß zu bringen, sie nach der Cour vor dem Portal zu erwarten. Er redete gut zu – er war ja jetzt immer so gut, so lieb –

Und nun war der große Tag da.

Marianne erschien noch einmal; probte noch einmal Gehen und Stehen und Tunken. „Mut, Wille! Jetzt trinkst du noch ein Glas Sekt. Lieber Himmel, ein klein wenig hat uns allen das Herz gebebt. Aber es kostet nicht das Leben. Vergiß nur nicht, daß du dich immer nach der Dame, die vor dir geht, zu richten hast – daß du alles genau nachmachen mußt, was diese tut. So – noch ein bissel Puder auf die Nasenspitze. Avanti ... Hals- und Beinbruch sagen die Jägersleute, wenn sie's gut meinen –“

Ein wenig hat uns allen das Herz gebebt –

Wille schlug es, als ob es springen wollte. Im Auto klammerte sie sich an ihren Mann. Aber sie sprach nicht. Sie schämte sich ihrer Angst. Warum war sie denn nie befangen gewesen, wenn sie bei den fürstlichen Herrschaften in Winnerburg geladen war? War es denn hier etwas so ganz andres? Der Kaiserliche Hof – freilich – ja es war etwas ganz andres, es war so groß, es war so überwältigend –

„Adieu, Wille! Ich erwarte dich also. Mut, Wille!"

„Ja doch, Georg. Ich bin ganz brav."

Ein wunderschöner kleiner Saal. Etwa dreißig jüngere Damen, Frauen und Mädchen, die Neuvorzustellenden, stehend, sitzend, alle in der gleichen Erregung. Einzelne kennen sich, flüstern miteinander. Andre mustern sich gegenseitig: Erscheinung, Toilette, Schmuck. Wille steht an der Wand, ganz fremd, ganz vereinsamt – allein, so allein. Das Herz pocht. Am liebsten hätte sie die Tür aufgestoßen, diese schwere entsetzliche Schleppe über den Arm genommen, wäre die Treppe hinuntergeeilt. Fort, nur fort.

Ein Kammerherr erscheint in seiner goldstrotzenden Uniform, verbeugt sich, lächelt. Er erlebt diese Stunde wohl zum zwanzigsten Male, ist im Hofdienst ergraut, kennt die Erregung, die herzbeklemmende Angst der Novizen. Du mein Gott, dies junge Gemüse. Man muß Mitleid mit ihnen haben. Und sie sehen so reizend aus. Die meisten wenigstens. Einige Terribelchen sind freilich auch darunter.

Er kennt diese und jene. „Tag, Gräfin!" – „Nun, Baroneß, also heute wird's Tatsache?" – „Wie geht's der Frau Mama?" Dann räuspert er sich sanft, ganz leise und wohlwollend, stellt sich vor. „Nur keine Sorge, meine Damen. Wir helfen schon. In einer halben Stunde ist's überstanden, und es bleibt nur die glückselige Erinnerung." Eine Liste hat er in der Hand, rangiert die Reihenfolge: „Gräfin Stutterheim, Frau von Ehnem, Frau von Elmenrode –"

Wille hat ein wenig Mut gefaßt. Sie schilt mit sich selber. Es kann das Leben ja nicht kosten. In einer halben Stunde ist's überstanden – draußen vor dem Portal wartet Georg – und es bleibt nur die glückselige Erinnerung.

Durch lange bildergeschmückte Galerien geht's durch eine Flucht von Sälen. An den Wänden in schweren Goldrahmen große Gemälde. Vor den breiten Türen die Riesengestalten der Schloßgardekompanie in der friderizianischen Uniform; dann die Kürassiere der Kaiserin. Einmal eine leise Stimme, ein schnell unterdrückter Seufzer von rückwärts. Auch eine, der das Herz pocht. Das Rauschen der schweren Schleppen auf den Teppichen. Hier und dort ein Kammerherr mit dem Zeremonienstab.

Wille ist immer noch wacker. Aber sie sieht nicht rechts und sieht nicht links. Immer nur auf die Dame vor ihr, auf eine schlanke Gestalt in Weiß, auf eine grünseidene Schleppe, die majestätisch von der Taille herabfällt, auf glitzernden Schmuck im blonden Haar. Es fasziniert sie. Sie will sich im Geist wiederholen, was Marianne ihr gesagt, gepredigt. Vor der Kaiserin rechtsum – tunken – War's so? War's anders?

Ein Stocken, Stehenbleiben. Da ist wieder der Kammerherr, der vorhin den Zug ordnete. Dicht neben ihr. „Gnädigste Frau, wirklich, Sie dürfen sich nicht sorgen." Sie hört seine ruhige etwas ölige Stimme, aber sie versteht nicht, was er sagt. Vielleicht sagt, weil er ihr die Pein vom Gesicht abliest. Die grüne Schleppe vorn gleitet weiter, die Brillanten im blonden Haar funkeln.

Ein weiter Saal, eine Fülle von Licht.

Plötzlich, jäh fühlt Wilhelmintje die Last der Schleppe, gleich Zentnerschwere. Und die Agraffe drückt, brennt über der Stirn. Die Gestalt vor ihr verliert die Umrisse. Aber sie schreitet weiter.

Dort, dort die Kaiserin, von ihrem Hofstaat umgeben –

Wie war es doch? Was sollte sie tun? Jetzt –

Sie weiß es nicht mehr, es ist alles ausgelöscht in ihrem Gedächtnis. Sie sieht auch nicht mehr, was vor ihr geschieht. Sieht nicht mehr die Majestäten, hört nicht, im letzten Augenblick, eine leise mahnende Stimme. Es ist nur der eine Drang in ihr, die andre Querseite des Saales zu erreichen, damit alles, alles vorüber ist. Sie blickt nicht rechts, nicht links, sie schreitet nicht, sie läuft – läuft – stürzt vorwärts –

„Aber – aber, gnädigste Frau –"

Nun ist es vorbei, vorüber.

„Aber – aber, gnädigste Frau – Sie sind ja an den Majestäten vorübergegangen, ohne Kompliment –"

Einer der Zeremonienmeister, hochgewachsen, weißhaarig, mit dem Stabe in der Hand, sagte es ihr. Vorwurfsvoll, mitleidig.

Verständnislos sieht sie ihn an. Weinen möchte sie.

„Ja, das hilft nun nichts. Dort hinaus, gnädige Frau."

Mit einem Male steht Wille im Weißen Saal, inmitten einer großen glänzenden Gesellschaft. Diener bieten Erfrischungen an. Man plaudert, man lacht. Lacht man über sie? Wie war's denn? Die Kaiserin – der Kaiser – wo waren denn die Allerhöchsten Herrschaften?

Und da ist Frau von Gerstel. Die „Güte in Person".

„Aber – was haben Sie denn getan? Frau von Elmenrode – ich bitte Sie! Ich hörte es soeben."

Sie muß wohl todelend aussehen.

„Kindchen, nein so etwas!"

„Ich – ich möchte zu meinem Mann."

„Ja doch! Ja doch! Kommen Sie nur."

Flure, Treppen. Und da steht Georg.

Frau von Gerstel flüstert ihm etwas zu. Er macht solch finsteres Gesicht, der Georg. Dann küßt er Frau von Gerstel die Hand.

„Gehorsamsten Dank, gnädige Frau. Fatal – meine Frau ist und bleibt ein Kind."

„Aber Herr von Elmenrode!"

„Wille – hier." Und er führt sie zum Auto. Schwer schleift die Schleppe. „Nimm doch das Ding wenigstens über den Arm. Unglaubliche Geschichte."

Dann, jäh, fühlt er, wie sie zusammenknickt. Hebt sie hoch, in den Wagen.

„Nach Hause!"

Immer noch hat er die rauhe Stimme, der Georg.

Und sie sitzt drin, ganz klein, in einer Ecke.

Das Auto faucht, rasselt, faucht.

Einmal fährt es scharf um eine Straßenecke, schleudert. Sie fällt seitwärts, fällt an seine Brust und klammert sich wie erwachend an ihn. Fest, ganz fest.

„Ich will nach Elmenrode – ich will nicht mehr hierbleiben – ich will zu Pa –"

Neuntes Kapitel

Georg hatte nach einigem Schwanken den Humor des großen Ereignisses erfaßt. Es lohnte wirklich nicht, sich zu erregen. Man konnte darüber lachen, wenn man es als Einzelleistung betrachtete. Gute Freunde und getreue Nachbarn beeilten sich auch, zu versichern, daß Ihre Majestät gelächelt, der Kaiser herzlich gelacht hatte. Das Bild mochte ja für den Unbeteiligten überwältigend komisch gewesen sein: In aller Grandezza der großen Cour diese kleine Frau, die völlig den Kopf verloren hatte und an den Allerhöchsten Herrschaften vorüberraste. Seine Majestät hatten gleich gefragt, wer die Attentäterin wäre. Frau von Elmenrode – blutjunge Offiziersfrau – exotischer Herkunft. „Ein allerliebstes Persönchen."

Eine Blamage blieb es selbstverständlich. War aber morgen, spätestens übermorgen vergessen. Wille allein nahm es tragisch – in ihrer Art.

Und Georg selbst konnte sich trotz alles Bemühens doch nicht aufschwingen, den kleinen Unfall an sich zu würdigen; ihm blieb es immer ein Glied einer großen Kette. Was gestern passiert war, würde sich morgen in andrer Form wiederholen. Wille würde sich nie, nie einleben.

Das lag auf der Hand. Die nächsten Tage schon brachten einen neuen Beweis.

Zuerst war Wille zerschmettert gewesen, hatte ganz unter dem Eindruck gestanden, eine unsterbliche Dummheit gemacht zu haben, hatte sich ehrlich geschämt. Nun trotzte sie. „Bilde dir nicht ein, daß ich solche Sachen weiter mitmache. Ich denke nicht daran, mein lieber Georg. Ich will meine Ruhe haben. Das sind – das ist – wie nennt ihr's doch? – Mumpitz ist's!"

„Wille! Wille!"

„Mumpitz! Alles hier. Ich will nicht mehr. Ich will nach Elmenrode. Ich will zu Pa!"

Frau von Gerstel ließ es sich nicht nehmen, sich persönlich nach dem Befinden der kleinen Frau zu erkundigen, ließ sich auch nicht abweisen. Sie traf Wille zwischen Kisten und Kasten mit der Kammerfrau beschäftigt. Ganz die „Güte in Person" war Frau von Gerstel, sprach sanft und milde, versuchte auch ihrerseits das Ereignis von vorgestern ins Lächerliche zu ziehen, wollte mütterlich trösten.

Aber Wille trotzte auch ihr gegenüber.

„Ah pah – die Cour – das hab' ich schon vergessen! Ich bleibe aber nicht hier. Ich reise zu meinem Papa."

„Wir werden Sie aber doch bald wiedersehen, Frau von Elmenrode?"

„Nein, ich komme nicht wieder."

„Aber –"

„Ich will nicht!"

Tante Josephine wurde doch ernst. Dieser kleinen Person mußte man wirklich den Kopf zurechtsetzen. „Frau von Elmenrode – so sollten Sie nicht sprechen. Die Frau gehört zu ihrem Mann.“

Wille hatte sich Frau von Gerstel gegenüber in einen der schweren Barocksessel gesetzt, hielt die Hände im Schoß und den Kopf gesenkt.

„Mein Mann soll mitkommen. Oder meinetwegen nachkommen – so schnell als möglich.“

„Ihr Mann hat doch seinen Beruf.“

„Pah – den kann er aufgeben.“

„Kind! Ich muß Sie wirklich so nennen! Ich meine es herzlich gut. Machen Sie sich doch nur klar, was das für einen Offizier bedeutet, seinen Beruf aufzugeben.“

Plötzlich sah die junge Frau auf und lächelte überlegen, fast listig. Sie hob die Hände, spreizte die Fingerchen und fing an, an denen zu zählen, wie es Kinder tun. „Ich hab’ mir neulich nachgerechnet, gnädige Frau, wieviel Gehalt mein armer Mann eigentlich für die Stunde Dienst, die er tut, bekommt. Ungefähr fünfundsiebzig Pfennig auf die Stunde – fünfundsiebzig Pfennig – noch nicht ganz eine Mark –“

„Wir sehen nicht auf das pekuniäre Entgelt, Frau von Elmenrode – gottlob!“

„Mein Mann braucht auch nicht auf Geld zu sehen, aber fünfundsiebzig Pfennig die Stunde – das ist doch wirklich sehr wenig. Jeder Maurer oder Zimmermann wird besser bezahlt.“

Die „Güte in Person“ reckte sich. Sie sagte nicht mehr „Kind!“, sie sagte auch nicht mehr „Frau von Elmenrode!“, sie wählte die allerhöflichste und allerkühlste Form, in der sie als ältere Frau zu diesem jungen dummen oder unverschämten Ding sprechen konnte: „Gnädige Frau, Sie übersehen ganz, daß der preußische Offizier seinem König vor allem um der Ehre halber dient.“ Und dann ging sie. Nein: Mit diesem jungen dummen oder unverschämten Ding war nicht weiterzukommen. Auf ihr hübsches Lärvchen pochte sie und nun auch noch auf ihren Geldsack. Pfui Geier! Nur der arme Elmenrode konnte, mußte einem leid tun.

Wilhelmintje war doch ein wenig erschrocken, als sich die stattliche Dame so jäh erhob, gerade diese Dame, die eigentlich immer am nettesten zu ihr gewesen war. Hatte sie wieder eine Dummheit gemacht? Sie hatte doch niemanden verletzen wollen. Nur wiederholt hatte sie, was ihr Georg selbst lachend gesagt: daß er für die Stunde Dienst ungefähr fünfundsiebzig Pfennig bekäme und daß der Maurer oder Zimmermann besser bezahlt würde. Warum sollte sie das nicht aussprechen?

Bis zur Tür hatte sie Frau von Gerstel begleitet. Hob die Hand, wartete – aber die „Güte in Person“ begnügte sich mit einem förmlichen Gruß. „Leben Sie wohl, Frau von Elmenrode!“

Da zog Wille die Achseln hoch. Gut so! Gut so! Ihr konnte es recht sein –

Ein paar Augenblicke stand sie starr, sah auf die geschlossene Tür. Dann stampfte sie heftig mit den Absätzen auf den Teppich. Und lief zurück zu ihren Kisten und Kasten. Fort, fort – je eher, desto besser. Fort von dieser hochmütigen Gesellschaft! Georg – Georg wird schon nachkommen. –

Georg aber kam nicht nach.

Sie hatte beim Abschied an seinem Halse gehangen, hatte ihn unter tausend Küssen gebeten, beschworen. Er sagte nicht ja, sagte nicht nein. Er küßte sie nicht wieder. Er wehrte sie langsam ab. Nicht unfreundlich, aber schwer; recht wie ein Mann, der einsieht, es muß einmal Schluß gemacht werden – auch wenn das weh tut.

„Du hast es so gewollt, Wille –"

Sie sah ihn an mit ihren großen Augen. Zwei schwere Tränen lösten sich, rannen über die Wangen. Dann kam ein Lächeln auf ihre Lippen, ein Kinderlächeln, ein Koboldlächeln. „Ach du!" Und sie nahm seine Hand, ließ sie über ihre feuchten Augen gleiten, drückte plötzlich, ehe er's hindern konnte, einen Kuß darauf – und biß in die Daumenmaus, daß er leise aufschrie. „Du sollst mich nicht vergessen!" –

* * *

Nein, er kam nicht nach. Jetzt wenigstens noch nicht, noch lange nicht. Sie sollte die Trennung empfinden.

Sie sollte warten. Sie sollte ihr Unrecht einsehen, sollte begreifen, daß man sich fügen lernen muß. Sie sollte –

Sie sollte, sollte! Und er wußte doch ganz bestimmt, daß sie alles das, was sie sollte, nimmer tun würde, nimmer tun konnte. Aber es war das Herrengefühl in ihm übermächtig geworden: Er wollte sie strafen.

Auch die Freiheit dünkte ihn plötzlich reizvoll. Wille hatte ihn allzusehr gebunden. Er wollte wieder einmal mit den Kameraden fröhlich sein, strammen Dienst tun, sich ein wenig austoben. Gleich heute. Er schickte das Auto, mit dem er sie zum Bahnhof gebracht, fort, schlenderte durch die Straßen; blieb an einer Litfaßsäule stehen, überflog die Theaterzettel. Schön: Ich esse heut im Regimentshaus, ich mache mir ein paar Kameraden mobil, lade sie mir zum Metropoltheater ein, nachher zum Souper irgendwo, wo es fidel ist; vielleicht bummeln wir die halbe Nacht durch – Palais de danse, Taubenkasino, Pavillon Mascotte. Nun gerade! Und jetzt geh' ich erst mal zu Adlon frühstükken. Nein, zu Kempinski! Recht wie einst, wenn ich mir mal was Gutes leisten wollte. Nun gerade! Nun gerade!

Er tat's. Frühstück bei Kempinski, schlenderte durch die Friedrichstraße, speiste im Kasino. „Kinder, nehmt euch eines armen Strohwitwers an!" Es gab ein Hallo. „Ihr seid heute meine Gäste." Famos war das. Kreuzfidel konnte man endlich wieder einmal sein, sich die Nase ordentlich begießen. Manchmal kam ein Erinnerungsfund: Jetzt ist Wille in Elmenrode. Jetzt hängt sie an Pas Halse – jetzt guckt sie zur Burg hinauf. Hat vielleicht ein Tränchen. Vielleicht lacht sie auch. Wer kann's bei ihr wissen. „Kinder, vergnügt sein! Prosit, Dungern! Austrinken, Galtern! Ordonnanz, noch eine Flasche Deutz!"

Ja – riesig fidel war's. Und die Weiber im Metropol! Ewig hatte man so etwas nicht gesehen. Trikots und Jupons und oben nichts und unten nichts. Na – Schönheiten sind's ja nicht, kann man auch nicht verlangen. Aber lustig ist's. Hol' mich dieser und jener! „Bis früh um fünfe, kleine Maus – da gehen wir sicher nicht nach Haus –" Und dann der Trubel im Palais de danse. Weiß Knöppchen, Berlin ist Weltstadt geworden. Großartig. Jetzt gehen wir noch ins Mascotte hinüber – ordentlich austoben müssen wir uns –

Lange, lange nach Mitternacht kam Georg nach Hause. Hängte draußen im Flur den Pelz an den Haken. Stand ein Weilchen still. Wahrhaftig der Schädel brannte. Natürlich – man war's eben nicht mehr gewohnt. Aber nett war's doch gewesen.

Er drückte die Tür zum Wohnzimmer auf, drehte das elektrische Licht an, überall, Zimmer um Zimmer. Jemine, war das öde. Unheimlich still und leer. Nun Willes Boudoir – da ist noch ein Hauch von ihr drin, wahrhaftig. Und das Schlafzimmer. Öde – öde –

Den Zylinder hatte er noch auf dem Kopf, nahm ihn ab, legte ihn auf Willes Bett. Setzte sich daneben auf den Stuhl, streifte langsam, nachdenklich die Handschuhe ab. Es schmerzte da etwas, während des ganzen Abends hatte er's schon gespürt.

Richtig – alle ihre Zähnchen waren abgedrückt. Fest hatte sie zugebissen, Zähne hatte sie ja wie Elfenbein – die liebe Wille. „Du sollst mich nicht vergessen!“ Es war zum Lachen: Wahrhaftig, in alle dem Unfug hatte er sie eigentlich kaum eine Minute lang vergessen –

Ja – ja – Wille – liebe Wille – das ist nun mal so. Komisch – ja – liebe kleine Wille! –

***

Nein, er kam ihr nicht nach. Unter keinen Umständen. Jetzt wenigstens nicht, lange noch nicht.

Aber vergessen! Sie hätte ihm gar nicht mit ihren Beißerchen das Erinnerungszeichen blutig aufzudrükken brauchen: Vergessen ließ sie sich nicht. Sie hätte auch gar nicht zu schreiben brauchen und nicht zu telegraphieren ...

Aber wie sie schrieb: Das war wieder einmal ganz Wille. Keine langen Briefe, um Himmels willen nicht! Immer nur ein paar Zeilen, die's aber in sich hatten, nach der einen oder andern Seite hin. „Ich heul' mir die Augen aus.“ – „Wenn du nicht bald kommst, du lieber schlechter Mann, geh' ich auf den Turm und stürze mich kopfüber in die geliebte Wildnis. Es liegt noch viel Schnee drin, und vielleicht bleib' ich am Leben." – „Wenn du glaubst, daß wir hier Trübsal blasen, mein Schatz, irrst du sehr. Pa und ich haben heute zu einer Rouenaiser Ente (so nannte sie Pa, weil sie der ‚Goldene Beutel' so nennt) eine Flasche Pommery getrunken. Ich glaube, wir haben beide einen Schwips gehabt. Prosit, du geliebter Bösewicht." – „Bist du deiner Wille immer noch böse? Ach, Georg, Georg, lieber Georg, sei doch wieder gut. Ich kann dir ja nicht garantieren, daß ich nicht wieder Dummheiten mache, aber daß ich dich liebhabe – lieb, so lieb – das sollst du wissen. Alles andre ist doch auch Unsinn, Blech, Wellblech! Georg, komm zu deiner Wille!" –

Nein, nachgeben durfte er nicht. Unter keinen Umständen, und wenn sie noch so süß bat. Jetzt nicht – noch nicht.

Aber sie fehlte ihm stets und überall. Gewohnheit, hatte er sich zuerst gesagt. Kaum ein Jahr verheiratet und schon Sklave der Gewohnheit! Es hatte Stunden, Augenblicke gegeben, in denen es in ihm auftrotzte: Wille blieb doch immer das Wilhelmintje, das große Kind. Nun fühlte er mehr und mehr, daß sie ihm mehr, unendlich mehr war. Das Wilhelmintje hätte nicht die große Lücke in sein Dasein gerissen, wenn sie nicht mehr bei ihm war: Wille vermißte er, mit Staunen zuerst, mit wachsendem Schmerz dann. Nicht nur ihre heiße Zärtlichkeit. Nicht nur ihre Anmut, ihr heiteres Temperament, ihr frohes Lachen. Er empfand zum ersten Male, daß sie doch auch eine Persönlichkeit war. Anders als andre Frauen; voller Fehler, voll kindischem Trotz. Aber ganz Eigenart, ganz hinreißendes Temperament, ganz Herzensgüte. Immer wahrhaftig, immer ehrlich und offen. Es war ihm wie eine Offenbarung, daß er sie so liebte – daß es ihm so schwer wurde, ohne sie zu sein.

Ein paarmal kam Marianne.

Sie sah ein wenig in der Wirtschaft nach dem Rechten. Viel gab es freilich nicht anzuordnen oder zu tadeln. Das Hauswesen lief wie am Schnürchen. Aber es ging ihr wie dem Bruder. Die großen schönen Räume erschienen ihr tötend leer. Wille fehlte –

„Du siehst nicht gut aus, Georg."

Er lachte gezwungen. „Unsinn. Es geht mir ausgezeichnet."

„Was tust du?"

„Dienst – Dienst! Und dann genieße ich die göttliche Freiheit. Ich begieße mir einen Tag um den andern die Nase, ich laufe ins Theater, ich sehe mir die schönsten Kokotten Berlins an. Großartig, sag' ich dir."

„Pfui, Georg! Du lügst auch. – Was soll nun werden?"

„Weiß ich's?"

„Warum kommst du nicht öfter zu uns? Kurt beklagt sich schon."

„Ich mag nicht. Ihr seid mir zu glückliche Leute."

„Noch einmal pfui! Du bist ein Narr, Georg. Spiele mir nicht Komödie vor. Sehnsucht hast du –“

Er wandte sich ab, machte sich schweigend an seinem Schreibtisch zu tun.

„Georg, gib nach! Es gibt keine Ehe, die ohne Nachgeben und Verzeihen glücklich sein könnte. Was wirfst du Wille denn vor? Sind's nicht im Grunde lächerliche Kleinigkeiten! Ihr habt euch wund gestoßen an Äußerlichkeiten. Wille ist kein Weltkind, wird nie eins werden, lieber Georg, und du mußt sie nehmen, wie sie ist.“

Er stöhnte auf. „Unser Dasein hier war schließlich ein ewiger Kampf.“

„Warst du schuldlos? Du hast Wille in einen Boden verpflanzt, in dem sie nicht gedeihen konnte. Gehe zu ihr in die Stille, die euer Glück werden wird. Geh nach Elmenrode.“

„Das heißt, ich soll den Dienst aufgeben!“ rief er heftig. „Meinen Beruf, an dem ich hänge, in dem ich groß geworden bin, in dem ich etwas erreichen will. Du weißt nicht, was du sprichst, Marianne.“

„Ich weiß, daß es dir schwer werden muß. Aber ich weiß auch, daß es der einzige Ausweg ist.“ –

Der einzige Ausweg: Wenn Marianne recht hatte! Aber sie durfte nicht recht haben.

Er schrieb an Wille, herzlich, innig: Sie solle heimkommen. Er bat, er flehte. Und er wußte im voraus, was sie antworten würde. „Komm zu mir! Komm zu mir! Ich kann dort nicht leben. Ich ersticke. Georg, wenn du mich liebst, laß mich hier nicht allein!" – „Lieber, lieber Georg, ich will alles tun, was du willst, aber zwinge mich nicht in Fesseln. Ich kann nicht, ich kann nicht –"

Er schrieb an seinen Schwiegervater, verständig, voll Überlegung: Wilhelmine könne unmöglich verlangen, daß er seinen Beruf quittiere. Er müsse verlangen, daß sie zu ihm zurückkomme. Er würde alles daransetzen, daß sie ihr Leben neu einrichte, daß sie auch innerhalb des Rahmens, den Beruf und Stand zögen, glücklich sein könnte.

Es vergingen einige Tage, dann kam Pa persönlich.

Mynheer erschien nicht in seiner gelben Lieblingsfarbe, sondern im schwarzen Rock, der ihm ziemlich schlotternd um den immerhin noch höchst ansehnlichen Körper hing. Aber Georg mußte unwillkürlich daran denken, wie sie beide einander vor anderthalb Jahren in seiner Leutnantsbude zum ersten Male gegenüber gestanden hatten. Fast wie damals sah sich Pa nach einer soliden Sitzgelegenheit um, fast wie damals bat er: „Ich kann mir doch eine Zigarre anstecken, Georg, es spricht sich dann besser." Und wie damals wollte es mit der Aussprache zuerst schlecht vorwärts gehen, trotz der Dampfwolken, die beide zur Zimmerdecke emporkräuselten.

Elend sah der alte Herr aus. Körperlich elend und sorgenvoll. Und Georg nannte ihn nicht mehr in Gedanken den Dickhäuter, das Nashorn, den Tapir. Er hatte ehrliches Mitgefühl mit Mynheer. Pa hatte es immer gut mit ihm gemeint.

„Wie geht es Ihnen, Papa?"

„Ich mußte wieder einmal zu meinem Geheimrat. Aber sprechen wir nicht von mir."

Worauf sie zunächst überhaupt nicht weiter sprachen, sondern dem Rauch ihrer Zigarren nachschauten.

„Ich hatte Ihnen geschrieben, Papa –"

Mynheer nickte. Aber erst nach einer ganzen Weile antwortete er: „Ja, ja!"

„Hab' ich nicht recht, Papa?"

Mynheer nickte wieder und antwortete wieder erst nach geraumer Zeit: „Ja, ja!"

„Also –"

„Verdammt heiß habt ihr es hier, Georg. Bitte, lassen Sie mir etwas Wasser bringen –"

Diesmal war es nicht Berliner Wasserleitungswasser wie in der Leutnantsbude. Der Glattrasierte brachte eine Flasche Fachinger, gut temperiert, aus dem Eisschrank. Aber es kam auf dasselbe hinaus. Pa trank in einem Zuge sein Glas aus, wahrscheinlich gegen jede Vorschrift des Geheimrats; Georg tat auch einen großen Schluck.

„Wilhelmintje ist doch munter?"

„Ach, Georg – wie Sie so fragen können –"

Es sollte gewiß kein Vorwurf sein. Aber der ganze Schmerz des Vaterherzens, der in der Tochter sein höchstes Gut und Glück sieht, lag in den Worten, und darum wurden sie doch zum Vorwurf: „Wilhelmintje ist todunglücklich –“

Und nun fand dieser Vaterschmerz beredten Ausdruck. Pa berichtete.

Wille war in Elmenrode angekommen, schier übermütig lustig. Sie hatte gelacht und getollt. Aber ihre Augen waren gerötet gewesen, als ob sie während der ganzen Fahrt geweint hätte, und durch das Lachen war ein schriller Ton geklungen. Pa hatte es gleich gemerkt und das Sonnenmühmchen auch und, etwas später, die alten Tanten. Doch zugeben wollte es Wille nicht. „Was wollt ihr nur? Ich besuche euch eben ein bissel. Ich will mich ausruhen. Mir fehlt nichts. Gar nichts. Kreuzfidel bin ich und puppenlustig. Seht ihr's nicht? – Georg? Georg läßt euch alle grüßen. Georg ist auch munter und vergnügt. Riesig vergnügt ist er.“

Dann hatte Wille vierundzwanzig Stunden, um und um, zu Bett gelegen. Nicht etwa krank. Nur müde. Aber Sarina, die allein um sie sein durfte, erklärte: Geschlafen hätte die Herrin wohl gar nicht, immer mit offenen Augen dagelegen und zur Zimmerdecke aufgesehen.

Als sie endlich aufgestanden, hatte sie Briefpapier verlangt und lange Briefe geschrieben, Bogen um Bogen – und sie immer wieder zerrissen. Nur einzelne kurze Sätze hätte sie wohl abgesandt – das müßte Georg ja übrigens besser wissen als er.

Ein paar Tage wären so dahingegangen. In großer Sorge, denn Wille sei ganz schwach geworden, habe fast nichts zu sich genommen. Er, Pa, habe sie gebeten, sich ihm anzuvertrauen. Sie hätte immer mit dem Kopf geschüttelt. „Was ihr nur wollt?" Und mal gelacht und mal geweint.

„Ich wollte Ihnen schon schreiben, Georg. Aber ich schob es immer wieder hinaus: Erst mußte ich mein Kind hören. Das werden Sie erklärlich finden. Schließlich kam Wille denn auch ganz von selber zu mir.

Georg, ich schwöre Ihnen, nicht ein Wort der Klage gegen Sie ist über ihre Lippen gekommen. Immer hat Wilhelmintje betont: Sie beide hätten sich lieb, sehr lieb. Gar nicht oft genug konnte sie das sagen. Nur das Leben hier, das könnte sie nicht ertragen.

Es kam dann, in Frage und Antwort, das eine und das andre heraus, was Wille so unerträglich schwer erschien und was ihr alle Lebensfreude genommen hatte. Du lieber Gott, ich verstehe das ja nicht alles. Ich habe nur den Kopf schütteln können: – über euch beide. Weiß der Himmel, da haben wir, ich und Wilhelmintjes Mutter, es drüben doch leichter gehabt. Als ob die sogenannten Wilden bessere Menschen wären. Aber wie gesagt, Georg, ich will mir kein Urteil anmaßen. Ihre Kreise sind nicht meine Kreise. Ich habe mir vieles erst von meiner guten verständigen Frau Altberg erklären lassen müssen. Ein Segen, daß wir die hatten, in diesen Tagen. Aber ich will Ihnen nicht verhehlen, Georg, daß mir alles, was Wille so schwer nahm und was Sie wohl auch schwer genommen haben, als recht lächerlicher Kleinkram erschien. Lassen Sie mich nur ausreden, Georg. Ich will damit nicht etwa Willes Partei nehmen. Denn das weiß ich schließlich auch, daß eine Frau sich in die Verhältnisse schikken und fügen muß, in die ihr Mann sie hineinstellt. Das habe ich meiner Tochter ernst genug gesagt. Ja – und auf Ihren letzten Brief hin hab ich Wille auch gesagt, daß es ihre Pflicht sei, zu Ihnen zurückzugehen. Aber –"

Pa konnte nicht weiter. Er mußte erst sein Taschentuch herausziehen – dies war doch gelb – und sich die Augen austrocknen, aus denen es tropfte, Träne auf Träne.

Sie schwiegen beide.

In Georg arbeitete es. Er saß mit hängendem Kopf, die Hände zwischen den Knien. Und er dachte eigentlich immer nur das eine, aber in hundert Variationen: Meine arme liebe kleine Wille, du verflogenes Vögelchen –

Nun hatte Pa sich einigermaßen gefaßt. Er schneuzte sich noch einmal, und es dröhnte wie ein Trompetenstoß. Doch seine Stimme klang desto sanfter, als er fortfuhr, sanfter und traurig: „– aber mit Wille ist darüber nicht zu reden, Georg. Sie werden's ja auch schon erfahren haben. Ich glaube, wenn sich's darum handelte, sonst etwas für Sie zu tun, Wille würde sich in den Pflug spannen und unter tropischer Sonne Ihr Feld beackern, bis sie zusammenbräche. Nur nach Berlin will sie nicht zurück, will nicht mehr zu Ihnen, solange Sie Offizier sind. Da hilft kein Reden, Georg. Wir haben es daran nicht fehlen lassen, aber es ist alles vergeblich –"

Noch tiefer sank Georgs Kopf herab.

„Lieber Sohn, ich hab schon einmal vor Ihnen gestanden, mit 'ner ganz wunderlichen Bitte. Damals. Schwer genug ist mir's geworden. Aber doch nicht so schwer wie heute, wo ich zu Ihnen kommen muß, um Sie zu bitten: Lieber Georg, um meiner Tochter willen, die Ihre Frau ist, nehmen Sie den Abschied, ziehen Sie nach Elmenrode. Ich weiß, um was ich Sie bitte – lassen Sie nur, Georg, sagen Sie nichts – überlegen Sie's erst – ich weiß ja, daß Sie meine Wille sehr liebhaben – ich hoffe ja auch, daß Sie ihr das Opfer bringen werden – lieber Gott, lieber Gott – das Kind geht mir ja zugrunde, wenn Sie sich weigern –"

Der alte Mann schluchzte noch einmal schwer auf: „Ich bitte Sie – Sie haben ja doch unser Wilhelmintje lieb – Georg –"

Georg sah nicht auf. Er hatte die Stirn in beide Hände gestützt. Es rang in ihm nach der Entscheidung. Aus dem Aufschrei des Vaterherzens klang ihm Willes Stimme. Ihm war's, als sähe er sie vor sich: ihre zierliche Gestalt, das holde Oval ihres Gesichtes, die dunklen Augen, die er so oft geküßt. Es gab doch eben nur die eine Wille auf dieser Welt. Wie hatte sie ihm gefehlt! Wie hatte er sich nach ihr gesehnt ...

... und hatte sie nicht recht? Sie gehörte nun einmal nicht zu den Menschen, die sich wandeln und anpassen können. War nicht auf ihrer Seite der stärkere Instinkt, die richtige Selbsterkenntnis: Du kannst nicht glücklich sein im großen Kreise? Andre mochten es Egoismus nennen. Es war gewiß auch ein Teil Selbstsucht dabei. Richtiger wohl: der natürliche Trieb der Selbsterhaltung. Aber es war doch noch mehr. Sie leitete das Gefühl, du kannst deinen Georg nicht so glücklich machen, wie du möchtest, wenn ihr beide eingezwängt seid in einen Rahmen, der dir ewig, ewig fremd bleiben wird –

O – sie hatte schon recht ...

... aber da war das Opfer, das er bringen sollte. Der alte Mann nannte es ja selbst so: das Opfer! Wie liebte er seinen Beruf, seinen Stand, den Rock des Königs, das alte, liebe Regiment! Verwachsen war er mit all dem, alle Fibern seiner Seele hingen daran. Den Abschied nehmen! Sich loslösen – ganz loslösen ...

... nun ja, er war noch jung, er konnte sich ein neues Leben aufbauen. Wie mancher Kamerad hatte nicht auch dem Dienst Valet gesagt, um das väterliche Gut zu übernehmen. Es lohnte wohl, auf eigner Scholle zu sitzen ...

... schwer, unsagbar schwer blieb es doch!

„Georg!“ hörte er noch einmal, und er fühlte die Hände des alten Riesen an den seinen und fühlte ihr Zittern.

Ihm war's wieder, als stände hinter den breiten Schultern des alten Mannes die Tochter, sein Weib.

Er sah sie im Geiste ihm sehnsuchtsvoll zuwinken, hörte ihr leises flehendes Schluchzen: „Komm zu mir!“

Wille – meine kleine geliebte Wille –

Und plötzlich kam ihm aus heißem, schmerzensvollem Ringen der Entschluß.

„Ich will, Vater!“

Es war zum ersten Male, daß er, der seinen Vater nie gekannt, dem Manne dort den Vatersnamen gab, aus erschütterter Seele heraus.

***

Heute sollte er kommen!

Auf ein paar Tage zunächst nur, um alles zu besprechen. Aber bald, bald kam er für immer.

In zitternder Aufregung war die junge Frau. Ihr Herz war ganz Dankbarkeit, ganz Jubel, ganz Glück. Nun hatte auch sie erfaßt, welches Opfer er ihr brachte. Tausendfach wollte sie es ihm vergelten. Ein neues Leben sollte ihnen beiden anbrechen. Gut, immer gut wollte sie sein, fügsam, geduldig. Und lieb wollte sie ihn haben, überschütten wollte sie ihn mit ihrer Liebe –

Daß er das für sie getan! Auf den Knien mußte sie es ihm danken, an jedem Morgen, an jedem Abend. Georg – mein lieber, geliebter Georg –

Draußen lag noch der tiefe Schnee. Aber drinnen, in den beiden niedrigen Stuben des „Goldenen Beutels", in denen das Glück hausen würde, sollte er es sonnig und heimelig haben. Weit sonniger und schöner als in der kalten Berliner Pracht, in der Wille immer gefröstelt hatte.

Etwas wie hausfrauliche Fürsorge überkam sie. Sie rückte hier, sie rückte dort an den Möbeln. Sarina mußte Kissen bringen und Decken. Dazwischen sah sie immer wieder nach der Uhr. Wo mochte er jetzt sein? In Magdeburg vielleicht? Ob er auf der Fahrt an sie dachte? Gut an sie dachte? Lieb an sie dachte? Was fehlte denn noch? Hier mußten die Tannenzweige anders in die Vasen verteilt werden, das Grün, das sie gestern selbst aus der verschneiten geliebten Wildnis geholt hatte. Ja – wahrhaftig – daran hatte sie nicht gedacht. „Spada! Spada! Schnell zu Mynheer – der Rasierspiegel für den Herrn Baron fehlt noch." Und dann die Treppe hinunter zu Frau Else. „Heute abend muß es Forellen geben. Die ißt mein Mann gern!" – „Herjemine, gnädige Frau, Forellen! Wo soll ich denn jetzt Forellen hernehmen?" – „Sie müssen welche schaffen, Frau Berent. Und warten Sie einmal – ja, was ißt er denn noch gern? Speckeierkuchen – ja – und Salat!" – „Ich hab' keinen Salat im Hause!" – „Liebste

Frau Berent, es gibt doch sicher in Braunschweig Salat?" – „Ja – in Braunschweig." – „Herr Schulze – Herr Intendant – der Martin soll mit dem Auto nach Braunschweig, gleich, schnell, und Forellen und Salat holen –" Mochte die blonde Frau Berent die Hände über den Kopf zusammenschlagen, daß man wegen ein paar Salatköpfen das Auto in Bewegung setzte? Mochte sie doch!

Und nun den Pelzmantel und das Käppchen. „Pa, kommst du mit? Ich muß zu den Tanten." Pa lachte. Nein, er wollte nicht mit, er streikte, es war ihm zu kalt. Aber er streichelte seinem Kinde die heißen Wangen. „Ja, geh nur zu den Tanten. Die freuen sich heute auch."

„Tante Elve, habt ihr Kuchen gebacken? Ja! Das ist herrlich. Gebt mir gleich was mit. Wenn Georg kommt, muß er zum Kaffee euern Kuchen haben. Ich seh' schon, wie der ihm schmecken wird. Solchen Kuchen gibt's in Berlin nicht." Sie tanzte durch die kleinen Tantenzimmer. „Ich bin ja so froh, ich bin ja so glücklich –"

Dann war sie wieder daheim. Arrangierte den Kaffeetisch. Heute mußte er mit ihr allein Kaffee trinken. Sah nach der Uhr, zählte die Minuten. Holte sich seine Photographie, saß ein Weilchen ganz still davor, küßte das Bild, wurde rot wie ein kleines Mädchen: „Georg – mein geliebter Georg –"

„Pa, jetzt hole ich ihn mir!"

Auf dem frostigen Bahnhof stand sie, spähte auf die Gleise, trippelte, lief den Bahnsteig entlang. Das Herz pochte. Was er für ein Gesicht machen wird? Ob er sich wirklich freut, seine Wille wiederzuhaben? Lieber Gott, lieber Gott – wenn er nur nicht böse ist!

Im Muff hatte sie seinen letzten Brief. So ernst hatte er geschrieben. Ihr fiel's wieder ein. „Wir wollen es redlich versuchen." Du lieber dummer Georg – versuchen? Warte nur! Wir wollen glücklich sein, liebhaben werden wir uns.

Der Zug fauchte heran. Schrecklich langsam, wie solch kleiner Winterzug auf der Klingelbahn fährt. Die Wagen waren mit einer dicken weißen Schneekruste überzogen. Die Fenster beschlagen –

Aber dort ließ eine starke Hand gerade die Scheibe herab: „Georg! Georg!"

Er stand am Fenster, seine Züge waren ernst. Und ernst waren seine Gedanken.

Doch als er sie erblickte, wie sie ihm die Arme entgegenstreckte, als er ihr süßes Gesicht unter der Pelzkappe sah, dies liebe Gesicht, aus dem die dunkeln Augen ihm voll Erwartung, voll heller Freude entgegenleuchteten, da wurde ihm das Herz weich und warm. Weit beugte er sich vor: „Wille! Meine Wille!"

***

Der Entschluß ist oft so unendlich schwerer als die Tat.

Georg fand sich viel leichter, als er gedacht, gefürchtet, in die neuen Verhältnisse. Er sah Aufgaben vor sich, die sich wahrhaftig lohnten, er sah endlich, endlich das Fundament dauernden Glückes. Schon dieser kurze Aufenthalt zeigte es ihm. Tor, der er gewesen war! Eigentlich lag ja die Welt vor ihm im rosigsten Licht, alle Wege waren ihm geebnet, von allen Seiten schoben sich ihm hilfreiche Hände unter die Füße, von allen Seiten wurde ihm Liebe, unendliche Liebe entgegengebracht. Und wie war Wille verändert! Wie strahlte sie, wie zärtlich war sie, wie suchte sie jeden Wunsch ihm von den Lippen abzulesen!

Sie wußte es so einzurichten mit ihrer kleinen weiblichen Schlauheit, die ihn oft lächeln machte, daß sie viel allein waren. Trotz des Schnees wanderten sie weit hinaus in die Berge oder sie fuhren nach den neu erworbenen Gütern in der Ebene. Ganz merkwürdig, überwältigend bisweilen, war ihm das Gefühl, als Herr schalten zu sollen, auf dem alten Boden, der seinen Ahnen gehört hatte. Hier und dort entdeckte sein suchendes Auge noch Spuren, dic darauf hinwiesen, daß die Güter einst Elmenroder Besitz gewesen waren: ein halbzerfallenes Wappen über einem Toreingang, ein Kirchenfenster, das die drei Bergspitzen aufwies. In Genstedt gab es ein Herrenhaus, das im Wandel der Zeiten sich manche Erinnerungen bewahrt hatte, auf dem Friedhof befand sich ein Erbbegräbnis mit Ahnensärgen. Im Geiste knüpfte er überall die Vergangenheit an die Gegenwart an, und das Herz schwoll ihm in guten Vorsätzen für die Zukunft.

Oft stiegen sie auch zur Burg empor. Der Bau war fast vollendet. In den weiten, schönen Räumen glühten die Koksöfen, um das Austrocknen zu beschleunigen. Schon waren die Tischler am Werk für die innere Ausstattung. Der bauleitende Architekt versprach, bis zum Anfang April wenigstens den Hauptteil zum Beziehen fertigzustellen; Geld vermochte ja so unendlich viel, und Pa ließ das Geld rollen. Wille aber ließ ihrem Temperament hier oben freien Lauf. Sie trieb und trieb Architekten und Handwerker, daß es bisweilen zum Lachen war. Ja, jetzt konnte er wieder fröhlich lachen und empfand es selbst, daß er das fast verlernt hatte. Und Wille hatte, was ihr in Berlin nie in den Sinn gekommen war, das lebhafteste Interesse auch für die Einrichtung. Dort hatte sie alles dem ausgezeichneten Herrn Schulze, dem Intendanten, überlassen; jetzt, hier, beschäftigte sie jede Einzelheit. Sie ratschlagte mit Georg, sie wollte wissen, wie er dies und jenes wünschte, sie ereiferte sich, daß sie schließlich in Streit gerieten. Aber wie anders war dieser Streit als der häßliche Zank in Berlin oder das noch häßlichere Schweigen. Hier lag im Wortwechsel etwas Befreiendes, etwas Beglückendes, und immer endete er in liebevollster Eintracht.

Hier konnte man wahrhaft zufrieden sein, sich wirklich restlos liebhaben. Hier konnte das Glück wohnen und alle, alle umfangen. Raum genug war vorhanden in dem schönen Umbau, der das Alte so sorgsam geschont und so viel Neues hinzugefügt hatte. Die Tanten erhielten den einen Flügel für sich; Pa und Frau von Altberg den andern; den Mittelbau würde die junge Herrschaft bewohnen. Es war Vorsorge getroffen, daß die drei Parteien getrennte Wirtschaft führen konnten, aber die großen Gesellschaftsräume sollten ihnen gemeinsam gehören. Niemand brauchte des andern Last zu sein, jeder sollte sich des andern freuen.

Einmal kam auch Mynheer, als Georg wieder auf kurzen Urlaub in Elmenrode war, mit den Kindern zur Burg hinauf.

Er war gar nicht recht frisch, der alte Herr; er war wirklich alt geworden im letzten Jahr. Aber er freute sich doch des neuen Glücks der Tochter; er plante mit ihr und dem Schwiegersohn. Er fand auch bisweilen ein Scherzwort.

Oben hatte er Georg in einc der tiefen Fensternischen gedrängt, während Wille mit dem Sonnenmühmchen die Wirtschaftsräume durchmusterte; denn Wille wollte „wirtschaften". Sie war sehr stolz auf den Entschluß.

„Na, Georg, lieber Sohn – alles wieder in Ordnung, innerlich und äußerlich?"

„Gottlob, Vater."

Die Äuglein blinzelten fragend und listig aus der Billardkugel. Mynheer schob mit einer wunderlichen Gliederverrenkung den rechten Ellbogen vor und tippte damit Georg vor den Leib: „Na? – Und sonst nichts?"

Pause. Elmenrode schien nicht zu verstehen.

„Ich meine – ich meine – ich möchte wohl noch ein Enkelchen auf den Knien schaukeln."

„Der Storch will noch nicht kommen, Vater."

„Er wird schon kommen. In Elmenrode gibt es drei Nester. Ich hab' gezählt. Und irgendwo zwischen den Bergen liegt der berühmte Teich. Übers Jahr wollen wir taufen, Georg. Ich habe so eine Ahnung – und wissen Sie, Georg, viel Zeit habe ich am Ende nicht mehr."

„Unsinn, Vater. Das bißchen Leber."

„Das bißchen Leber rumort manchmal höchst unangenehm." Er sagte es ganz ernst, aber dann lachte er wieder. „Na, vielleicht bringt es Karlsbad noch einmal in Ordnung. Die Hauptsache ist, daß ich euch beide jetzt hier habe. Ich bin Ihnen wirklich von Herzen dankbar, lieber Sohn – wir wollen uns schon gut vertragen – wie?!"

„Ja, Vater."

„– und glücklich wollen wir sein!"

„Ja, Vater! An mir soll es nicht liegen. Es war eine böse Zeit – in Berlin. Aber das soll nun hinter mir liegen. Ich will es ganz vergessen.“ Er atmete tief auf. „Ja, Vater – wir wollen glücklich sein.“

***

Der Architekt hielt Wort. Noch ehe der Kalender den Frühjahrsanfang anzeigte, konnte die Burg bezogen werden. Die Elmenroder hatten mal wieder ihre Sensation. Sie wallfahrten nach oben, um zu bewundern, wie der Riesenbau sich aus den Rüstungen schälte. Das treffliche Lokalblättchen brachte eine begeisterte Schilderung der neuen Pracht unter der poetischen Überschrift: „Und neues Leben blüht aus den Ruinen.“ Tag um Tag gab es zu schauen. Die schweren Möbelwagen kamen, Dekorateure aus Braunschweig erschienen auf der Bildfläche, nicht einzeln, sondern gleich in Scharen; der Herr Intendant, den jedes Kind im Nest kannte, entwickelte eine fieberhafte Tätigkeit. Eine große Hamburger Gartenbaufirma rückte mit einer Arbeiterkompanie an; der ganze rückwärtige Hang sollte ja in einen mächtigen Park umgewandelt werden. Das Geld des Nabobs strömte, direkt und indirekt, über Elmenrode. Nur Mäxchen Berent machte ein etwas verdrossenes Gesicht. Aber am Honoratiorentisch lachten sie ihn aus. Sie wußten, daß der „Goldene Beutel“ seine Schäflein genügend geschoren hatte. Übrigens wollte auch der „Goldene Beutel“ an- und ausbauen; ganz aus

Eignem; nicht einmal eine Hypothek brauchte Mäxchen aufzunehmen.

Es war ein merkwürdig früher, wunderschöner Frühling. Anfang April grünte es schon allerorten, und die Sonne schien warm wie sonst kaum im Mai. In hellem Sonnenglanz hielt Georg Einzug. Tante Elve jubelte: „Ein besseres Vorzeichen gibt's nicht!"

Georg war noch einige Male, immer nur auf ein oder zwei Tage, in Elmenrode gewesen. Immer mit den gleichen zuversichtlichen frohen Empfindungen. Aber unendlich schwer, viel schwerer noch, als er gedacht, war ihm das Abbrechen der Brücken in Berlin geworden. Man hatte es ihm nicht leichtgemacht. Man hatte ihm im Regiment gezeigt, wie ungern man ihn verlor. Der Oberst schüttelte den Kopf: „Überlegen Sie's noch einmal, Elmenrode. Lassen Sie sich Zeit." Die Kameraden bestürmten ihn. Er blieb fest.

Dann kamen die Abschiedsbesuche. Wille hatte nicht mehr nach Berlin kommen wollen, und er hatte sie nicht gedrängt. So mußte er sie überall entschuldigen. Und hörte plötzlich, daß man auch sie ungern verlor. Fast hätte er gelächelt und mußte doch erfahren, daß es ganz ernst gemeint war. Die „Güte in Person" drückte ihm immer wieder die Hand. „Grüßen Sie mir Ihre liebe Frau! Ach – mußte es denn sein? Frau von Elmenrode hätte sich sicher eingelebt. Wissen Sie, mir ist's eigentlich erst nachträglich klargeworden, wie sehr uns Originale fehlen – bitte, bitte, grüßen Sie die süße kleine Frau recht herzlich von mir."

Nun war auch das Abschiedsessen im Regimentshaus vorüber, mit feierlichen Reden und kameradschaftlichen Scherzen, mit einem unterdrückten Aufschluchzen und einem fröhlichen: Auf Wiedersehen! „Vergessen Sie nicht, Elmenrode, daß Sie hier Heimatsrecht haben!"

Adieu, du altes liebes Regiment! Adieu, Kameraden! Adieu auch du, du köstliche Jugendzeit –

Schwer, schwer war es gewesen.

Aber die Sonne leuchtete über Elmenrode und aus Willes lieben Augen –

***

Es ließ sich alles vortrefflich an. Es gab so viel zu tun, es gab so viel zu lernen. Mit Feuereifer stürzte sich Elmenrode in seinen neuen Beruf. Wille lachte, wenn sie ihn gestiefelt und gespornt in aller Herrgottfrühe hinausreiten sah, wie ein Lehrling neben dem vierschrötigen Güterdirektor, den Pa engagiert hatte. Wille lachte, wenn er heiß, bestaubt und müde heimkam. „Du Bauer!" sagte sie dann wohl, hob sich auf den Fußspitzen, nahm ihn bei beiden Ohren, schüttelte ihn „Wie du aussiehst! Aber ich will dir doch einen Kuß spendieren!"

Wille hatte ja selbst ungeheuer zu tun. Sie lief von früh bis spät treppauf, treppab. Reizend sah sie aus mit dem weißen Tändelschürzchen. Wichtig kam sie sich vor, machte komisch ernsthafte Gesichter, trippelte hinter Mama Altberg her, wollte alles wissen, alles lernen, ließ sich in alle Geheimnisse von Küche und Keller einweihen. Manchmal saß sie auch schon früh im Sattel, ritt mit ihrem Mann hinaus in die duftenden Felder, tat furchtbar klug, wenn Herr Berrian, der Güterdirektor, von der Führjahrbestellung sprach, von der künstlichen Düngung, von den Futterverhältnissen und der Viehhaltung.

Es war nur schade: Sie wurde so schnell müde. Dann schämte sie sich, verkroch sich in den Flügel der alten Tanten, hockte über Elviras Briefmarkenalbum, schmeichelte sich bei Hildegard ein, bis die ihr mit vielen Kissen ein feines Lager auf dem alten Kanapee zurecht machte. „Ihr seid doch die Besten, ihr lieben Tanten! Ach, ist das mollig! Hast du nicht noch ein Glas Limonade, Tante Elve? Und ein Krümelchen Süßes, Tante Hilde? Aber Georg nichts sagen – der darf es nicht wissen, wie faul ich bin!“

Der Frühling war schön gewesen. Der Sommer war prachtvoll. Der Herr Güterdirektor schmunzelte: Es wurde ein gutes Jahr. Solche Ernte hatte der Nordharz noch nicht gesehen. Freilich – das dachte er aber nur, sprach es nicht aus – ein Kunststück war es nicht, solche Ernte zu erzielen. Das Wetter machte die nicht allein; das Nabobsgold tat auch sein Teil. So gut hatten sie es nicht drüben auf den fürstlichen Domänen, daß sie hineinstecken konnten in die Äcker und in die Wiesen, was sich nur hineinstecken ließ.

Auch Georg dachte sich sein Teil. Er hatte praktischen Sinn. Was das liebe Geld nicht vermochte! Auf allen Gütern wurden gleichzeitig die Ställe erneuert, die neuesten Maschinen standen zur Verfügung. In Waltershausen ließ Pa eine eigene Zuckerfabrik bauen, in Gersfeld hatte er ein Tonlager entdeckt und wollte töpfern.

Am Park konnte man des Geldes Zauberkraft auch erkennen, am greifbarsten vielleicht. Die Gartenkünstler hatten ihn gleichsam aus der Erde gestampft. Manches fehlte ja noch, mußte erst heranwachsen, ganz ließ sich Mutter Natur doch nicht Gesetze geben. Aber es war wunderbar genug, was in den wenigen Monaten geleistet worden war. In Jahr und Tag mochte der Park es mit dem fürstlichen aufnehmen können. Das Schönste aber blieb die geliebte Wildnis. Darin waren Georg und Wille sich einig. Hier, im Burggraben, hatten die Hamburger Meister nur wenig ändern dürfen; gerade nur etwas Luft schaffen, die Wege ebnen. Ein elegant geschwungenes Treppchen aus Haussteinen führte jetzt hinab, und die denkwürdige Holzbank mit den zerbrochenen Stäben war durch eine solidere Konstruktion ersetzt worden. „Aber gerade nur so groß, daß zwei darauf sitzen können!“ hatte Wille dekretiert. Da saßen sie denn auch im Hochsommer am liebsten, und wenn sie da saßen, war die kleine Frau nie müde. Mit den strahlenden Kirschenaugen sah sie bald auf Georg, bald ins dunkle Grün, bald wieder auf den geliebten Mann, und ihre Lippen hatten unaufhörlich zu tun –

Restlos glücklich war Wille. Nur wenn sie an Berlin dachte, überlief sie ein Schaudern. Aber man brauchte ja nicht an Berlin zu denken. Es gab Besseres. Schade nur, daß der Georg sich gar zuviel Arbeit machte. Man hatte eigentlich zu wenig von ihm. Aber daran durfte man nicht rühren. Auch vor Pa nicht. Der konnte des Rühmens ja gar kein Ende finden.

Manchmal trieb es der Georg freilich zu arg. Fast noch toller, als er es in Berlin mit dem Dienst getrieben hatte. Jetzt wälzte er dickleibige Bücher, unheimliche Bücher über Agrikultur-Chemie und Gott weiß was noch. Und ein kleines Laboratorium hatte er sich neben seinem Studierzimmer eingerichtet. Zweimal in der Woche kam aus Braunschweig ein gelehrtes Haus mit einem furchtbaren Wuschelkopf und gab ihm Unterricht. Solch ein Unsinn. Wozu war denn der Güterdirektor da? Und die drei Inspektoren! Georg hatte doch Besseres zu tun.

Aber das wollte niemand verstehen und niemand zugeben. Mama Altberg am wenigsten. Überhaupt Mama Altberg –

Wenn Wille bei den Tanten auf dem alten Kanapee lag, tief eingekuschelt in die Kissen, überkam sie manchmal eine bittere Empfindung gegen Mama Altberg. Wer war denn eigentlich die Hausfrau, die Schloßherrin? Sie oder Mama Altberg? Ewig und immer wurde Frau von Altbergs Lob gesungen. Pa nannte sie das Sonnenmühmchen, Georg nannte sie „liebe Mama“. Sie regierte, und alles fügte sich. Es war ja richtig: Man mußte sie schätzen. Famos war sie. Aber sie brauchte doch nicht alle Rechte für sich zu beanspruchen. Es war doch da auch noch eine gewisse Wilhelmine Freifrau von Elmenrode –

Überhaupt: Ganz so schön, ganz so sonnig, wie es in der ersten Zeit gewesen, war es nicht mehr. Und daran war der liebe dumme Georg schuld. Schrullen hatte der – Schrullen! Jetzt fuhr er bald nach Braunschweig, bald nach Halle. Vorlesungen hören! Er fragte ja immer, ob sie nicht mitkommen wolle. Ein paarmal tat sie's. Du lieber Gott, war das langweilig gewesen. Nein, nein – mochte er allein fahren – mochte er doch! Nur daß man nachher, wenn er wiederkam, ihm gleich ein glückstrahlendes Gesicht zeigte, das konnte er wirklich nicht verlangen. –

Ganz so schön, ganz so sonnig, wie es in der ersten Zeit gewesen, war es nicht mehr: Das fand auch Georg.

Es kam so mancherlei zusammen. Vater war recht wenig erholt aus Karlsbad zurückgekehrt, gab sich etwas grämlicher als sonst. Zwischen Mama Altberg und Wille schwebte irgendeine unausgesprochene, undefinierbare Verstimmung. Die beiden Tanten hatten eine merkwürdige Art angenommen, sich immer auf Willes Seite zu stellen; manchmal war's fast, als hätten sie ein förmliches kleines Komplott mit ihr geschmiedet.

Und Wille selbst –

... ja, Wille selbst? Mit Respekt zu vermelden: Meine gute Wille mault wieder einmal wie ein unartiges Kind. Nicht ganz so schlimm wie in Berlin, aber auch nicht viel anders. Mit dem anfänglichen Biereifer ist's vorbei, sie langweilt sich, und ich trage die Schuld. Daß sich Gott erbarm: Ich armes Unglückstier! Als ob ich nicht auch hier Pflichten hätte, ernstere als je. Als ob ich nicht arbeiten müßte, wenn mir das Leben überhaupt des Lebens wert erscheinen sollte. –

Im Herbst wurde es besser. Da kamen Kurt und Marianne auf drei Wochen und brachten frisches Leben in die Burg. Die Schwägerinnen liebten sich zärtlich bei aller Verschiedenheit ihres Wesens, und Wilhelmine wollte auch Kurt gegenüber liebenswürdig sein. Er hatte seine besondere Art, mit ihr umzugehen. Er schäkerte, erzählte ihr allerlei Späße und Geschichten, er unterhielt sie. Sie lernte wieder fröhlich lachen.

Marianne hatte scharfe Augen. „Wie steht es?“ fragte sie bald nach ihrer Ankunft den Bruder, und es lag etwas wie zager Zweifel in der Frage.

Er zuckte die Achseln.

„Nimm dir ein Beispiel an Kurt“, sagte sie. „Du mußt Wille aufzuheitern suchen. Sie ist im Grunde solch fröhliches Menschenkind. Aber du gehst oft umher, als trügst du Zentnerlasten.“

Er antwortete wieder nicht.

„Ihr lebt zu einsam. Du kennst doch das Wort: ‚Wer sich der Einsamkeit ergibt, ach, der ist bald allein.‘ Ihr müßtet etwas Verkehr suchen.“

Da lachte er auf. „Erinnere dich freundlichst, wohin der Verkehr uns in Berlin führte!“

„Andere Verhältnisse, mein Lieber. Im übrigen bleibt es meine Überzeugung, daß du die Flinte zu früh ins Korn warfst.“

Sie standen auf dem Altan, und vor ihnen lag das sonnenüberglänzte Land. Er deutete hinüber, und es war zum erstenmal ein froherer Klang in seiner Stimme. „Es war doch gut. Ich kann auch hier meine Kräfte regen.“

„Ja, Georg. Niemand freut sich mehr darüber als ich. Es ist etwas Herrliches um die Heimatscholle. Ich empfinde das gerade jetzt. Aber –“

„Aber?“

„Aber Wille kommt zu kurz dabei. Still, fahre nicht auf. Es ist so. Darum“ – sie legte ihre Hand auf des Bruders Schulter – „ich möchte nach Winnerburg. Ich bin es der Fürstin schuldig. Ich möchte es aber auch um euretwillen. Wilhelmine hatte dort einen Riesenstein im Brett. Die Herrschaften sind im Grunde natürliche Leute, ungezwungen und voll Wohlwollen. Ihr hättet längst wieder Anschluß suchen sollen; eigentlich war es unhöflich, daß ihr euch ferngehalten habt. Hast du etwas dagegen, wenn Kurt und ich hinüberfahren?“

„Durchaus nicht.“ Dann schüttelte er den Kopf, und es war wieder der trübe Unterton in seinen Worten. „Uns wird es freilich nicht frommen, liebe Mi!“ –

Das junge Paar wurde auf dem Schloß mit offenen Armen empfangen. Und Marianne hatte es bald heraus: Man brannte dort vor Neugier und war gern bereit, über den versäumten Besuch der „Elmenroder“ gnädige Brücken zu schlagen. Der Fürst interessierte sich für den modernen Zuschnitt in der Bewirtschaftung des neuen Besitzes; die beiden hohen Damen fragten lebhaft nach der „javanischen Prinzessin“. Augenscheinlich war man über ihre gesellschaftliche Niederlage orientiert, aber man ging lächelnd darüber hinweg.

Der „kleinen Exotin“ konnte man vielerlei verzeihen. „Hoffentlich sehen wir Ihren Herrn Bruder und Ihre Frau Schwägerin recht bald.“

Das war eine Aufforderung, der man nicht ausweichen konnte. Und Marianne schmiedete ihr Eisen, solange es heiß war. Wille machte zwar große Augen, aber sie sträubte sich nur schwach. Erst sah sie wie hilfesuchend zu Georg auf, dann lachte sie ein wenig verlegen. Wurde rot. „Wenn ich nur nicht wieder Dummheiten mache –" Nickte dann heftig. „Fahren wir! Fahren wir!"

Sie fuhren schon an einem der nächsten Tage, trafen aber die Herrschaften nicht daheim. Der Hofchef fand sich fast unmittelbar darauf auf Burg Elmenrode ein. Es folgte eine Einladung zum Diner, auch für Kurt und Marianne.

Es wurde ein Erfolg für Wilhelmine. Sie hatte ihren guten Tag, war heiter, liebenswürdig, ungezwungen. Und die Herrschaften machten es ihr leicht. Die Fürstin klopfte ihr gleich beim ersten Gruß die heißen Wangen, fast mütterlich zärtlich. „Ganz unverändert ist die kleine Frau! Wie mädchenhaft sie aussieht!" Der Fürst führte sie selbst zu Tisch, unterhielt sich mit ihr in seiner etwas trockenen Art recht lebhaft, eine Frage fast unmittelbar an die andre reihend, und amüsierte sich, als er wieder aus ihr herausgelockt hatte, wie schlecht ihr Berlin gefallen. „Der Wasserkopf unsres hochpreislichen Deutschen Reiches", wie er es nannte. „Ja, ja, meine gnädige Frau! Seien Sie froh, daß Sie diesem Ungeheuer, das uns alle verschlingen möchte, glücklich entronnen sind. Hm – ja – wie wir froh sind – parole d'honneur –, daß wir Sie wieder haben. Sie sind doch gern im Harz? Hm – ja – freut mich riesig. Ja – ja – die in Berolino können's wissen: Hinterm Berge wohnen auch noch Leute – ja – hm."

Georg saß zu weit von seiner Frau, um zu hören, was Seine Hoheit und sie sprachen. Aber er sah, daß

Wille fröhlich war, fast zu fröhlich für eine fürstliche Tafel. Einmal nickte sie ihm sogar zu, hob ein wenig ihr Glas. Gerade als er sich zu Komteß Ventura wenden wollte, die heute wieder seine Tischnachbarin war. Auch er griff nach dem Spitzglase, wollte verstohlen seiner Frau zutrinken, sprach noch ein paar Worte mit der Gräfin – und da glaubte er plötzlich zu bemerken, wie ein Schatten über Willes Gesicht glitt. Es war nur für einen Moment; sie wurde gleich wieder vom Fürsten in Anspruch genommen – vielleicht, sicher hatte er sich getäuscht.

Immerhin: Seine Absicht, Wille ihren heimlichen Gruß zurückzugeben, war vereitelt; ihre Augen fanden sich nicht mehr während der Tafel. Und die Komteß knüpfte auch gleich wieder die Unterhaltung an. Er hörte ihr gern zu. Sie sprach gut und hatte ein überaus angenehmes Organ. Es waren gar nicht besonders hochfliegende Themata, die sie anschlug. Sie fragte nach dem Nächstliegenden, nach dem Ausbau der Burg, fragte nach dem alten Familienbesitz. Dann – plötzlich: „Warum haben Sie sich eigentlich so lange nicht sehen lassen, Herr von Elmenrode?"

„Ich hatte sehr viel zu tun, Komteß." Es war Wahrheit und war doch Ausrede.

Sie war höflich genug, in seinen Worten nur die Wahrheit zu hören. „Ich beneide jeden Mann, der eine ernste Tätigkeit hat", sagte sie lebhafter als bisher.

„Sie haben doch auch ein reichliches Maß, Gräfin –"

„Glauben Sie? – Ja und nein! Das Tagewerk solch einer armen Hofdame ist freilich immer ausgefüllt, aber im Grunde sind's doch unbefriedigende Spielereien, um die es sich dreht. Das im Vertrauen gesagt, Herr von Elmenrode. Aber in demselben Vertrauen: Die Herrschaften würden es mit Freuden begrüßen, wenn Sie ein wenig aus Ihrer Zurückhaltung heraustreten wollten. Es ist oft recht einsam hier auf dem Schloß. Zumal im Winter, und der Winter ist nahe."

„Ich bin ein schlechter Gesellschafter und gar nicht Hofmann. Außerdem – ich setze Vertrauen gegen Vertrauen – fügt sich meine Frau wahrhaftig nicht gut in höfische Geselligkeit."

Unwillkürlich sahen sie beide zu gleicher Zeit zu Wilhelmine hinüber. Und wieder bemerkte Georg, daß zwischen ihren Brauen die kleine senkrechte Trotzfalte aufgestiegen war; fühlte auch, daß sie ihn beobachtete.

Die Gräfin hatte ein wenig den blonden Kopf geneigt. „Ich wollte, ich könnte mir das Vertrauen Ihrer Frau Gemahlin gewinnen –", sagte sie. Und wieder antwortete er nicht. Ihm war plötzlich die Erinnerung durch den Sinn geschossen an ein paar Worte Willes, die sie ihm bei der Rückfahrt vom Schloß gesagt, damals, als sie zum ersten Male die Komteß Ventura hier gesehen hatten. Heiße, törichte, eifersüchtige Worte waren es gewesen.

Lächerlich –

Aber bei Willes Art mußte man vorsichtig sein.

Es war schade: Mit der Komteß ließ sich gut plaudern. Sie war kein Durchschnittsmensch, war noch nicht vom Hofdienst zerbrochen. Ja, w e n n sie Willes Vertrauen, wenn sie ihre Freundschaft gewann? Aber das war wohl ganz ausgeschlossen –

Auf der Heimfahrt war die junge Frau sehr schweigsam. „Ich bin müde", erklärte sie und kuschelte sich ganz in die Ecke des Wagens ein. Sie hatte scheinbar auch die Augen geschlossen, aber Georg sah, daß sie trotzdem darauf lauschte, was er und Marianne und Kurt sprachen. Auch über die Hofdame. Kurt fand die Gräfin sehr distinguiert, Mi hatte sie außerordentlich gefallen. „Und was sagst du, Georg?" Er war zu ehrlich. „Sie ist klug und liebenswürdig –"

Wille rührte sich nicht.

Daheim aber, als die Kammerfrau ihr die Haare gebürstet hatte, kam sie aus dem Ankleidezimmer, schon im Nachtkleid, wie ein Kätzchen, setzte sich auf Georgs Schoß. Schweigend zuerst, zärtlich; dann plötzlich fragte sie: „Findest du die Gräfin Ventura hübsch?"

„Sie ist nicht mehr jung –"

„Das ist eine Ausrede. Ob du sie hübsch findest, will ich wissen", wiederholte sie eindringlich.

„Sie ist gewiß einst schön gewesen –"

„Ah – du! Du! Du gehst wie die Katze um den heißen Brei herum. Ich weiß es besser: Du findest sie sogar sehr schön. Und sehr klug und sehr liebenswürdig!“ Wille holte tief Atem. „Viel schöner, viel klüger, viel liebenswürdiger als mich!“

„Aber, Wille – du bist närrisch!“

„Das bin ich gar nicht.“ Sie hatte die Augen wieder geschlossen wie vorhin im Wagen. Aber sie blinzelte unter den dichten Wimpern zu ihm empor. „Vielleicht ist sie das alles: schöner, liebenswürdiger, klüger! Du! Du! Gesteh's doch wenigstens! Sei doch ehrlich! Siehst du – du schweigst!“

„Was soll ich zu solchem Unsinn sagen, Wille?“

„Es ist kein Unsinn. Ich habe euch beobachtet. Sie – sie triumphiert ja geradezu. Kokett ist sie! Gibst du das wenigstens zu? Natürlich, du zuckst die Achseln. Immer tust du das, wenn du ausweichen willst.“

„Aber liebe Wilhelmine!“

Mit einem Male hatte sie beide Arme um seinen Hals geworfen, hatte die Augen weit geöffnet, starrte ihn an und schluchzte: „Du! Wenn du mich nicht mehr liebhast! Georg – hast du mich lieb? Georg – Georg – mich, nur mich!“

Es war eine folternde Unrast über Wille gekommen, und sie quälte sich um so mehr, als sie nach dem ersten Aufschrei der Eifersucht die Seelenpein in sich zu verschließen suchte. Eine innere Stimme warnte sie. Sie fühlte im letzten Grunde ganz genau, daß sie unrecht hatte. Georg liebte sie ja doch! Nur sie! Er hatte es ihr zugeschworen. Er hatte sie im Arm gehalten, hatte sie gestreichelt, hatte dann herzlich gelacht: „Du bleibst meine liebste Törin!“ Und hatte schließlich doch mit ernsten Augen gesagt: „Hüte dich, Wille, Eifersucht ist eine Leidenschaft, die mit Eifer sucht, was Leiden schafft!“

Zuerst verstand sie das Wort nicht ganz. Nun wiederholte sie es sich immer aufs neue, grübelte ihm nach. Ja, wahrhaftig: So war es! Die Leidenschaft brannte, loderte in ihr. Sie würde ewig ausspähen nach der Ursache. Und die Leiden würden kommen. Sie waren schon da – sie bohrten in ihrer Seele – sie marterten ihr Herz.

Wahr war das Wort. Aber wie sollte sie sich hüten, wie sollte sie sich wehren? Gerade weil sie Georg so über alles in der Welt lieb hatte, kam ja siedend heiß immer wieder die Furcht, ihn zu verlieren, ihn nicht halten zu können. Sie mußte, mußte ihn umlauern, auf jeden seiner Blicke achten, auf jede Bewegung, auf jedes Wort, das er sprach –

– und mußte das alles verbergen vor ihm, vor allen. Es verstand sie ja niemand. Pa, die Altberg, Mi – alle würden sie auslachen. Und Georg ... Georg würde seine großen zornigen Augen machen: „Du bist und bleibst eine Närrin!“

Die Männer waren so wunderlich, so unberechenbar. Es stand in den Romanen. In fast jeder Zeitung stand es. Die Männer liebten fast nie ausschließlich ganz eine Frau. Sie begehrten immer, immer nach andern. Und die Frauen litten. Gott, mein Gott, ja, sie litten, sie waren die Dulderinnen, sie sollten teilen, was ihr Eigenstes sein mußte –

... die Gräfin! Diese große blonde Komteß –

... jung war sie nicht mehr. Schön mochte sie gewesen sein. So sagte Georg, so war es wohl auch. Aber sie mußte doch etwas Bestrickendes, etwas Bezwingendes haben. Klug sollte sie sein, konnte hübsch plaudern, hatte sanfte Augen, stahl sich in die Sinne hinein, in die Herzen –

... o, wie ich sie hasse!

... hasse, verachte! Vielleicht sollte ich sie bemitleiden? Sie hatte nie einen Mann in den Armen gehalten, ihr war das höchste Glück versagt geblieben. Aber was geht mich das an? Sie soll ihre Hände nicht nach meinem Gut, nach meinem Teuersten ausstrekken –

Und Wilhelmine grübelte und grübelte, lag mit geschlossenen Augen zwischen ihren Kissen, gestaltete sich wachend und träumend Phantome, Schemen, sah, was sie mit tausend Schmerzen sehen wollte – immer nur das Eine –

Es war eine unruhige Zeit in Elmenrode. Kurt und Marianne reisten ab, Frau von Altberg begleitete sie auf einige Wochen nach Berlin, wollte endlich auch einmal das kleine Hauswesen ihrer Kinder kennenlernen; Tante Elve kränkelte ein wenig, wie fast stets, wenn die rauheren Herbstürme kamen, und die ältere

Schwester war mit der Pflege beschäftigt. Mynheer wurde zweimal geschäftlich nach Amsterdam berufen, und Georg war noch mehr als bisher außer dem Hause.

Das empfand Wille am schärfsten und schmerzlichsten, das nahm sie für gewiß: Er mied das Haus, er suchte nach Vorwänden, ihm fernzubleiben. Dem Haus und ihr: Georg! Es kam immer häufiger vor, daß er nach Halle zu den Vorlesungen fuhr, auf zwei, drei Tage bisweilen; dazwischen war er in Braunschweig; immer fand er eine Gelegenheit, schon früh am Morgen nach den Vorwerken, den Gütern in der Ebene zu reiten, oder er hängte sich die Flinte um, pfiff Karo und ging auf die Jagd.

Er mied sie! Er mied sie!

Gewiß, gewiß: Ihm schlug das Gewissen. Er konnte ihr nicht mehr gerade in die Augen schauen. Seine Zärtlichkeit hatte etwas Erzwungenes, Erlogenes. War er wirklich nur in Halle, fuhr er wirklich nur zu seinen Vorlesungen? Oh ... er war klug, so klug ... und die große Gräfin war klug! Wenn sie wollten, fanden sie schon Gelegenheit ...

Und es war in allem Schmerz fast ein Triumph in Wille, daß sie das erkannte. O – sie hatte scharfe Augen, sie konnte man nicht täuschen, nicht hintergehen! Sie wachte –

Es war etwas Wahres daran: Georg mied sein Haus und mied seine Frau, denn sie machte ihm dies Haus zur Hölle. Sie meinte, ihren Argwohn verheimlichen und verbergen zu können, und sie sprühte ihn aus. Es war eine unwiderstehliche Sucht in ihr wach geworden, ihn zu quälen. Warum sollte sie allein leiden, die, die Unschuldige? Warum sollte er mit erhobener Stirn stehen und ihrer lachen können! Aus hundert Quellen strömte ihr Mißtrauen. Auf hundert Wegen stachelte sie ihren Mann mit Nadelstichen, nörgelte an ihm und seinem Denken und seinem Tun, an den alltäglichsten Kleinigkeiten. Und aus aller Qual heraus brach dann immer wieder ihre Liebe hervor und wurde zur neuen Qual: für sie, für ihn –

Das ging durch Monate, bis nahe an die Zeit, da die duftenden Harztannen zu wandern beginnen durch die deutschen Lande, um sich schmücken zu lassen zum frohesten aller Feste.

Kniehoch lag draußen der Schnee, und die Winterstürme brausten um die Burg.

Da geschah es, daß das armselige Stück Glück, das den beiden geblieben, die so reich an Liebe gewesen waren, elend zerbrach.

Zehntes Kapitel

Immer wieder, Tag um Tag, wenn der glühende Sonnenball sich geneigt hatte und die kurze Tropendämmerung sich in Nacht verwandelte, wenn die leise Kühle von den Usambarabergen zu wehen begann, wenn er nach des Tages harter Fron vor seinem kleinen Wohnhäuschen auf der Veranda saß, ganz allein, ein einsamer Mann: Immer wieder dachte Georg an den Unglückstag zurück, der ihn von Wilhelmintje geschieden. An die Tragik seines und ihres Lebens; denn das wußte er: Sie litt nicht minder als er.

Am leichten Hang stand das Haus, auf sichern Pfählen errichtet, mit Wellblech gedeckt, schmuck- und zierlos, wie es ihm überkommen. Was lohnte es ihm, ein Stück Behaglichkeit mehr zu gewinnen? Nur arbeiten wollte er, hart, rücksichtslos, alle Muskeln und Nerven anspannend. Die Arbeit brachte wenigstens Müdigkeit und, wenn's gut ging, damit ein paar Stunden Schlaf. Die klugen Leute daheim sagten auch, Arbeit brächte Befriedigung; es stand in schönen Büchern geschrieben. Vielleicht hatten die Leute und die Bücher recht; für andre mochte der schöne Satz gelten. Für ihn – kaum. Aber was lag daran? Die klugen Leute, an denen es auch hier nicht fehlte, warnten ihn auch vor Überanstrengung, und auch vor diesem Hinbrüten bis in die Nacht hinein hatte der gute Nachbar

Gulden, als er neulich wieder einmal von Sakami herübergekommen, gewarnt. Er kenne die heimtückischen Tropen noch nicht genügend. Mit einem Male sei das Fieber da – „Nehmen Sie wenigstens prophylaktisch Chinin, lieber Freund!“ Ach – wozu? Was lag daran? Was lag an ihm und seinem verpfuschten Leben!

So schrie es in ihm –

Aber dann knirschte er doch wieder mit den Zähnen. „Es soll mich nicht unterkriegen!“ Und stemmte sich dagegen und arbeitete. Arbeitete den Tropen zum Trotz, dem Fieber zum Trotz, sich selber zum Trotz.

Sanft breitete sich der Hang. Im Dunkel lagen unten am Pagani die Kautschukpflanzungen, weit ausgedehnt, die Hoffnung der Zukunft. Im nächsten Jahre würde er mit dem Zapfen beginnen können. Wenn nicht Dürre kam, wenn nicht unberechenbare Schädlinge über die Plantage herfielen, mußte sie ertragreich werden. Die Konjunktur stand gut, die Preise waren hoch auf dem Weltmarkt. Die elektrische Industrie brauchte Kautschuk, die Fahrrad-, die Automobilfabriken verschlangen für ihre Pneus unglaubliche Quantitäten; nun kam auch die Luftschiffahrt mit ihrem großen Bedarf. Noch deckte die Produktion kaum die Anforderungen. Ein paar Male schon waren von Tanga herauf englische Aufkäufer gekommen, hatten auf den Pflanzungen herumgeschnüffelt, hatten ihm gute Anerbietungen gemacht, wenn er die Plantage verkaufen wollte. Einige Nachbarn hatten sie schon eingefangen, die findigen britischen Geschäftsleute, mit andern schwebten Unterhandlungen. Verkaufen? Nimmermehr! Er war nicht um des Gewinstes willen herausgekommen. Das Gold reizte ihn nicht. Das Gold hatte er hinter sich geworfen mit allem andern. Vergessen lernen wollte er – wenn das möglich war. Und wenn es nimmer möglich war, so doch überwinden.

Rechts auf der Höhe, dort, wo die große neu angelegte Sisalpflanzung begann, lagen die Arbeiterhütten. Die Kerle lärmten noch; lustig waren sie und guter Dinge. Und unzuverlässig, daß sich Gott erbarm'. Da klagten die Grundbesitzer daheim über die Arbeiternot, über Landflucht und mühsames Anwerben der Sachsengänger.

Hier war's fast noch schlimmer. Manchmal mußte man das Geld geradezu zum Fenster hinauswerfen für Aussichten, die sich nicht erfüllten; mußte Werbeagenten ausschicken mit Vorschüssen, die man nie wiedersah. Und hatte man Leute, so arbeiteten sie gerade so lange, wie es ihnen gefiel. Plötzlich waren sie verschwunden. Such sie mal einer im weiten Ostafrika! Dann saß man da, gerade wenn die Arbeit am dringendsten war, und mußte zusehen, wie die Pflanzungen verunkrauteten. Das Zeug schoß ja in die Höhe, unheimlich schnell, wenn sich nicht immer hunderte von Händen regten, es zu bewältigen.

Im Hause rasselten die Boys mit Pfannen und Tiegeln, kochten und schmorten. Bald kam wohl der eine und meldete: „Bana, das Essen!“ Ja freilich, essen mußte man, um zu leben –

Und dann saß Elmenrode wieder auf der Veranda, sah über die dunkle Ebene, schaute zum leuchtenden Sternenhimmel empor und sann und sann –

Es ließ ihn nimmer frei.

Mein Gott, mein Gott, wie hatte er Wille geliebt! War d a s der Fluch, daß die große Liebe ihm doch erst in der Ehe gekommen? Daß er um sie geworben, nur weil sie ihm gefiel – und weil sie Mynheers Tochter war? Rächte sich d a s an ihm? Oder wo lag sein Fehl?

Wie hatte er sie geliebt! Wie reizend war sie gewesen, immer, immer. Blütenjung, anmutsvoll, ein Kind sonnigsten Glücks. Wie hatte sie lachen können! Wie drollig war sie gewesen. Wie anschmiegend, wie zärtlich! Hatte sie ihm nicht noch am letzten Tage gesagt: „Du! Du! Ich weiß nichts als dich. Ich kenne nichts als dich! Ich verzehr’ mich noch vor Liebe zu dir!“ Hatte er sie nicht noch spät am letzten Abend, ehe das Unglück geschah, heiß in den Armen gehalten und sie geküßt und immer wieder geküßt –

Vielleicht war auch das Unrecht und Sünde gewesen, ein Sinnenrausch nur. Denn zwischen uns klaffte doch schon seit Wochen die tiefe Kluft. Wir suchten wohl noch die Brücke, aber wir fanden sie nicht. Und ich wußte wohl schon, daß ich sie nie mehr finden würde. –

Seit Wochen, seit Monaten hatte es sich vorbereitet.

Es war ja im letzten Grunde immer das gleiche: Wille stieß sich an der Kulturwelt wund. Ihr Innerstes revoltierte gegen sie. Zuerst lachte sie, dann versuchte sie einen kurzen Kampf, mir zuliebe, unterlag, ärgerte sich über sich selber, die Tränen schossen ihr, und sie tobte. Tobte auch gegen mich. Immer blieb sie das reine Naturkind, kaum erzogen, am wenigsten zur selbständigen Beschäftigung, verwöhnt über alle Maßen. Nimmer konnte sie sich beherrschen.

– und war doch so lieb, so lieb –

Diese törichte, unglückselige Eifersucht!

Eigentlich war alles, was sie anfocht, aus Eifersucht geboren. Ihre Liebe wollte mich allein haben, immer allein. Eifersüchtig war sie auf jede Tätigkeit, die ich ergriff, auf jeden Verkehr. Sie konnte auf ein Buch eifersüchtig sein, das mich fesselte, auf ein Tier, das ich streicheln wollte –

Wie hat sie mich gequält! Und dennoch, wie lieb hatten wir uns –

„Bana, es ist Zeit."

„Ich komme schon, Sakurru, mein Junge. Du brauchst nicht auf mich zu warten. Macht, daß ihr schlafen geht." –

Wozu schlafen in diesen kühlen Tropennächten, die wie Samt sind. Nun ist es still, ganz still. Auch in den

Arbeiterhütten. Nur die Natur atmet. Und manchmal tönt der Laut eines Nachttieres in der Ferne.

Die arme, gute Gräfin Ventura –

... aber wäre sie es nicht gewesen, wär's eine andre. Es sollte so sein. Es war wohl Schicksal, Fügung.

In der ungeheuern Mehrzahl aller Fälle, wo Eifersucht zwischen Mann und Frau steht, mag sie unbegründet sein. Nie war sie unbegründeter als die Willes. Aber sie mußte etwas haben, mich und sich selber zu peinigen. Und doch auch da aus leidenschaftlicher Liebe. Ich habe ihr Schleiermachers Worte zitiert: Eifersucht ist eine Leidenschaft, die mit Eifer sucht, was Leiden schafft. Vergeblich – sie verstand es nicht, wollte es nicht verstehen. Lachte, stampfte mit den Füßen, ballte die kleinen Hände – lachte wieder –

Der Fürst wollte gern unsre keramischen Versuche sehen. Er war wohl ein wenig stolz darauf, daß wir der Industrie Raum zu schaffen suchten. Vater und ich trafen uns mit ihm in der Fabrik. Es war ja alles noch im Werden, aber das Tonlager versprach viel, und die Anlagen waren vortrefflich. Darauf verstand sich der gute Pa. Der Fürst lud uns nachher zu einem improvisierten Frühstück im Schlosse ein. Vater wurde zum ersten Male dieser Ehre teilhaftig, und er war doch ein wenig eitel. Es freute ihn.

Als wir nach Hause kamen, erzählte er breit und behäbig davon.

Da fragte Wille mit der spitzen Stimme, die sie damals manchmal hatte: „War auch die große Gräfin dabei?" Immer sprach sie von der „großen" Gräfin.

„Ja, Wilhelmintje."

„Findest du sie auch schön?"

Pa schmunzelte. „Ist schon ein schönes Frauenzimmer." Er dachte sich so gar nichts Arges dabei.

„So! Du begeisterst dich also auch!" Wille lachte nervös, sprang auf, warf ihren Stuhl um, sah mich feindselig an.

„Was hast du denn, Kind?"

„Frag doch Georg! Der weiß es schon, was ich habe. Aber er wird dir die Wahrheit nicht sagen. Er lügt! Er lügt –"

„Wille! Wille!"

Sie lachte wieder. Stürmte hinaus, schleuderte die Tür hinter sich zu.

„Nanu?" meinte Pa.

Ich zuckte die Achseln.

„Hör mal, Georg, ich glaube, Wilhelmintje ist eifersüchtig. Jemine! Na – laß gut sein. Das kommt und geht." Vater wollte sich nie aufregen, wich immer aus.

Das kommt und geht. Es schien ja auch so – äußerlich. Im Innern aber saß der Wurm und fraß weiter.

Die Tage waren voll Qual. Gewiß – auch ich wurde überreizt. Wer kann ruhig bleiben, wenn er immer mißverstanden wird, wenn er immer neue Reibungsflächen sich auftun sieht. Ich wurde heftig. Ich setzte meinen Willen gegen den Wilhelmintjes.

Die Herrschaften sagten sich bei uns an.

Wir saßen gerade bei Tisch, als die Ansage – ein persönlicher, sehr liebenswürdiger Brief des Fürsten – eintraf. Wir drei: Pa, Wille, ich. Das gute Sonnenmühmchen, das sonst manchmal ausgleichen konnte, war noch in Berlin. Aber Mama Altberg hätte uns diesmal auch nicht helfen können. Auch gegen sie regte sich die Abwehr in Wille.

Ich las den Brief vor. Pa freute sich.

Wille schwieg zuerst, aber ich sah schon die Zornesfalte auf ihrer Stirn und das Glitzern in ihren Augen.

Plötzlich knüllte sie ihre Serviette zusammen. „Die Herrschaften – gut! Sehr schön! Aber die große Gräfin betritt mein Haus nicht!“

Sie stieß es förmlich hervor. Es klang messerscharf.

„Aber Wilhelmintje!“ sagte Pa vorwurfsvoll.

„Sie betritt mein Haus nicht! Ich dulde es nicht! Ich hasse sie. Ich will sie nicht sehen. Ich werde doch wohl noch bestimmen dürfen, wer als Gast hier sein darf und wer nicht –“

Pa war langsam aufgestanden. „Aber Wilhelmintje!“ sagte er noch einmal. „Kinder, macht das unter euch aus –“ Und ging.

Wir saßen noch ein paar Augenblicke uns gegenüber, wortlos, Aug' in Auge. Wie geladen mit Elektrizität erschien mir die Luft, und es würgte mich im Halse, als ob ich ersticken sollte. Aber ich zwang mich. Ich begann Wille Vorstellungen zu machen. Ganz ruhig. Ich bat.

„Nein!“ schrie sie mich an. „Nein!“ Und es folgte eine Flut von Verwünschungen. Es war nicht mit ihr zu reden. Sie ließ mich nicht zu Worte kommen.

– und ich wußte auch längst, das jedes Wort in solcher Stunde dem Öl glich, das man ins Feuer gießt. –

***

Tiefdunkel war die Nacht.

Der einsame Mann stand schwer auf, schritt langsam die schmale Veranda auf und nieder, lauschte auf den hallenden Schall der eigenen Tritte, lehnte sich über das Geländer, schaute hinaus in die Dunkelheit.

Immer wieder stiegen die gleichen Bilder aus ihr empor –

Ich hätte vorbeugen sollen. Ich hätte einen Vorwand finden müssen, dem Fürsten abzuschreiben. Gewiß. Aber ich war zu müde, zu matt von dem ewigen Kampf. Vielleicht war viel Trotz in mir. Und es lebte auch die Hoffnung noch, daß Wille von selbst zur Vernunft kommen würde.

Sie wurde auch plötzlich ruhig. Sie besaß ja dies sprunghafte Temperament, das aus einem Extrem ins andre fiel. Zärtlich wurde sie, küßte mich. Mein Gott, wie küßte sie!

Es ist mir doch ein Rätsel und wird mir ewig ein Rätsel bleiben, was in ihrer Seele vorging. Wie das letzte kam –

Ich hielt ihre Hand in der meinen, als die Herrschaften vorfuhren. Ich suchte ihre Augen. Ihre Hand war eiskalt, sie hatte die Lider wieder halb herabsinken lassen, wie sie das liebte. „Wille!" bat ich noch einmal leise. „Wille!"

Rechts neben ihr stand Pa. Dicht hinter uns der Intendant und unsre zwei Diener.

Die schwere Karosse der Herrschaften hielt auf der neuen Rampe.

Gottlob, die Fürstlichkeiten kamen allein.

Aber nein, schon rollte der zweite Wagen heran. In ihm saßen der Hofchef und die Gräfin. Die arme Gräfin –

Wille sah das zuerst nicht. Sie küßte der Fürstin die Hand. Das war schon viel für sie; sie tat es zum erstenmal.

Dann, plötzlich, jäh, fuhr sie auf.

Und nun war alles das Werk eines Augenblicks.

Der Hofchef half der Komteß Ventura beim Aussteigen. Und mit einem Male stand Wille, ehe ich sie noch zurückhalten konnte, vor ihr wie eine Katze vor dem Sprung: „Was wollen Sie hier!"

Es waren nicht nur die Worte, die eine tödliche Beleidigung in sich schlossen. Es war der Ton.

Wie kam es nur! Wie kam es nur!

Ich war plötzlich zwischen Wille und der Gräfin. Ich hatte nur die eine Empfindung, die Komtesse schützen zu müssen.

– und da reckte sich Wille und hob die Hand gegen mich. Gerade daß ich sie noch fassen und halten konnte, sonst hätte sie mich – hätte sie mich – geschlagen –

Wille!

Ich hielt die Hand meiner Frau, die mich schlagen wollte, mich mit haßsprühenden Augen ansah.

Dann hörte ich noch die Fürstin: „Lieber Herr von Elmenrode, Ihre Frau ist krank!“ Hörte Wille grell auflachen. Sie schrie: „Georg! Georg –“

***

An jenem Abend hatte Georg Elmenrode das Haus seiner Väter und seine Frau verlassen.

Er war nach Berlin gefahren, völlig unsicher noch, was er beginnen solle. Nur von dem einen Gedanken erfüllt: Fort! Fort! Heimlich, verstohlen war er geflüchtet. Was die Zukunft auch bringen mochte, es konnte nicht schlimmer sein als die Gegenwart.

Er war des Ringens satt.

Eine dumpfe Ruhe war über ihn gekommen. Er wollte keine Auseinandersetzungen mehr. Nur die Freiheit.

Das schrieb er unmittelbar nach seiner Ankunft in Berlin aus dem kleinen Hotel, in dem er abgestiegen war, dem Schwiegervater. Unsre Ehe, schrieb er, war ein Irrtum. Unser Glück war Truggold. Wir können nicht mehr miteinander leben. Wer von uns der schuldigere Teil ist, bleibe ganz dahingestellt. Vor Gericht will ich jedenfalls alle Schuld auf mich nehmen. Nur frei soll mich Wille geben – frei – frei –

Der Zufall oder eine Fügung führte ihn schneller, als er es selbst für möglich gehalten, in die Freiheit. Wenn es die Freiheit war?

Am ersten Morgen traf er im Vestibül des Hotels einen Reserveoffizier seines Regiments, mit dem er vor Jahren während einer Übung näher bekannt geworden war. Seither hatte er wenig von dem Oberleutnant Sprengel gehört, nur ein paarmal Karten aus Deutsch-Ostafrika erhalten, wo dieser sich ansässig gemacht hatte. Nun stand er plötzlich vor ihm, und ein Ausweichen war nicht möglich. So wenig Elmenrode Lust zu einer Unterhaltung hatte: Eine Viertelstunde später saßen sie doch beisammen, und eine Stunde darauf waren sie beim Notar.

Herr Sprengel war aus Ostafrika zurückgekommen, weil sein Vater gestorben war und er das väterliche Gut in der Mark übernehmen sollte. Er suchte einen Käufer für seine Pflanzungen, und auch ihm mußte es wie eine Fügung erscheinen, daß der ihm in Elmenrode geradezu in den Weg lief. Er stellte eine billige Forderung. Das persönliche Bankguthaben Georgs reichte zum Erwerb und wohl auch zur ersten Einrichtung drüben.

Und Elmenrode schloß wie im Fieber ab. Noch im Lauf desselben Tages war alles erledigt; am Abend saß er in der Bahn, um nach Genua zu fahren; dort konnte er gerade noch den Anschluß an den fälligen Dampfer erreichen.

Die Brücken waren abgebrochen. Die Brücke zur Heimat, die Brücke zu seiner Frau.

Erst zwei Monate später erreichten ihn, nach langen Irrfahrten, Briefe. Von Wille, von seinem Schwiegervater, von Tante Elve. Sie trafen ihn inmitten des Einarbeitens, in einer Periode größter körperlicher Anspannung und tiefster seelischer Depression.

Willes Brief war ein einziger Herzensschrei. Große Buchstaben, auf das Papier geworfen in fliegender Hast, diktiert von der Verzweiflung: „Georg, Georg, wie konntest Du mir das antun! Georg, ich hebe die Hände zu Dir: Komme wieder! Wenn ich unrecht tat, verzeihe mir. Vergib um meiner Liebe willen. Georg, ich bin so unglücklich. Ich werde sterben ohne Dich. Es kann nicht Dein Ernst sein, mich verlassen zu wollen. Ich will demütig sein. Ich will Dir dienen wie eine Magd. Komm zurück, Georg, einziger, lieber Georg, zu Deiner tiefunglücklichen Wille."

Mynheer schrieb ernst und verständig. Auch er schrieb: „Es kann nicht Ihr Ernst sein, mein lieber Sohn. Wilhelmine war unvernünftig, sie war kindisch. Aber sie liebt Sie über alles in der Welt. Sie sollten sie nur sehen in ihrem verzweifelten Schmerz. Sie sollten nur ihr Selbstvorwürfe hören. Wilhelmine wird Sie nie freigeben."

Tante Elve schrieb: „Armer, lieber Georg, wie konntest Du Dich von einer Augenblicksstimmung so fortreißen lassen. Deine Wille hat gewiß ihre großen Fehler. Wer von uns aber ist fehlerfrei? Ihr habt euch doch immer liebt gehabt. Liebe aber muß verzeihen können –"

Lange Briefe schrieben die beiden, der Vater und die gute Alte. Aber Georg hatte nur Sinn für das eine kurze Blatt mit den wenigen Zeilen von Willes Hand.

Wieder und wieder überlas er es mit heißen Augen. Willes Worte klangen zu ihm, als ob sie zu ihm gesprochen. Als ob sie vor ihm stünde in all ihrem Liebreiz, als ob sie wirklich ihre Hände zu ihm erhoben: Komm wieder! Komm zurück. Ich will dir dienen wie eine Magd –

Er wußte es ja: Jedes Wort war Wahrheit. Wahrheit war ihre Liebe, Wahrheit war ihr Wollen, Wahrheit war ihr Schmerz.

Drei Tage trug er den Brief seiner Frau auf dem Herzen, rang mit ihm und rang mit sich selber.

Dann antwortete er, und seine Antwort war ein Nein.

Zu stark, zu lebendig noch stand vor seiner Seele, was er gelitten. Zu deutlich empfand er, daß Heimkehr und Umkehr ihm und Wille selbst nur das alte Lied wiederbringen müßten. Niemals, niemals würde sich

Wille in die Welt, wie sie ist, fügen können. Nach einem neuen kurzen Rausch wären alle Wunden wieder aufgebrochen –

Nein! Nein! Besser das Ende mit Schrecken als der Schrecken ohne Ende. „Ich will nicht, Wilhelmine. Ich kann nicht. Gib mich frei, das ist die einzige Bitte, die ich noch an dich habe. Wir müssen uns jeder unser Leben neu zu zimmern suchen. Ich danke dir, tausendfach, für alle Glücksstunden, die du mir gabst. Und ich flehe zum Himmel, daß du vergessen lernst und daß dir neues Glück blühen möge –"

Als der Postreiter mit dem Nein ostwärts zur Küste zog, sah ihm Georg Elmenrode nach, bis die schwarze Silhouette am Horizont verschwunden war. Mit tränenleeren Augen, die vor Schmerz brannten.

Und Abend um Abend saß der einsame Mann auf der Veranda seines Hauses, starrte in die Tropennacht, die wie Samt war, und sah aus der Dunkelheit die Bilder seiner Vergangenheit emporsteigen, sah die ferne Heimat, sah sein Weib in Tränen. Und biß doch die Zähne aufeinander. „Nein! Nein!"

Monate vergingen. Das Gute, das Erbarmensreiche mindestens hat harte Arbeit, daß sie die Zeit tötet.

Es kamen Telegramme, es kamen Briefe, und jede Nachricht brachte neue Schmerzen. Aber Georg Elmenrode meinte sich mit dreifachem Erz umgürtet. „Nein! Nein! Nein!" Bis er dann gar nicht mehr antwortete. Da wurden die Nachrichten aus der Heimat spärlicher und immer spärlicher –

– und je seltener sie wurden, um so gewaltiger wurde in seiner Seele die Sehnsucht nach ihnen, die er doch fürchtete wie Feuer, das ihn brennen sollte.

Nun wollten sie daheim nichts mehr von ihm wissen. Nun hatte er es erreicht, was er gewollt: Nun war er der vergessene Mann. Den weißen Stab hatten sie über ihn gebrochen. Alle, auch Wille wohl. Auch sie –

Nur Marianne schrieb noch dann und wann, und ihre Briefe fürchtete er am meisten und sehnte sich am stärksten nach ihnen. Die Schwester war die einzige, die ihm bittere Vorwürfe machte, die ihn, wie er's auch drehte und wand, nicht verstand. Sie hielt treulich zu Wilhelmine, sie verkannte nicht ihre Fehler, aber sie nannte diese Fehler klein im Verhältnis zu ihrer Liebe. Immer aufs neue rief sie ihm zu: „Warst Du denn ohne Fehl und Tadel? Hast Du genügend Nachsicht und Geduld gehabt? Du hast Dich berauscht am Glück, und Du schreckst vor den Dornen zurück, ohne die es keine Rose gibt. Hast Du wirklich Deine Frau ernstlich erzogen, die Dir als ein Kind überkam? Du hast gespielt mit ihr, auch wenn Du zu bilden glaubtest! Wandere durch die Welt, und Du wirst kein treueres Herz finden. Gerade jetzt, in ihrer Not, beweist das Wille. Sie ist treu im höchsten Sinne – und Du, Georg, Du bist in Untreue gefallen – Du hast das Wort gebrochen, das Du am Altare gelobtest, Du hast

Deine Frau im Zorn verlassen. Georg, ich schäme mich Deiner!"

So schrieb Marianne, und der einsame Mann knirschte mit den Zähnen. Er zerriß jeden Brief der Schwester – und suchte die hundert Fetzen zusammen, um ihn wieder zu lesen. Er schrie über die Ungerechtigkeit, die Marianne für ihn hatte, er gelobte sich, den nächsten Brief uneröffnet zurückgehen zu lassen, und loderte in Sehnsucht, wenn der nächste Posttag herannahte.

Von Marianne erfuhr er auch, daß der Schnitter Tod Ernte hielt in Elmenrode. Der Vater war im Frühjahr gestorben, Tante Elve war nach kurzer Krankheit verschieden. Einsam mußte es auch um Wille werden. Um Wille! Immer noch nannte er sie in Gedanken mit dem Zärtlichkeitsnamen. Er fand keinen andern.

Und dann las er in Mariannes letzten Briefen zwischen den Zeilen geheimnisvolle Andeutungen, die ihn im Innersten erbeben machten. Marianne schrieb: „Glaube doch nicht, Georg, daß Du mit Deinem unglücklichen jähen Entschluß die Fäden zerreißen konntest, die zwischen Dir und Deiner Frau gesponnen sind. Ihr habt euch ja geliebt bis zur letzten Stunde. Und will's der gute Gott, so blüht euch aus dieser Liebe ein neues Pfand empor, das stärker sein wird als Deine Torheit und Dein Eigenwille –"

– wenn das wahr war? Wenn er das richtig verstand?

Er wußte nicht, sollte, durfte er's hoffen? Aber der wachsenden Sehnsucht gesellten sich in seiner Einsamkeit die Sorge hinzu um die ferne Frau, die er aus seinem Leben gerissen zu haben meinte. Wille war so zart. Wie überstand sie das heilige Mysterium, das das größte Frauenglück umschließt? Des Vaters Tod mußte sie tief erschüttert haben. Sie hatte seelisch so schwer gelitten, auch durch ihn. Marianne schrieb es ja immer wieder. Wenn ihre Kräfte nicht reichten, wenn sie erlag –

Das Herz krampfte ihm zusammen. Er sah Wille vor sich, so deutlich, so deutlich: im süßen Gesicht das schmerzliche Glückslächeln der Erwartung, in den Kirschenaugen das Leuchten, zu dem er so oft in seligen Stunden aufgeschaut.

Wille – liebe Wille –

Sie hatte ihm nicht mehr geschrieben. Wie sollte sie? Hart und trotzig, wie sein Nein gewesen. Aber Marianne schrieb es ja, immer aufs neue schrieb sie es: Sie liebt dich!

... wenn es wahr werden sollte! Oft, in den Zeiten, da sie einander mehr waren und einander doch immer ferner rückten, hatte er gedacht: Hätten wir ein Kind, ein gemeinsames Band, das festeste auf Erden – alles würde anders und besser sein! Wenn ihm nun ein Kind würde, konnte nicht auch jetzt noch alles gut werden? Und er rang die Hände und flehte zum Himmel: Herr Gott, sei ihr, sei uns gnädig!

Wenige Tage nach Mariannes letztem Brief kam ein Bote von der Station herauf, tief in der Nacht traf er ein. Er rumorte an der Pforte, die Hunde schlugen an. Georg war noch vor den Boys auf. Eine Depesche –

Mit zitternden Händen machte er Licht, riß den Umschlag auf: „Wille hat dir einen Sohn geschenkt. Mutter und Kind wohl. Marianne."

Da sank er in die Knie und betete, wie er seit Kindestagen nicht gebetet, heiß und innig. Er weinte im Glück. Und das leuchtende Kreuz des Südens stand über ihm wie eine Verheißung.

Seither war in seiner Seele wieder Hoffnung.

Er hatte zurückgedrahtet, ob er kommen dürfe? – Noch nicht! kam die Antwort.

Es verschlug nichts. Er wollte warten, geduldig warten. Nur Nachricht sollten sie ihm häufig geben. Er konnte jetzt wieder lächeln; mochten sie fleißig telegraphieren, und wenn es eine Stange Geld kostete – das war Pas Gold und war in Pas Sinn. Und lächelnd malte er sich aus, wie es in Elmenrode war, fast als könnte sein von der Phantasie getragener Blick über Meere und Lande hinwegreichen; er sah seine Wille mit dem Buben, der ihre Züge und die seinen trug – seinen Jungen, sein Fleisch und Blut. Er sah das Sonnenmühmchen um sie, die alte Tante, die Überlebende, und Marianne. Sah sie auf leisen Sohlen in das Zimmer der Wöchnerin schleichen, er hörte ihr Flüstern, hörte, wie Wille, Wille fragte: „Ist schon Nachricht da – von Georg?" Und er sah die Flagge auf der alten Burg wehen, als ob sie weit hinein ins Land künden wollte: Der Stamm hat wieder Samen! Und er hörte die guten Philister unten im Städtchen raunen von dem seltsamen Vater, der da fern in Deutsch-Ostafrika Kautschuk baute und Sisal, während ihm hier das Glück erblühte. Wie's wohl im Lokalblättchen „urbi et orbi" verkündet worden war? Und ob sie im Honoratiorenzimmer des „Goldenen Beutels" auch ordentlich geklatscht hatten?

Die schwarzen Boys im Arbeiterdörfchen hatten gute Tage. Der gestrenge Bana, der sonst immer so finster aussah, war plötzlich ganz anders. Er gab mit vollen Händen. Schweine wurden geschlachtet und eine doppelte Reisportion verteilt, ganz umsonst, ganz umsonst. Die Weiber kriegten bunte Ketten und Perlen, ganz umsonst, ganz umsonst. Merkwürdig, merkwürdig war's. Aber die Boys aus dem großen Hause erzählten's. Die wußten alles: Der Bana hatte zu Haus eine weiße Bibi, und die weiße Bibi hatte ihm einen Sohn geboren! Darum gab er den Reis und den Kattun und die Perlen. Und mit dem Assistenten, mit dem Bana Bucka, hatte er Wein getrunken, der noch mehr schäumte als der beste Palmwein, und die schwarzen Burschen tanzten um die Feuer, an denen das Festmahl schmorte, und brüllten, wie sie's von den Askaris der Schutztruppe gehört: Hurra! Hurra! Hurra!

Darf ich kommen? hatte er gedrahtet. Soll ich kommen? fragte er auch seine Frau in dem ersten Briefe, den er ihr seit seinem Nein schrieb. Voll Dank schrieb er, voller Glück und Zukunftshoffnung. Aus tiefstem Herzensschacht strömten ihm Dankbarkeit und Vaterfreude. Er dachte im Augenblick gar nicht daran, wie lange sein Brief bis zur Heimat brauche. Ihm war es, als spreche er zu seiner Wille und als wäre alles Häßliche ausgelöscht zwischen ihnen beiden um des Dritten Willen.

Und doch, als der Expreßbote mit dem Brief abgegangen war, da krochen wieder die grauen Spinnen des Zweifels über Georgs Seele. Die Sehnsucht blieb und wuchs, aber die Erinnerungen kamen. Er konnte sie nicht abschütteln. Er dachte daran, wie glücklich sich die erste Zeit gemeinsamen Lebens in Elmenrode angelassen hatte und wie dann nach kurzen Monaten doch wieder die Kämpfe und mit ihnen Zwiespalt und Schmerzen aufgebrochen waren. Wie sie sich wundgerieben hatten, wie im täglichen Miteinander Willes Eigenart immer wieder den Zwist heraufbeschwor. Daß sie sich nimmer beherrschen, sich nicht einfügen konnte in den Rahmen der Welt um sie her.

Wenn er heimkehrte, würde es anders sein? Wollte sich Wille ändern? Wenn sie es wollte, konnte sie es? War das neue Pfand, das ihnen Gott geschenkt, stark genug, um sie zusammenzuhalten?

Es mußte versucht werden. Um des Sohnes willen. Ein Ehepaar, dem Kinder versagt sind, mag durch äußere Umstände, durch innere Gegensätze auseinandergetrieben werden: Wo ein Kind ihnen wurde, müssen sie zusammenhalten, müssen kämpfen, sich durchkämpfen, sich fügen, immer, immer, vielleicht selbst wenn die Liebe erlosch. Aber ihnen beiden, ihnen war ja die Liebe nicht erloschen, lebendig war sie ihnen geblieben, und darum: Es mußte möglich sein. Wo ein Ziel ist, ist auch ein Weg –

Das Ziel sah er vor sich. Aber wie er auch sann: Den rechten Weg fand sein grübelnder Mannesverstand nicht.

Diesen Weg fand das Frauenherz –

Bisweilen schwoll ihm der Zorn. Was dachten sie daheim, daß sie ihn warten ließen. Warum erhielt er nur so karge Nachrichten? Gottlob, ja: Dem geliebten Jungen ging es gut. Georg hieß er, nach ihm. Ein strammer Bub war er, schrieb Mi; ein Prachtbengel, schrieb das Sonnenmühmchen, mit Vaters Mund und Mutters Augen. Auch Wille hatte das Schwere glücklich überstanden. Selig war sie im jungen Mutterglück. Aber sie mußte noch sehr geschont werden. Geduld solle er haben, schrieb Tante Hilde. „Hast immer zu wenig Geduld gehabt, lieber Georg –“

Ja, ja doch, Geduld –

Aber das Warten ist schwer. Wo das Herz so voll ist von Sehnsucht. Wo das Herz so voll ist von Glück.

Und wo doch im Herzen neben Glück und Sehnsucht und Liebe der Zweifel und die Sorgen keimen –

***

Daheim saß im tiefen Lehnstuhl die junge Mutter. Schmal und ernst war Wilhelmines Gesicht geworden. Das starke Erleben stand auf ihm geschrieben: Leid und Freude.

Neben ihr das Bettchen mit dem Buben. Ganz nahe mußte sie ihn haben, immer sah sie auf ihn hin, las in seinen Augen, hörte sein fröhliches Krähen und meinte aus des kleinen Georgs Stimme die des andern zu erkennen. Und dann zog ein glückseliges Lächeln über das schmale Gesicht.

Nun war sie bald ganz gesund. Und dann sollte es wahr werden, was sie in schweren Tagen und in Glücksstunden sich ausgesponnen.

Nur der alte Sanitätsrat wußte bisher davon. Der hatte zwar bedenklich den weißen Kopf geschüttelt. Doch wie sie ihm alles gesagt hatte, was ihr Herz füllte, sah er lange sinnend vor sich hin, und dann sagte er: „Sie sind ein tapferes Frauchen –“ Und nach einer Weile: „Aber Geduld müssen Sie noch haben und warten. Wie lange, weiß ich nicht. Das wird der junge Herr da bestimmen.“

„Mein Mann –“

„Ihr Herr Gemahl wird auch Geduld haben und warten müssen. Lassen Sie es sich übrigens sagen, Frau Baronin: Das Glück kommt nie zu spät –“

Nur ein liebendes Frauenherz konnte den rechten Weg zum späten Glück finden.

Nun hatte er ihren Brief in den Händen, erschrak, daß ihm der Blick stocken wollte, und jubelte dann so laut auf, daß die beiden Boys erschrocken zum Bana gelaufen kamen. Der hatte sich schon wieder gefaßt. Aber er hielt ein weißes Blatt Papier, als wäre es ein Zauberzettel. Und dann gab er die merkwürdigsten Befehle. Als ob er das ganze Haus auf den Kopf stellen wollte. Ein Bote mit einem Telegramm mußte zur Station, und dann gleich noch einer. Und der Zimmermann und Maurer sollten sofort geholt werden, und der Bana Assistent sollte alle Arbeit liegenlassen und kommen.

Bana lachte. Bana schenkte. Bana wurde aber auch furchtbar grob. „Ich will euch Beine machen, ihr Schlingels!“ Und dann lachte er gleich wieder und griff in die Tasche und warf ihnen ein paar Rupien hin. Zog wieder das weiße Blatt Papier hervor, das der Postreiter gebracht hatte, starrte darauf hin, als wäre es ein Zauberzettel, lachte – ja, man sollte es nicht glauben – und hatte plötzlich ein paar dicke Tränen in den Augen. –

***

Eine Karawane kam die neue Regierungsstraße von der Eisenbahnstation herauf.

Vorn wurde eine Sänfte getragen. Da lag eine weiße Frau darin und hatte ein Kind neben sich. Die schöne weiße Bibi lächelte, und das Kind strampelte vergnügt mit den Beinchen und krähte. Und neben der Sänfte schritt der große Bana, den die Arbeiter den Starken nannten. Er hatte den Tropenhelm weit in den Nacken geschoben und sah fast gar nicht auf den Weg, sondern immer nur auf die Bibi und den Jungen –

Am Abend saßen sie dicht nebeneinander auf der Veranda.

Sie hatten ihren Buben gebettet, zum erstenmal in der neuen Heimat, und an seinem Lager für ihn gebetet. Sie hatte ihn noch einmal geküßt. Ganz mütterlich war Wille: „Jetzt schläfst du mir aber brav, mein Liebling – So, das Moskitonetz ziehen wir vor – Sarina bleibt bei dir – Nacht, mein Süßer – Nacht, mein Georg –“

Nun waren sie allein. Wie Samt lag die Tropennacht vor ihnen, und über ihnen leuchtete das Kreuz des Südens.

Da sagte sie es ihm, wie sie zu ihrem Entschluß gekommen.

Nicht plötzlich war er entstanden, allmählich war er gereift. „Ich hatte ja so viel Zeit, Georg, ich war ja so einsam. Und wie ich so lag, noch ehe der Junge kam, und sann, wie es wohl zwischen uns werden sollte – denn ich hab nie die Hoffnung aufgegeben, nie, nie! – da sah ich's immer klarer, daß ich nicht für das alte Europa drüben geschaffen bin. Ich mußte ja überall, überall anstoßen und anecken. Oder ich mußte mir solchen Zwang antun, daß es mich selber aufgeben hieß. Ich bin doch nun einmal deine kleine Wilde –"

Wie süß ihre Stimme tönte!

„– siehst du, Georg, da habe ich mir gelobt, wenn alles gut geht, bring' ich dir unsern Jungen. Und dann, Georg – dann wollt ich dich fragen, ob du deine Wille auch hier behalten willst?"

„Wille – liebe Wille –"

„Ich bin auch eine andre geworden, Georg. Das Leben hat mich auch in die Schule genommen. Aber solch eine Wilde ist wohl eine schlechte Schülerin, und du wirst Nachsicht mit mir haben müssen. Auch hier, Georg. Es wird wohl nicht ausbleiben, daß ich auch hier noch mal meine Dummheiten mache."

Sie lachten beide. Heute konnten sie über Willes Dummheiten lachen, so weit und so fern lagen die zurück.

„Hier gibt's keine Obersten und keinen Hofcour, Wille. Hier sind wir frei, sind Herren. Könige sind wir. Hier gibt's auch –"

Er unterbrach sich. Aber sie nahm hastig seine Hand. „Sag auch das. Hier gibt's keine große Gräfin!

Georg, als du fort warst, ist es mir bald klar geworden, daß dies von allen meinen Dummheiten die größte war. Darum – ich war bei der Gräfin Ventura, ich habe sie um Verzeihung gebeten. Ich tat noch etwas andres, Georg. Ich habe sie als Patin gebeten. Und sie hat den Jungen über die Taufe gehalten –"

Mit einem Male lachte Wille wieder. Seltsam klang ihr silbriges Lachen, das ganz war wie ehedem, durch die stille Nacht.

„Das kannst du nicht ahnen: Als wir gute Freundinnen geworden, hat sie mir gestanden, der kleine Georg sei der süßeste Bube auf der Welt. Aber der große Georg – der hätte ihr gefährlich werden können. Du – du! Ganz unrecht hatte deine wilde, dumme Wille doch nicht. Wir Frauen ahnen oft. Zu unserm Unglück, aber auch zu unserm Glück!"

Hand in Hand saßen sie. Und er sprach von der Gegenwart, von seiner Arbeit, von Zukunftsplänen.

Sie konnten hier nicht bleiben. Die Flußniederung barg Gefahren für Frau und Kind. Mit dem letzten Schiff war bereits Herr Wilhelm Schulze angekommen, und Georg war mit ihm hinaufgeritten in die Usambaraberge. Dort hatte er vom Gouvernement ein weites Gelände gekauft. Dort richtete der Intendant bereits ein Hüttenlager ein, dort sollte sich dann ihr Wohnhaus erheben. Das Geld Mynheers mochte noch einmal rollen und Segen bringen. Kaffee wollte Georg dort oben, in fieberfreier Alpenhöhe, bauen. Herr

Schulze schwärmte. Seiner Meinung nach lagen die Verhältnisse mindestens so günstig wie auf Java.

„Kurt Altberg wird unsern Besitz im Harz trefflich verwalten. In ein paar Jahren fahren wir einmal hinüber, Wille, nur zum Besuch, und nehmen den Jungen mit. Der soll ja doch einst auf Elmenrode sitzen. Fügt es Gott, wird uns ein zweiter Sohn geschenkt, mag der hier Herr sein. Fern wie wir der Kultur der alten Welt, aber Kulturträger für dies Neuland. Denn Neuland, deutsches Neuland ist es, dem wir hier dienen wollen."

Wie Samt war die Tropennacht. Tief und still. Nur ganz in der Ferne klang dann und wann der Schrei eines Nachttieres auf.

Sie waren aufgestanden und dicht an die Balustrade getreten. Georg hatte seinen Arm um Willes Nacken gelegt. Zärtlich schmiegte sie sich an ihn.

„N e u l a n d !" sprach sie leise. „N e u l a n d !"

Ende